世紀文庫
文學 021

天女散花

葉明媚　著

謹將本書獻給卓佛理——我的無價寶及有情郎。

但願人長久，千里共嬋娟。

——宋代大文豪蘇軾（一〇三七—一一〇一）

致謝

寫一本小說，從第一個字到最後一個字，需要多少的漫漫長夜和苦思力竭才能將那幾百頁的空白填滿。

我絕無法獨自完成這看似孤獨但其實是得到許多人幫忙的艱鉅任務。沒有我丈夫卓佛理・雷蒙（Geoffrey Redmond）的幫助和鼓勵，本書的三九二頁可能根本無法完成。卓佛理是內分泌專科醫生（尤其專精女性賀爾蒙領域），本身也是個優秀作家。他也是我小說的第一個讀者和第一個給予我中肯意見的人。

感謝我熱情愉快的經理人蘇珊・郭佛（Susan Crawford）和我的編輯奧德莉・拉斐（Audrey LaFehr）——她們的不吝讚美絕對是每一位作家的靈藥仙丹。

特別感謝肯辛頓出版社的凱倫・奧巴赫（Karen Auerbach）、莫琳・柯帝（Maureen Cuddy）和馬丁・畢羅（Martin Biro），他們的辛苦付出成就了我的第一本小說《桃花亭》。

在作家這條艱辛而美好的旅程中，還要感謝許多給予我幫助的人：

尼爾・錢德勒 (Neal Chandler)，克里夫蘭州立大學幻想寫作課程負責人，也是最好的寫作指導老師。

路易斯・福穆克 (Lewis Frumkes)，馬里蒙曼哈頓大學寫作中心負責人。因為他熱情大方的邀請，我才有機會參與許多文學講座，也才因此有機會遇見了許多當代著名作家。

馬克思・畢爾德 (Max Byrd)，歷史小說作家和斯闊谷作家社群課程負責人。

幻想寫作課程的指導老師，也是《紐約時報》暢銷作家，凱倫・喬伊・佛勒 (Karen Joy Fowler)。

榮獲歐普拉書評會精選《塵霧家園》(House of Sand and Fog) 的作者、幻想寫作課程的指導老師安卓・度伯斯三世 (Andre Dubus III)。

棕櫚泉作家研討會主持人瑞・史崔特 (Ray Strait)。

感謝童書作家凱蒂・葛瑞芬 (Kitty Griffin)，我的德國姊姊，及《克萊曼汀的跺腳冒險》(The Foot-Stomping Adventures of Clementine Sweet) 的作者。她對我的慷慨大方和熱心是當今少見的。

青少年小說作家李・寇亨德芙 (Lee Kochenderfer)——雖然我們相遇的時間非常短暫，但她給我的支持和鼓勵對我來說卻無比珍貴。

愛倫・史庫黛多 (Ellen Scordato)，我在新學院大學的文法老師，她不厭其煩的指導替我解開了許多對於英文文法上的難題。

維特・托克 (Victor Turks)，感謝他替我主持在舊金山城市大學的新書講座。

我的作家朋友們：雪拉・薇恩斯坦 (Sheila Weinstein)、愛絲塔・費瑟 (Esta Fischer)、《小青：在文革中成長》的作者俞淳 (Chun Yu)、凱瑟琳・史畢維克 (Kathleen Spiveck)、蘇百喜 (Baixi Su) 及秀芭・班瓦 (Shobhan Bantwal)。

國際婦女寫作協會創辦人漢娜蘿・韓恩 (Hannelore Hahn) 和她女兒伊麗莎白・茱莉亞・斯托曼 (Elizabeth Julia Stoumen)，是她們的努力讓女性作家們能夢想成真。

還有在這萬丈紅塵中因緣份而相遇的好友們：

我二十幾年的老朋友和一起練太極的好姊妹泰瑞爾・查佳 (Teryle Ciaccia)。無論是電話或面對面的談天，我均能感受到她那充滿正能量的氣場。

國際婦女寫作協會的朋友愛爾貝絲・瑞曼 (Elsbeth Reimann) 在斯基摩爾大學一年一度的研討會上給我的鼓勵。

我的前學生，傑出聲樂教授丘愛恩 (Eugenia Oi Yan Yau)，還有她的先生荷西・桑多斯 (Jose Santos)。

一如中國傳統，我必須感謝我恩重難報的父母。若沒有他們的無私栽培，我絕不會成為今日的我，也不會是這個夢想成真的幸福女人。

最後，無論是在此岸或彼岸的朋友和讀者們，「但願人長久，千里共嬋娟」。

天女散花

目次

第一部

第一部

1 禪修

母親嗆了一下，手中的茶灑了出來。「噯呀，誰這麼邪惡教會了妳這些？」

那時的我二十歲，剛跟她說我想當尼姑。

她彎著腰擦掉濺到地上的茶，她本來的腰完全淹沒在一圈圈肥肉裡。「記得妳曾曾祖父的女兒嗎？她進尼姑庵是因為被未婚夫拋棄，沒有臉見人，沒有名字、沒有朋友、也沒有頭髮。」

「她整天像個雕像坐在那，唯一分別是有個墊子可以坐。她說那叫打禪。」母親看了我一眼，「那是妳要的生活嗎？沒有自由、沒有愛情、沒有肉？」

我還來不及回答，她繼續說：「夢寧，一個女人想當尼姑只有三個原因：她還沒遇到對的人，或她遇到錯的人，或者更糟，對的人變成了錯的人。」她緊接著又說：「在妳還沒嘗過愛情——真正的愛情——之前，別再跟我說妳想當尼姑。」

那是十年前的事了，但我還是一心想成為尼姑。

直到一九八七年的炎夏，香港的一場佛教禪修法會。

我在大嶼山跳下公車，準備走到香港最古老的寺廟——香靈寺。這條路通往一座小丘，路旁盡是殘破的寺廟牆垣，樹枝從牆垣上伸出，似乎想窺探外面世界的禁果。

我加入人群，快速往樹蔭處走。一個略微豐滿的中年女人叫住我，氣喘吁吁地露齒而笑。

「小姐，請問這是到香靈寺參加禪修法會的路嗎？」

我點了點頭，指向人群。寺廟深紅色的大門兩側豎立著粗大的圓柱，樑上掛著木製牌坊，上頭用書法寫著四個黃色大字：**大悲勝景**。

我的心跳得好快。未來七天，在這個大門裡，我將歷經層層試煉，確定自己的宿命——做得成或做不成個尼姑。二十歲的時候，我就下定決心不受婚姻束縛。現在我三十歲了，仍舊無法決定是否要繼續在紅塵俗世做個單身女子，或踏入空門淨地以尼姑為業。

為甚麼我這麼緊張？在終極的層面來說，光頭和三千煩惱絲真有分別嗎？

我小心翼翼地穿過人群，走進富麗堂皇的大廳及令人心曠神怡的茉莉薰香裡。人潮開始聚集，佛教音樂迴盪在這兩百年歷史的古廟裡。我專注聆聽幾乎被灰袍和尚與尼姑、黑袍苦力、志工與禪修者的嘈雜聲蓋過了的音樂。那是首純音樂的佛教歌曲：〈戒定真香〉。我的心因這耳熟能詳的旋律而溫暖了起來。不過我還是喜歡人聲的版本，即使唱的和尚和尼姑已老得嘴唇起皺。我加快腳步，加入正緩慢移動的人群行列。

在我前方不遠處是個身形結實強壯、髮色稍淺的三十歲男子——是個外國人。應該是個不辭千里來參加禪修的虔誠佛教徒。我把頭髮往後撥，想趕走悶熱的空氣及上衣黏在背上那種不舒服的感覺。

環視周遭，我看見高桌上有尊鍍金的佛像，雙手擺出象徵無畏與佈施的佛教手印。金佛的紫檀木壇上堆滿了鮮花、水果，還有檀線香。在這眼觀四面的大佛下，一位貴氣的婦人將一疊鈔票塞進功德箱。她如果理光頭、穿僧袍，會是甚麼樣子呢？

「很不好看。」母親每次看到尼姑總這麼說。「夢寧，妳很漂亮。漂亮的女人要配好衣服、好珠寶和好丈夫。」

母親在貓年出生。所以，就像貓一樣勢利、敏銳而又神經兮兮。在小學的時候，她嬌小可愛，同學都叫她「小甜心」。中學時她變成了「可口可樂」，當然是因為她活潑甜美得像氣泡，而且像可樂一樣受歡迎。但她跟我說，同學這麼叫她，其實是因為她早熟性感的曲線正像可口可樂的瓶子。

母親年輕的時候很美，有很多珠寶和一個好丈夫——她自己認為——但卻生活淒慘。父親從未買過任何珠寶給母親，相反的，他賣掉那些珠寶，然後在賭場揮金如土，和那些一手捧著他的臉親他，另一手伸進他口袋裡拿錢的賭場小姐廝混。珠寶是外婆的，她在台北有好幾家金飾珠寶連鎖店。

外公過世得早，留下外婆和四個骨瘦如柴的孩子，加上一個空空的爐子。外婆用外公教她的珠寶修復技術找到一個當銀樓學徒的工作。後來，她開了自己的店，然後有了分店。在她過世前，她總共有十四間店和超過兩百個員工。

所以那幾年，珠寶就像水龍頭的水一樣流進母親的生命。但外婆和父親走的時候，母親和我一毛錢也沒有。外婆把她所有的財產都留給了三個兒子，因為中國人認為，把錢給女兒就是把錢給了外人。但她還是覺得該給母親些甚麼，所以她一直都會偷偷寄一些錢和珠寶給母親。但她並不知道，那些珠寶不但沒有換來餐桌上的食物，還全部用來還債給高利貸。

雖然爸爸這樣對她，母親在提到她的初戀時，還是聲調溫柔，熱淚盈眶。

「妳爸爸是個浪漫的男人。在我們那個年代，人人都是媒妁之言結婚，但我們是自由戀愛結的婚。」

然後她跟我說，父親求婚那晚在口袋裡藏了支槍。

「美琳，」他用槍抵著胸口，「如果妳說不，我就一槍打爆我的心。」

他走了，留下的只有母親破碎的心。

對我來說，那把槍象徵著父親和母親的婚姻。它從未開火，但總在那兒提醒著愛情、威脅和一個錯誤的選擇。他們的婚姻在熱情和緊張中消磨，而我成了夾在他們之間的一個墊子。

十歲的時候，有天回家我發現父親和母親正在吵架。

母親指著父親：「你是個一無是處的詩人，我再也受不了你！」

我聽了心很痛。不快樂的婚姻讓女人變得安靜或喋喋不休，母親顯然屬於後者。

「我也受夠妳了，妳這被寵壞的千金小姐！」父親罵回去。

「寵壞？你的詩和書法能賣出去讓我買衣服和珠寶嗎？」

父親沒說話，但過了一會兒，他從沙發上跳起來抓住我，用力搖著我的手臂。

「如果我無任何付出，妳女兒能長這麼大？」

「你真以為你買過甚麼給她……」

母親話還沒說完，父親放下我，從那張缺了角的咖啡桌上抓起我的《紅樓夢》：「這夢不用錢嗎？」他把書丟到地上，抓起母親的電視雜誌（我們沒錢買電視）。「這本八卦雜誌不用錢嗎？」他接著抓起錄音機、破裂的茶壺、我的畫本、蠟筆和隔夜麵包，不斷問著同樣問題，直到他自己筋疲力盡為止。

他們爭吵的時候，我總低頭看著自己的腳，這樣就可以不用看到他們生氣的臉。我想像我的右腳大拇趾是父親，左腳大拇趾是母親，其他是我從未有過的兄弟姐妹。

右腳小拇趾圓圓胖胖的，是我圓圓胖胖的弟弟，雖然他出生三天就死了。左腳小拇趾像顆花生米，那是我。每次看著兩個小拇趾離這麼遠，我都好難過，就像橫亙在我和弟弟之間的距離。如果父親不賭博，我的小弟會活到現在嗎？

每當父親和母親的聲音越來越激動時，我會把腳趾頭併攏在一起，想像他們停止了吵架。婚姻生活一點也不吸引我，就算是自由戀愛的婚姻也一樣。也許尼姑的生活會好些。後來的我之所以會這麼想，是因為一個我從未告訴任何人的祕密——從我掉進井裡的那天開始。

2 墜落

那是我十三歲生日過後的隔天。父親在澳門賭場裡輸了五千元，所以我們被迫從尖沙咀——九龍最熱鬧的商業區——搬到偏僻的元朗區小村莊裡。房租是兩百元港幣，比我們在尖沙咀的房租便宜了三分之二。

在我們房子後面的公有地上，有一個被雜草包圍的古井，冬天夜晚的寒風吹過時總會發出颯颯的低語聲。村裡老一輩的人都不敢接近這個古井，因為聽說裡頭鬧鬼。一百年前，有個年輕的小妾被懷疑和一個流浪到此的僧人有染，為了證明自己的清白，她在脖子上綁了石頭跳進井裡。人們認為這個古井吸收了天地日月精華，已經有了靈性。有個瞎了眼的算命師說，這井是某個邪惡女妖的第三隻眼，她嫉妒漂亮的人——尤其是小孩——所以會把他們拉進井裡。

村裡的孩子們都被警告不要靠近這個古井，而青少年根本不在乎，他們把這個井當成了垃圾桶。

在我孤單的青春期，古井的傳說勾起了我的好奇心。我總會躡手躡腳溜到古井旁，探頭往井裡看。我不但一點都不害怕，反而覺得很有趣。因為我看到的和村民們說的完全不同。在微弱的光線下，透過覆蓋在古井上網子的小洞，我看到毯子、書、樹枝、紙張、衣服。我想像在那些廢紙堆中有一本日記，佈滿淚痕的米色紙上是那個劫數難逃的小妾的書法，悲痛地訴說著自己的清白。我也想像古井裡一些泛黃的照片，上面是那些被遺忘的人：年輕的新娘、幸福的一家人、哀傷的小妾與她那光頭和尚情人、一個圓圓胖胖的寶寶睜大眼睛，彷彿在問：為甚麼要把我丟在這個冰冷的地方？

在下過大雨的日子裡，井底會積滿雨水，我會看見自己的倒影，映著背後小小、圓圓的藍天。當風吹動地面上的雜草時，我會聽見井底傳來呼呼的低喃聲。有一天晚上，我看見月亮圓潤飽滿的倒影，我想她如果掉進井裡，一定會濺起一個大水花，吵醒正在酣睡的人。

其餘的夜晚，我看見星星窺視著自己的倒影。我會丟一顆小石子，看那些濺起的水花，像極了曾在母親手上閃閃發亮的鑽石。我想像時間就是那一圈圈的漣漪，像脫了線的風箏，讓記憶的色彩、味道和觸覺飛出古井。

每當我往下看，雖然看不見那個女妖的眼睛，我總感覺她也正盯著我的一舉一動，吸走我心裡最深的祕密。古井是一道連接起天和地的橋樑，讓我看見另一個既熟悉又陌生的世界。她是帶我走向一個更大更神祕宇宙的第三隻眼。

我常常想，身在另一個世界的感覺會怎樣？

一個炎熱的九月午後，當我正在讀書，我父母為父親新買的一雙昂貴的鞋吵了起來。母親說他為了自己的虛榮心連家庭都不顧了，父親反駁說一個詩人要保有他的自尊。他們即將大吵大鬧了，我便偷偷溜到後院，一股勁兒走到古井邊往下望，看能不能找到甚麼能讓自己開心的東西——一本書、一個枕頭，或一朵飄在天空的雲。但在這個乾燥的天氣裡，下面除了一片黑暗，甚麼都看不見。我一抬頭只見到耀眼的太陽。

正當我覺得不太自在想回家時，有人從背後推了我一把，我頓失重心掉進那片黑暗之中。不知道過了多久，我在冷冰冰的空氣裡醒過來。我的頭好痛，又濕又冷的身體卻痛得像被火燒。我的衣服破了，膝蓋嚴重擦傷，腳趾腫得像香腸一樣。但我還活著！井裡的垃圾緩和了下墜的衝力，救了我一命。想到垃圾是我的救命恩人這件荒謬至極的事，我差點要笑出來，但關節卻像火燒一樣隱隱作痛。

我往上看，微弱的光線下浮現了模糊的臉龐，他們往下看，大叫著：「夢寧，妳聽得到我們的聲音嗎？」「妳還好嗎？」「不要怕，我們很快就會把妳救出來！」我見到母親正在哭，父親緊緊摟著她。上面的世界看起來好遙遠，好陌生。人們慌亂失控地叫著，好像被困在那個圓形清澈的藍天裡。

但我才是那個被困住的人呀。我試著叫回去，可是黑暗就像一個邪惡的巫婆，奪走了我的呼吸，也吞沒了我的聲音。我的心撲通跳著，像熱鍋上的螞蟻。我撕了些破布來止住膝蓋流的血。我問自己，是不是將要在這個黑洞裡和垃圾一起腐爛？四周的牆發出一股死魚味，我伸手摸到了井壁上的石頭，馬上感到一股和膝蓋傷口一樣的濕黏感。我倒抽了一口氣，想哭，但卻沒有眼淚。

我又抬頭往上看，只見大家高舉著手電筒和煤油燈，靠在井邊往下看。村民鼓勵的聲音傳到我這兒，但我只感受到他們受驚臉孔背後的絕望。我幾乎可以看到他們摀著嘴，悄悄說：「這孩子氣數已盡，我們能怎麼辦呢？」

突然之間，我想到隔壁王太太家的觀音像，想到圓圓胖胖的王太太經常祈求觀音菩薩保佑她的祖墳、給她一個男孩，甚至治好她的感冒。她跪在陶製的觀音像前，燒香和奉上鮮花水果。接著她會將手心合攏、磕頭，然後嘴裡唸唸有詞。現在，我學她把手心合攏，然後虔誠地跟觀音菩薩說話，祈求她可以讓我從這個井裡平安出去。

我專心祈求著，不管上面的說話聲、爭執聲、哭聲或我身旁混合著植物、發霉、腐爛東西的臭氣。忽然有個東西輕擦過我的頭，咕咚一聲掉到我身旁。我把它撿了起來，再舉向井底較亮的地方。是一尊繫著紅色細線的彩色觀音吊墜。觀音菩薩穿著橘色長袍，手裡托著裝柳枝的瓶子，光著腳踩在一條大魚上，像要朝我游過來。

我感到微微的暖意。

我往上看了一眼父親和母親，母親還在啜泣，父親把她摟得更緊了。其他人擠在井邊，一邊往下看，一邊吵著要怎麼安撫我和救我上去。我開心地拿起觀音跟他們揮手，然後向井口大喊：「媽媽！爸爸！」見我忽然「生龍活虎」，大家高興了起來。有個小孩開心地拍手，幾個老人合掌唸唸有詞，其他較大的孩子比了勝利的手勢。父親和母親擠過人群向下看我：「感謝老天爺！寧寧，妳沒事吧？」母親大叫，父親親了親她的額頭，他們之前的爭吵已煙消雲散。然後，在我模糊的視線中，看見一張美麗的臉龐，頂上卻是顆光頭，在陽光下閃閃發亮。我眨了眨眼，努力睜開眼睛，但光頭和臉都已經不見了。

大家繼續圍在井邊輪流陪我說話，也把毯子、毛衣、糖果、糕點丟下來給我，甚至還有幾本漫畫書。

每個人都在跟我說話，讓我保持清醒。一個老鄰居大叫：「我們已經通知消防隊了，他們很快就會過來！」另一個大吼：「我們正在找繩子和籃子把妳救出來！」

我便拿著觀音繼續等，所有人都在上面看著我。空氣既柔又悶，我不斷向觀音菩薩禱告，直到覺得禱告已經深埋於地，而我也不再害怕，好像我已用這個合掌姿勢唸唸有詞地祈禱了千年。

奇怪的是，我竟然開始喜歡起這個屬於自己的小小世界，也不再介意那中人欲嘔的臭氣。這個現在屬於我的空間竟奇異地讓我覺得溫暖自在。我幾乎可以感覺到井壁微弱的呼吸，緊緊包裹著我；還有垃圾和枯葉輕輕圍繞著我，溫暖我的身體。聽著古井的脈動和自己的心跳，我感到一陣感激。感激我擁有下面這個小小的空間，以及上面這麼多人的關心。

大家準備好要救我上去時，先丟下了幾床被褥，並大聲跟我說：「夢寧，把這些被子鋪在底下！」接著他們丟下一個綁著長繩的籃子，又大聲叫：「爬進籃子裡！」我慢慢爬進籃子，像子宮裡的嬰兒般蜷曲身體，上面的人開始拉繩子。籃子小心翼翼地上升，在穩定中有些搖晃。大家跟我說：「夢寧，不要往下看！」

但我無法克制欲望，好想再看一眼這個意外地給我平靜的井底。我終於側身往下看。我並無大家擔心的恐慌，反而感覺到對未知世界一種無法言喻的溫柔與圓融。我想到閃爍水面上漂浮著雲朵的倒影，那始終跟著我的第三隻眼，如同圓潤飽滿的月、窺探的星，也如同夜裡風拂過草面的呢喃。

然後我又回到了陽光下，父親和母親將我從籃子裡拉出來，哭喊著：「寧寧！謝天謝地妳沒事！」所有人輪流來安慰我，跟我道賀。就在這時候，消防隊員也趕到了。我馬上被送進醫院檢查。醫生說除了一些擦傷外並無大礙，而且我沒摔斷骨頭真是奇蹟。他幫我包紮了膝蓋的傷口，給我打了破傷風的預防針，然後說我可以回家了。

在那件事之後，大家都覺得我是個非常有福報的孩子。瞎眼的算命師說能熬過這種劫難的人，絕對是觀音菩薩的轉世。隔天，大家幫我辦了個盛大的慶祝會。他們祭拜列祖和神祇、烤豬、殺雞、宰魚、燒酒、放鞭炮，還送了我一堆禮物：紅包、衣服、玩具、書、蠟筆、我最愛的吉百利堅果牛奶巧克力、上等茶葉、酒，甚至還有金飾銀飾和小型古董雕刻。那天晚上，父親和母親的手緊緊握在一起，看著我的眼神好溫柔。

當我被寵得像個小公主時，那兩個因玩官兵捉強盜推我下井的男孩被重重懲罰，屁股各挨了十下粗棍子。我替他們求情，說其實我在井底還滿開心的，但卻沒人聽得進去，大家只覺得我心地善良，所以就對我更好了。隔壁王太太給了我最好的鐵觀音玫瑰花茶，還有跟她供奉觀音菩薩時一模一樣的烤雞。村裡好幾個人相信我的福報會讓全村都得到好運，所以都跑去買了彩券。但在慶祝會過後，父親拿走我所有的紅包，又溜進了賭場。

我真希望自己能再掉進井裡一次，這樣父親就不會去賭博，也不會跟母親吵架。這樣我就會一直像個小仙女一樣被呵護，可以在那個安靜的井底，和觀音菩薩獨處。

過了幾天，我遇到王太太，她說我們家附近有個觀音廟，她常到那兒拜坐在金蓮座上的觀音。之後，我就常常在放學後到那座觀音廟去。在搖曳的燭光和繚繞的香火中，我抬頭望著美麗的觀音像，傾吐我心中的煩惱。我也會看著那些臉龐慈祥的尼姑們收養孤兒、布施窮人、照顧老人，為往生者祈福。就像觀音菩薩一樣，她們投身入萬丈紅塵——世俗的貪嗔癡之中——並誓言要普渡眾生，一個不漏。

3 積功德

香靈寺的大廳裡，排隊的隊伍極慢地移動著，人群開始躁動。佛教音樂〈大悲咒〉從四面八方傳來。

這是我第一次參加禪修活動，之前因為太窮所以付不起費用。我現在也沒甚麼錢，但我想我已三十歲，也該是時候了。所以我把在巴黎公費留學五年裡打工存下的錢都拿了出來。當時我在餐館當侍應，也在蒙馬特的一個小藝廊畫素描，一幅三法郎。

廟裡很快就擠滿了大人和小孩。有些坐著；有些穿著黑色長袍走來走去，過長的袖子拖在地上，發出了沙沙聲。有幾個男孩剃光了頭，頭皮白得發亮，像六月豔陽下奇異的大雞蛋。一群男人熱烈聊著天，我很好奇他們在聊些甚麼，是佛教哲學或是股市漲跌呢？女人們說著悄悄話，不時咯咯地笑。她們是不是正拿觀音菩薩和黛安娜王妃做比較呢？

在一個大香爐旁，一對年輕情侶正深情凝望著彼此。過了一會，女人抽出一張面紙，替男人拭去臉上的汗漬，男人對女人露出了感激的微笑，輕輕拍了拍她的手。沒有言語，正如佛家說的「心心相印」。但他們的愛情讓我覺得很哀傷。有好多次，父親寫詩給母親時，母親也是那樣安靜地望著父親，充滿了崇拜與愛慕，像在那一刻她完全忘掉他做過的種種壞事，以及我們那已經空空如也的米缸。

終於輪到我登記了，一個頭髮雜亂的臭臉女人用她肥短的手指指著我的名字：「杜夢寧小姐，我們夏令禪修營的費用是兩千元港幣，妳有帶自己的袍子來嗎？」

我沒有。但如果我要當個尼姑，我就必須穿著袈裟，一種灰色的袍子。我擔心自己會捨不得我其他顏色、布料和款式的衣服。尤其是我現在穿的這件綠底間紫花洋裝，每次我穿著它，就會覺得自己置身於一個紫色的夢裡，伴著荷花閃閃發亮。

還有，我會有個法號。我開始思考哪個會比較適合我：觀心、隱光、了塵、無塵或空雲？希望不會是曾曾祖父的女兒那一個——無名。

「小姐，妳有自己的長袍嗎？」登記的女人又問了一次，打斷了我的思緒。「一件五十元。」

「喔，不好意思，我沒有……因為我剛從巴黎回來……」

「好，妳沒有，不用跟我解釋那麼多。」

她轉身從一堆塑膠套中抽出一個，撕開膠套，拿出了一件長袍，仔細檢查衣領，然後交給我。她的動作快得像禪畫裡一氣呵成的一筆畫。

我仔細數了數錢交給她。

她往前傾，說：「小姐，就算妳多繳了也沒關係。可以當作捐給廟裡的香油錢，也幫妳自己積功德。」

她提高原本已經夠大的嗓門強調最後三個字。是刻意要把那種「只會對你自己有好處」的訊息傳達給排在我後面的人嗎？或是前人智慧「有失必有得」的私利版本？

我轉身看著排在我後面的人，身材瘦長的中年男子、講話很快的年輕女人正在跟另一個年長的女人聊天、一對夫妻帶著兩個一臉無聊的男孩、兩個年輕女孩牽著手格格傻笑。我對他們微笑，但沒有人回應我的善意。我應對這些人有所期待嗎？無論是不是禪修，這裡是香港，一個無禮、擁擠和視財如命的城市。那為甚麼他們要來禪修？那女人的話在我耳邊像鈴聲般響起——幫妳自己積功德。這讓我很難過，因為我來禪修從來沒想過是為了積功德，我只是想試試自己能不能成為尼姑。

外頭有東西微微顫動，原來是陽光灑在廟簷上的點點光影，琥珀色的屋瓦看起來起起伏伏的，像一條翱翔的金色巨龍。一個年輕尼姑飄了過去，她的光頭在炙熱的豔陽下閃閃發亮，長袍在微風中飄揚著。她看起來好快樂，好安詳。

曾曾祖父的女兒，比丘尼無名，真的很不快樂嗎？

「當然，」母親曾這麼說。「打從她進尼姑庵的那天起，就沒人見過她。她不見任何訪客，包括父母，他們只能從其他尼姑那兒打聽她的消息。除了幻覺啊、妄念啊、虛空之類的東西，她不談任何其他事。無名在二十八歲的時候得腦瘤死了。臨死前，她希望她的遺體能夠火化，所以其他的尼姑便把她的骨灰撒在某座高山裡。親戚都說那是她的宿命——遁入空門，然後化為虛空。」

母親使了個眼色，「但妳不覺得這很好笑嗎？她整天想些虛空的事，最後腦袋卻長滿了腫瘤而死！」她停頓一下，張大眼睛說：「我知道她的死不是因為腦瘤，」——母親指了指胸口——「是因為心碎了。」

我嘆了口氣。

櫃台那個女人擔心的看著我。「小姐，妳還好嗎？」

「噢，我沒事。謝謝。」

「那就好。不好意思這麼問妳，但我不希望禪修期間有甚麼麻煩。這裡已經很忙了，而且我們人手又不夠。妳懂我的意思嗎？」

我再次嘆了口氣。但她正草草寫收據，沒注意到。她把收據從本子上撕下，發出很嚇人的一聲「嘶！」。然後她把收據和禪修的行程表一併交給我，跟著拿走了那疊錢。

我拿著收據開始研究地圖，想知道會在哪裡上打坐課。突然憤怒的叫聲傳來，我　抬頭便看到她揮舞著手指像隻準備要獵食的老鷹。

「等一下，等一下！小姐，妳的一張五百元鈔票是假鈔！」

「甚麼？」

她揮舞著鈔票，臉脹得像個大包。「這是假鈔！」

在我後面的人突然都醒了過來似的。瘦長的男人懷疑地看著我；年輕女人瞥了我一眼，然後與她的朋友耳語；那兩個年輕女孩尷尬地看著自己的腳；兩個男孩失控大笑。我真想給他們一巴掌，即使要冒著造惡業的風險。

為了要將我僅有的存款換到最多的錢，我拜託一個朋友的朋友到巴黎中國城的黑市把錢換成港幣。但我怎麼可能跟這個女人解釋？

她威脅說要取消我的報名資格或通知廟方，她用粗短的手指指著大排長龍的隊伍：「妳看，小姐，我們不可能在這種惡作劇上浪費時間！」

「這不是惡作……」

「我是就事論事，而且我只是把實話講出來。事實就是妳的錢是假鈔！」

就在這時候，我之前看到的那個外國人走過來，用英文問我：「妳需要幫忙嗎？」

我猶豫地看著他。

他又問了一次，聲音充滿關心，「發生甚麼事了？我可以幫上忙嗎？」

在我還沒決定該怎麼回答之前，我已經用英文跟他解釋所發生的事、那些鈔票從哪來，還有我為甚麼要用這種方式換錢。

他拿出皮夾，抽出一張五百元鈔票放在櫃台上，然後用堅定的眼神看著那個女人：「我想這其中一定有甚麼誤會，這位女士被騙了。她是……我的朋友，我幫她付錢。」

看他是個外國人，櫃台的女人立刻露出諂媚的笑容，充滿熱情地用英文說：「謝謝你，先生。」

接著用廣東話對著櫃台旁的年輕尼姑說：「師父，可以麻煩妳帶這位小姐到宿舍去嗎？」

她又轉向我說：「這個師父會帶妳到妳的房間去。」她大大的笑容還掛在臉上。「小姐，造成這個誤會真的很不好意思。妳不會介意吧？」

我沒有理她，一邊伸出手向那個外國人道謝，心中充滿疑惑但卻又感到開心。「我是杜夢寧，真的很謝謝你那麼好心幫我。禪修活動結束以後，我會盡快把錢還給你。」我看著他的眼睛，發現那是一對綠色的瞳孔。

港幣五百元等於美金六十五元，為甚麼這個綠眼珠的外國人這麼慷慨？

他露出微笑。「別擔心，夢寧。我是麥可・福勒，來自美國。」

我沒想太多就脫口說：「夢寧表示平靜安寧的夢……」我的臉頓時發燙。為甚麼我要把這麼私人的事情告訴這個陌生人？

「很美。」他說。

「謝謝。」我的臉更紅了。「很高興認識你，福勒先生。」

也許是感覺到我的尷尬，他向旁邊的年輕尼姑點了點頭，說：「夢寧，先讓她帶妳去廂房吧，我們等一下再聊。」

「喔，好。」我說。「嗯，謝謝你。」我轉身跟著師父走的時候還感覺到他落在我背上的眼神。

我還是不懂，為甚麼這個外國人要對一個陌生人這麼慷慨？

年輕的尼姑快速地帶我走出大廳，通過後方擺滿花木盆栽的小徑。我們穿過一群忙碌的人：尼姑們在洗菜或準備茶水；一些女人在打灰塵，其他女人正在點香；一些年輕女孩們在外面的洗手台洗著餐盤，另一些則洗著大木桶裡的衣服。

一位年長的尼姑搬著一大袋蔬果食材向我們走來，我雙手合十向她微笑：「早安，師父。」

「早安，施主。來參加禪修嗎？」

「是的。」我邊說邊看著她額頭上在陽光下閃爍的斗大汗珠。

「希望妳喜歡。」她真誠地說。

「謝謝，師父，我會的。」我恭敬地回答。

當她離我們有段距離後，年輕的尼姑跟我說：「她是妙道師父，這次禪修伙食的負責人。」

「喔……」我轉身看著妙道師父越來越遠的背影。

我一直都希望可以過著像尼姑那樣富有深意的生活，但有天晚餐後母親這麼問我：「沒有人可以分享的成功還算是成功嗎？看看妳外婆，她荷包裡裝滿了錢，手上戴滿鑽戒，但卻沒有一個心上人。妳想要那種生活嗎？」她重重地把一整盤吃剩的魚骨倒進垃圾桶。「我不想看到我女兒孤獨老死！」我知道她的意思——如果我不結婚，我的命運就會像那些魚骨頭一樣。

我們繼續走向廂房，進到一間小會堂，然後走上寬敞的木製階梯。她走得很快，我得一次跨兩格階梯才能跟上。

她回頭抱歉地微笑：「妳知道在整個禪修的過程中都不能說話嗎？」

「喔，真的嗎？」陡峭的階梯讓爬樓梯這件事變成了一種考驗。

階梯上，她的布鞋發出輕輕的，像悄悄話的低語聲。她放低了聲音，用訓示的口吻說：「除非必要，否則禪修正式開始之後就不可以說話。用餐的時候也不許發聲，像舔嘴唇的嘖嘖聲或吸麵的聲音都不行。不是我們刻薄，我們只是希望大家能夠尊重佛法。」

這小小的，以佛祖為名的「刻薄」讓我不禁覺得好笑，就像那個櫃台的女人，以事實之名，行侮辱之實。

我們到了階梯的最上層，一條長長的走廊通往不同的廂房。她滿臉通紅地又說話了：「妳知道嗎？因為大家來這裡打禪是為了尋求心靈的平靜，所以安靜是很重要的。交談的聲音和內容都會讓人分心。壓力過大的現代人常常為了發洩情緒及填補空虛而不自覺地喋喋不休。這樣一來他們才不會覺得緊張及煩躁。但是他們的對話常常都是些世俗之事，像電視節目、偶像劇、八卦周刊……」

「我明白。」

她終於停了下來。「這是妳的廂房。」

廂房很大，裡頭有好幾張鐵製上下鋪的床。牆上空蕩蕩的，除了一張很大的觀音像，畫裡觀音半闔的雙眼向下看著房裡所有的人。在這張畫像下的香爐裡飄著濃濃的檀香味。

她跟我說了廁所的位置及我的床位，走到後走廊時，她繼續剛剛的話題：「很多人禪修的時候還是在『說話』，雖然表面不作聲，但他們還是在心裡喋喋不休。這叫猴心，因為心靜不下來，就像猴子在樹間跳來跳去一樣。」

她突然把頭探進某個廂房裡：「施主，請不要把內衣掛在床鋪上，有點不雅觀！」

因為對她說話又快又含糊的方式感到有些厭倦，所以當我們走到一排置物櫃前時，我突然覺得鬆了口氣。她將一把鑰匙交給我，熱心地囑咐我不能把鑰匙弄丟。

當她轉身要走時，我叫住她：「師父，請問怎麼稱呼您？」

她轉過身回答，「妙詞」。

——意思是慈悲妙語。

「真的很謝謝妳，妙詞師父。」我一邊努力用鑰匙打開置物櫃，一邊想著她的法號與言行的截然差異。

被置物櫃弄得有些不耐煩，我用力「砰！」的一聲關上門。

她嚇了一跳，露出尷尬的微笑：「施主，我想妳應該沒甚麼問題了吧？」

對自己的失禮感到抱歉，我趕緊雙手合十向她深深鞠躬。

她消失在樓梯的盡頭後，我鬆了一口氣——這是從踏進這間廟以來，第一個屬於我自己的安靜時刻。

4 帶著傷疤的尼姑

現在是早上十點，在廂房小睡一會之後，我緩緩走回靜修堂。在我前方人群裡，一男一女正比著手語，發出「呃！呃！」的聲音，我很好奇無法用聲音表達自己的想法是甚麼樣的感覺。當他們轉身讓後面的老先生過去時，我才發現原來他們是我先前見到那對深情互望的情侶。我有些傷心，因為他們並非自願以無聲代替有聲。更令我傷心的是，有時眼睛所見的不一定是事實。如果真的成了尼姑，我能夠把事情看得更透嗎？

門外，一位和尚在發開幕典禮的經書；會堂裡，裊裊上升的檀香染白了黑色的袍子，散發出一股甜甜的、令人昏昏欲睡的香味。紅色布掛像海潮般，在緩緩旋轉的風扇下飛揚著。和尚、尼姑、工作人員和義工往來穿梭，將鮮花、水果、坐墊和樂器擺設好。

我找了一個前幾排的坐墊坐下，看了看四周，見到一個好像依空的女人。依空是個尼姑，也是我的老朋友。我曾聽過她的信徒們用四個字來形容她——沉魚落雁。

依空就是那麼美。除此之外，她還是個有天分的畫家、書法家和藝術鑑賞家。沒有人知道為甚麼，在多數女孩煩惱著愛情和青春痘的十八歲時，她選擇剃度為尼。有人說因為她被青梅竹馬的情人拋棄了；有人說她得了罕見的癌症，及腰的長髮早已掉光；有人說她是為了逃離她有權有勢的父親為她安排的婚姻，拒絕嫁給一個大她二十歲的粗鄙生意人。還有人說，她的黑道男友在街頭被殺了，而她成了被追殺的對象，無處可躲之下，只好遁入空門。

雖然母親知道依空，卻不知道依空是我的好朋友和我的人生嚮導，也不知道她有著如此神祕的過去。有一次，母親看到依空在電視上談論人生的虛空和稍縱即逝，她指著依空額頭上的戒疤說：「這麼漂亮的一個女孩子，當尼姑多可惜哪！」

我總覺得母親有雙重人格，因為她雖然不喜歡尼姑，卻非常喜歡依空。還有一次，她眼睛緊緊盯著電視螢幕說：「那個被未婚夫拋棄的無名，也是這麼漂亮。」她看著依空說：「這個一定也是被哪個英俊的男人給拋棄了。」

母親相信所有女人的不快樂都來自男人，所以她絕對不會相信我想當尼姑不是因為男人，而是因為一個女人。我想要像依空一樣，逃離男人的掌控，追求心靈寄託，掌握自己的人生和命運。最重要的是，我想和她一樣過著詩人、女神及神祕主義者謎樣的生活。

母親相信長得相像的人會有相似的命運，這個想法讓我很害怕。因為我和母親長得很像，但我不能讓男人毀了我，就像我父親一樣輸光所有東西，甚至那條外婆和母親最愛的，原本打算給我當嫁妝的翡翠項鍊。

母親時常感嘆：「多可惜，那是用最好的玉做成的，清澈翠綠，沒有任何污點。妳外婆找那塊玉找了一輩子，這不是因為錢的問題，很多有錢人都買得起，這是因為她的眼睛。」

「妳外婆有第三隻眼，可以看到別人看不見的東西。她知道自己住在小鄉鎮不會有未來，所以從花蓮搬到了台北。中國人喜歡金飾，也喜歡投資黃金，所以她接連開了好幾間金飾珠寶店。客人喜歡跟她殺價，她就把價錢抬高，再給他們折扣使他們開心。她甚麼都看得一清二楚，所以她才那麼成功。我相信，即使在下面，她還是可以看見妳和一個好男人結婚生子，過著幸福的生活。」

有一次我問她：「那外婆知道爸爸會把那條翡翠項鍊輸掉嗎？」母親說不出話來。我覺得自己太過份了，於是暗自決定總有一天要把項鍊贖回來，但我目前還不知道該怎麼做。外婆也看得見這些嗎？

一位眼皮不停抽動的尼姑站上了講台熱情宣布：「我謹代表香靈寺歡迎各位來參加七日禪修活動。在開幕典禮開始以前，請全體起立並向佛陀敬禮。」

所有人都站了起來，雙手合十向壇前的釋迦牟尼佛、藥師佛及阿彌陀佛敬拜。這三尊佛陀旁邊站著一尊小小的陶瓷觀音像，她手托淨瓶，微笑看著所有人。看見幾百個人一起起立敬禮，我突然覺得好感動，好像所有人的身心都在此刻合而為一。我甚至可以感覺到逐漸高漲的氣海圍繞著我。

所有人坐下後，那位眼皮不停抽動的尼姑開始了她的歡迎詞：

「各位虔誠的施主，今天我很高興在這裡歡迎你們來參加七日禪修營。非常高興我們有位美籍醫生也在這裡，代表佛教不僅在東方受歡迎，也傳到了西方；佛教不單吸引了普通人，也吸引受過高等教育的菁英分子。」

她看了一下筆記，然後再次用她帶著些許自滿的音調說：「我們還有一位法國索邦大學畢業的年輕東方藝術史博士！」

那是我，我微笑著。但事實上我還沒拿到學位，還得回巴黎去參加口試。她提到博士無非是為了讓寺廟也能夠錦上添花。但時差使我昏昏欲睡，不想辯解甚麼。

我的頭頓了一下，是鐘聲把我弄醒了。現在另一個尼姑在台上宣布午餐時間已到。在昏昏欲睡中，我機械地跟著人群走向餐廳。

桌椅整齊排成一列一列，男女分坐在餐廳的兩邊。空氣裡充滿著蔬菜、油煙、米飯和各種調味料的氣味。所有人入座後，一個瘦弱的和尚走到麥克風前。待每個人安靜了下來他便向大家宣布餐桌禮儀，包括鐘響才能進食、用餐時不能發出聲音、不能左顧右盼、要專注、吃多少拿多少、不能浪費。還有，用餐後我們必須洗自己的碗盤。

第一天就有好多的規定。和尚和尼姑們都一直遵守著這些規矩嗎？

他接著開始朗讀菜單——香菇蒸豆腐、萵苣炒腰果栗子，還有紅棗海帶蓮藕湯……

中國人說素食「寡味」，就像失去所愛之人、食而無味的感受。雖然依空曾說殺生會造業，因為已故的親人可能是你盤中的一條魚、一頭牛、一隻雞、一隻羊或一隻豬，所以你可能正吃著自己母親的肉、嚼著哥哥的腸、吸著祖父的骨、咬著親生女兒的腳或吞下兒子的頭！

瘦弱的和尚敲了敲手裡的小鈴，領我們吟誦「五觀」：

他的聲音出乎我意料的渾厚宏亮。

「記功多少，量彼來處。

忖己德行，全缺應供……」

接著大家更大聲朗誦著：

「正事良藥，為療形枯。

為成道業，應受此食。」

隨著漸強的誦讀聲，每個人看起來都變得神采奕奕。接著另一位和尚敲了敲鐘，示意大家用餐時間開始。

雖然規定用餐時不能左顧右盼，但我還是忍不住趁捧起碗的時候偷偷環顧四周。反正，規矩不就是要被打破的嗎？

一群可愛的男孩狼吞虎嚥將食物塞到嘴裡，完全忘了要把嘴巴閉上細嚼慢嚥，也忘了喝水時不能發出聲音。在這個以美食天堂聞名的香港，大人們食而無味地吃著大雜燴般的素食料理。

當我把一小口飯放進嘴裡時，我看見了那個美國人，麥可．福勒，他坐在面對我的那排餐桌上。甚麼時候我才能把那五百元港幣還他呢？他是禪修參加者裡唯一的外國人，所以他應該就是那個醫生了。我很驚訝看到他滿足而又輕快地吃著餐盤裡的食物，好像那些油膩無味的素菜是甚麼人間美味。他用筷子用得很好。像指揮家以指揮棒來喚起音符一樣，他把豆腐、香菇、海帶和腰果輕快地放進嘴裡。不僅如此，他還順便幫旁邊不太會用筷子的小男孩夾菜。

害怕他注意到我在看他，我便轉開了視線。但對面沒有其他人比他更有趣了，所以我只好看看小孩們，不過最後還是把目光移回麥可．福勒身上。他吃飯的方式很日式，將米粒用筷子挑起來吃，而不像大多數中國人一口一口塞進嘴裡。

我嘆了口氣，想著香港有錢人早餐喝魚翅湯、晚餐餵孩子喝燕窩之類的炫富行徑，而他竟然可以如此津津有味地吃著那些淡而無味的菜餚。忽然他抬起了頭，對上我的視線。我趕緊望向他處。

看著席間正在監視的尼姑們那些毫無表情的嚴肅臉孔，我要給她們「整容」了：如果那個瘦尼不再愁眉苦臉，也許看起來就不那麼嚇人。如果那個胖尼的嘴唇再上揚個四十五度角，就不會像艘翻船。看起來很和善的尼姑額上那顆大痣，可以變成她的第三隻眼嗎？如果那個漂亮的尼姑能放鬆一下她的臉，就可能會露出可愛的酒窩。如果……

突然間，我看到了一條長長的紅色疤痕，心臟幾乎要跳了出來。那個尼姑走到第三排一個胖男人背後，所以我只能看見她三分之一的側臉。當我看到她的手時，我的心打了個轉，因為兩隻手都少了幾根手指。她是誰？我的心重重擊著肋骨，轉頭不忍再看。

鐘響了，表示午餐時間即將結束。我看著滿滿的碗盤，匆匆以大口大口的水將飯菜送進嘴裡，結果卻因此嗆到咳個不停。有個尼姑轉頭看我，但她有五隻手指頭。我搜尋著整個餐廳，那個有疤痕的尼姑早已不知去向。

我把筷子橫放在碗上，心一沉地看著自己留下的一片狼藉。

我的視線回到福勒先生身上。啊！他也正看著我微笑。在我還沒決定該不該向他微笑之前，第二次鐘響，午餐也結束了。

禪修課程開始前，我走回廂房準備休息，卻還在為那個有傷疤的尼姑心神不寧。稍後我突然想到，她會不會是我在巴黎的那個尼姑朋友王帶男呢？但不太可能，因為帶男已經還俗了，而且自從三年前她回到中國後，我就再也沒有聽過她的消息。

5 皈依虛空

午休過後，我回到靜修堂。男人、女人、小孩都坐在棕色坐墊上，移動身體尋找最舒適的姿勢。之後陸陸續續有人進來，布鞋輕輕滑過乾淨的磁磚，聽起來像空蕩院子裡的落葉。

幾分鐘後，眼皮不停抽動的尼姑走到祭壇前的講台上，輕拍了幾下麥克風。雜音消失後，她清了清喉嚨，宣布金蓮寺的依空上人將為開幕典禮擔任特別嘉賓。

人群起了一陣騷動。

聽到依空這個既熟悉又遙遠的名字，我的心砰砰地跳。她是我來這裡參加禪修營的原因之一。我隨著人群的目光看著依空緩緩走上台，她光頭、昂首、挺胸，長袍拖曳，看起來就像一尊削了髮的觀音菩薩。

依空就是我十三歲那年在井底看見頂著光頭的美麗臉龐。當時她在前往金蓮寺參訪的途中，聽到有個女孩不慎落井，於是丟下觀音像為女孩祈福。但我們直到兩年後才認識，那是她住到金蓮寺之後的事了。

走向祭壇的依空還是那麼美麗，但如果母親現在在電視上看到她的話，應該會很失望。因為她長了肉，看起來不像以前那麼超凡脫俗。

依空點了香，帶大家向三尊大佛行三鞠躬禮。接著她盤腿坐下，如盛開的荷花。她用修長優雅的手指將身上的金色錦緞披肩繞在橘色的長袍上，開始向大家說話：「各位施主……」

我看著她熱忱的臉龐，聽著她豐富語調的聲音。依空的眼睛在昏黃的燈光下發亮，我看不見她眼角是否多了皺紋，但她的聲音跟以前一樣溫柔。

「今天很高興在這裡看到大家，因為單是到了這裡，你們已經踏出了佛門的第一步。」

依空視線所落之處似乎都有一張頓悟了的臉，閃耀著眞理的光芒。

「不要小看這第一步，因為千里之行，始於足下。但也別以為僅僅參加這七日禪修營，就可以大徹大悟。」

突然間，依空像是看見了我，我們視線剛相遇她就移開了眼神。我的心急跳，她眞的看到我了嗎？這麼多年後她還能從人群中認得出我嗎？她會不會像以前一樣，希望我到她的廟裡當尼姑？說法之前，她要大家靜坐五分鐘。所有人都低下頭，雙眼微閉。看著我的心靈導師，我的心思飄得好遠好遠……

在十幾二十歲充滿少女情懷的青春期裡，我卻對男人敬而遠之，依空是我唯一的朋友。在《紅樓夢》裡，男人被喻為泥，女人為水，因為女人柔軟、靈活，能滋養生命。

翻著那本如夢似幻的小說，有時我會想：在這世界上像賈寶玉那樣文質彬彬、聰明有才氣、純真又真誠、對所有女人都好的男人，真的存在嗎？那麼，那個美麗的道姑——寫詩、渴望男人的愛、暗戀著寶玉，卻只能為他收集梅花瓣沏茶的妙玉呢？我多希望我能像《紅樓夢》裡那些美麗聰穎的女子啊！

我喜歡女性朋友，因為女人就像在雨季之前採摘的雲霧茶，曲線姣好、精緻玲瓏、賞心悅目且香氣醉人，值得細細品嘗。當然，對我而言，集這些優點於一身的女人，便只有依空。

雖然母親並不知道我們的關係，但她感受到了戀愛的氣息。有一次我偷聽到她問父親：「我們女兒整天像在夢遊似的，你覺得她是否在談戀愛？」

我差點嗆到。我怎能告訴父母自己正被一個尼姑迷倒？

但我和依空之間並非沒有爭端，只是那無關乎我倆，而是關於村民的想法。崇拜依空的人會說：「看看依空，她這麼漂亮、慈悲、充滿智慧，又是個出家人，怎麼可能不是觀音轉世？」但另外一些人會反駁這樣的說法：「夢寧若非觀音轉世，怎麼可能從那有鬼的井裡活著出來？」有一次兩個女人在觀音廟的觀音像前大聲爭執了起來，另一次兩個上了年紀的男人競相送我們供品，直到依空堅持退回所有的禮物和金錢為止。

當然，母親是站在我這邊的。她瞇起雙眼，用尖銳急促的聲音說：「要剃掉頭髮和穿上僧袍很容易，但有誰可以像妳一樣，掉進井裡不但可以活著出來，還一點都沒有受傷？如果是她掉進去的話，我敢說她的光頭會像雞蛋敲到鐵鍋那樣爆開！而她的腦漿會像嘔吐物一樣噴得她全身都是！」

我覺得非常難過。村人毫無慈悲地為慈悲的觀音對罵！難道村裡的人不知道是依空把觀音像丟下井的嗎？但當我這麼跟他們說的時候，就像從前一樣，他們只覺得我非常善良，於是更加疼愛我。有時候我覺得好困惑，如果我真的是觀音轉世，那為甚麼我無法阻止父親賭博、阻止他跟母親的爭吵呢？如果依空和我都是觀音轉世，那為甚麼我們沒辦法停止村民們幼稚的爭執？

十九歲考上大學的時候，我終於得以遠離村民們的口角。同一年，父親賽馬贏了七萬港幣，於是我們全家搬到了尖沙咀市區。但六個月後，他輸光了所有的錢，於是我們又搬到了九龍的一個破社區裡。之後因為到觀音廟的路途太遠太貴，我也就沒辦法常去了。

一年後，金蓮寺的慧林法師重病去世，於是依空接管了金蓮寺。每次我去找她，她總希望我能夠待在她的廟裡當尼姑。有一次她問我：「夢寧，妳知道妳的頭型很漂亮嗎？如果剃了髮，許多和尚尼姑都會很羨慕妳的。」

還有一次她說：「夢寧，妳有一種安靜的特質，那是得道高僧才有的。慧林師父說，有這樣特質的人，不該將生命浪費在紅塵之中。」

後來，依空知道我雖然想成為尼姑，但卻還沒下定決心削髮。於是她會用一種開玩笑的語氣問我：「夢寧，妳甚麼時候要來跟我們玩呢？這裡有很多好玩的事喔。」我知道她說「來跟我們玩」指的是在廟裡當尼姑，而「好玩的事」是幫她一起完成她的種種大計。

身為家裡唯一的孩子，我很難離開父母遁入空門。中國人認為，獨生子女出家是一件非常不孝的事情——除非父母已雙亡。否則，當父母老邁時，誰來照顧他們呢？誰來延續家族的姓？誰又能夠繼承遺產呢？

6 大火

依空的聲音像寺廟的鐘聲，將我從思緒中敲醒。她正在談自我中心思考……

「我們喜歡批評別人，無論是優越感或自卑感作崇，我們總喜歡說三道四。因為在批評別人的時候——無論是另一半、朋友、工作夥伴、甚至是路上的陌生人——我們就能讓自己成為中心。」

她停頓了一下，「因為我們心中有太多的看法、成見和自我，所以我們總是會批評：**為甚麼我六十歲的阿姨老愛穿得像年輕姑娘一樣？為甚麼我朋友的爸爸要跟只有他一半年紀的女孩約會？我好討厭我岳母煮的菜，有夠難吃。**」

信眾中發出了竊竊私語的交談聲和努力克制的笑聲。依空耐心等到所有的雜音消失，才開始看著前排的人、中間的人、然後是最後面的人，好像是要我們面對事實。

「我們並不需要這些個人中心的思考，我們需要的是有建設性的思考——計畫我們的未來、規畫我們的事業、準備考試、甚至是準備一頓很棒的晚餐。」

她接著解釋為甚麼禪修能讓我們駕馭自己的專注力：「打坐的時候，你們會發現那些個人中心的想法雜亂無章，就像猴子從這棵樹跳到那棵樹一樣。禪修就是為了抓住你們心中的猴子，讓它安分一點……」

底下一陣大笑，打斷了依空的話，也驅散了原先嚴肅的氣氛。我看見好幾個男孩在笑，有一個笑得像弓起背的貓。一位中年女人也搗著嘴在笑。當我繼續環顧四周的時候，我忽然看見了福勒先生。他也正看著我，將眼神從那個熱情跟他說話的尼姑身上移開。那是妙詞，可能是被派去擔任他的翻譯。

依空繼續開口說話，打斷了我們兩人的四目交投。「我們必須掏空以自我為中心的思想，學習如何放手！拋開一切！……」

「失火了！失火了！」突然傳來像惡夢的大叫聲，打破了大堂裡的寧靜。人群開始左顧右盼，竊竊私語。隨著越來越多人大叫「失火了！失火了！」，濃煙也開始瀰漫在空氣中。聽眾一躍而起，跟著推擠尖叫。眼皮不停抽動的尼姑像貓一樣靈敏地奔向講台，將依空拉下來，也撞倒了觀音雕像。依空似乎想說些甚麼，但卻被推向出口。現在說甚麼都太晚了，因為每個人都像被電擊的瘋子般萬眾一心地衝向大門。眼皮不停抽動的尼姑用她肥胖的身軀護著依空，一邊大叫：「借過！讓依空上人過去！」那群本來因依空而頓悟微笑的人，現在成了一群聽而不聞的聾子。

事情發生得太突然，幾秒鐘後我才發現自己擠在驚恐的人群裡，被推著前進。現在屋頂已著了火，樑柱掉到地板上，發出巨大的聲響，火苗往四面八方亂竄。一個男人的背著了火，幾個人趕緊拿禪修用的坐墊往他身上拍，他叫得像殺豬似的。還有個女人頭髮著了火，正歇斯底里哀嚎著。

驚恐的氣氛在空氣中蔓延，每個人都在哭喊——求救、呼喊親人、因為恐懼、因為疼痛。我心跳得好快，嘴裡緊張禱告著。後方人群把我推向前，我往講台看去，依空和眼皮不停抽動的尼姑已經不見了。「救命！」和「失火了！」的叫喊聲混雜著水桶的哐啷聲和腳步撞擊聲，加上男人、女人、小孩歇斯底里推擠的尖叫聲，刺痛了我的耳膜。越來越多的煙從講台和牆邊冒出，濃煙灌進我的鼻腔，燻得我不停流淚。

我看到一個試圖從入口爬出去的老婦人被另一個男人推到一旁。一對情侶牽著手，兩人同心協力地要擠出去。功德箱倒了，紙鈔和銅板撒了滿地，被玻璃窗斜射進來的陽光照得閃閃發光。眾人驚慌逃竄之中，禪修坐墊已被踏扁；拖鞋、經書、錢包、鑰匙、破掉的眼鏡、金鍊、念珠散落各處。人群在混濁的空氣中哭叫、碰撞、跌倒。越來越多木屑飛下來，我被嗆得不停咳嗽，趕緊把嘴巴摀住，以免吸入更多濃煙，也避免自己尖叫。我的心跳越來越快，母親的臉不停浮現在我腦中，眼淚像火山熔岩一樣從我臉頰流下。

突然間，我看見火焰吞噬了神龕，正在融化佛陀的臉。我也忍不住尖叫，像被閻羅王追著一樣瘋狂向前推擠。這次我能像落井的時候一樣活著出去嗎？或者將被這地獄之火燒死？**觀音菩薩，請再救我一次，我不想死！我來這裡是為了追尋性靈，不是死亡！**我不停向觀音祈求，但忽然發現觀音早已成為地上的一堆碎片，她比現在的我還要無助。當下我突然有了另一個醒悟——十五年來無牽、無掛、無我的修行竟在這瞬間灰飛煙滅。

我見在我旁邊的小男孩正聲嘶力竭哭叫著：「媽媽！媽媽！」我將他抱起來緊靠著我。忽然，我感覺到有人抓住我的手臂，一轉身便看見福勒先生。他從我身上將孩子抱走，在一片嘈雜之中大喊：「走！跟我走！」他將我推往另一個方向，離開了向大門推擠的人群。在我還沒能反應之前，他抓了麥克風敲碎玻璃窗，小男孩哭得更大聲。新鮮空氣流了進來，但我才剛跨出一步，著火的柱子就朝我倒下。福勒先生用他的身體擋著我，將我推開，我們三個人重重跌到地上。小男孩開始尖叫，福勒先生將倒下的樑柱踢開，站了起來，伸手拉我。我的膝蓋劇烈疼痛，我已被嚇得說不出話。他抱著小男孩從窗戶衝出去，一下子又衝了回來。在我還來不及反應的時候，他把我抱了起來；我連拒絕的機會都沒有，他已經帶我穿過碎了一地的玻璃。

「妳還好嗎？」他把我放下後用英文問我，完全沒察覺到我心中沸騰的情緒。我從來沒有被男人碰過，更別說被摟抱在懷裡了。我知道自己的臉現在一定又燙又紅，像那四竄的火焰。小男孩拉了拉我的長袍，我彎下腰抱著他。

「妳有辦法把他帶到前面的草坪嗎？我得去把其他人救出來。」福勒先生說，眼神充滿關心。

「好的。」我終於說話了，但嘴唇仍不斷顫抖。「你去吧。」

他跑回靜修堂，繼續用麥克風把玻璃窗打破，一邊喊：「大家從窗戶出去！」

我一拐一拐走著，把小男孩帶到前面的草坪上。我看見貪婪如惡鬼的大火從靜修堂後方撲過去，吞噬了木牆和屋頂。我擦了擦眼淚，咳了起來。旁邊的小男孩哭喊著：「媽媽！媽媽！」我伸出雙手抱著他。

當兩輛消防車到達的時候，大部分人都已經跑到外面了。消防隊員跳下車，將水管拉出，水柱噴向跳躍的火焰。接著救護車也到了，一群白衣人扛著擔架從車上下來。穿著灰袍的和尚和尼姑四處奔波忙著救援，附近孤兒院裡的孩子們都跑了出來，無視於那兩個努力趕他們回去的尼姑。孩子們的嘴張得大大的，眼睛裡發著光，像在看一場好萊塢電影。他們好奇、天真的臉上映著閃耀的火光。

站在這個安全的地方，我的恐懼也消失了，睜大眼睛看著這恐怖又吸引人的壯麗景象。或許這麼想有點邪惡，但我真的覺得這場火好美。火的速度、強度、瑰麗的色彩和濃烈的味道，讓我想到筆勁渾厚的禪畫，潑灑在紙上的墨如畫家解放的靈魂。我真希望手邊能有畫筆，讓我捕捉此震撼的畫面。這火燒得那麼駭人，卻又那麼迷人，就像依空一樣生氣勃勃。火焰像舞孃般跳躍、盤旋、翻騰、打著振奮人心的節奏。佛家說「死而後生」。這火不就是要表達這個訊息嗎？它要燒掉我們的自我、慾望、依賴和中心思想。

是啊！不只是美，這火還有熱情、純「陽」的能量，甚至它燃燒時的劈啪聲都顯得份外妖嬈。

突然間，我遠遠看見了窈窕婀娜的佛塔，宛如女子的曲線。這世界上還有甚麼能像這火焰如此具毀滅性，卻又帶來如此強烈的感官愉悅呢？這場大火也似乎燃醒了我心中說不上來的某種感覺。

閃爍的火光，令人窒息的熱氣、飛舞的灰燼和嗆鼻的煙味朝我撲來，我的心在這壯烈的毀滅與重生中感到極度興奮。但當我看到靜修堂旁邊的藏經閣也起火的時候，我隨即清醒過來。

不到一小時，火勢已被控制住，剩下悶燒的灰燼。有的人像無頭蒼蠅轉來轉去，有的人呆坐在前庭的人行道上。他們蓬頭垢面、眼神呆滯，臉上又是眼淚又是煤灰，褲子撕裂，黑袍也殘破不堪，看起來像靈魂被某種黑暗的邪惡力量吸走了。有些女人的模樣讓我看了好生尷尬，她們雙腿分開、嘴巴張得大大，袍子也撩得高高的，露出了大腿和內褲。

忽然間，我想到那個小男孩。我怎麼可以忘記他還在我旁邊，且驚嚇又無助呢？我將他拉近，輕輕問他：「小朋友，你還好嗎？」

出乎我的意料，他小小的身子撲進我的懷裡，頭在我的胸前用力磨著。「媽媽……」他小聲說。

我的心融化了。感受著他小小的、脆弱的身軀，我從來不知道有個小孩這樣依偎是如此美好的事。「小朋友，」我邊低聲說邊將他拉開，好讓自己可以看著他的眼睛：「我不是你的媽媽，但你不要擔心，她很快就會來找你的。」

他才四、五歲大，理著小小的光頭，身上穿著迷你版的僧袍。好漂亮的孩子。他用大大的、好奇的眼睛看著我：「妳是誰？」

突然我發覺他沒有眉毛，是被火給燒了！我心中滿是不忍，努力忍住眼淚。才要回答他，他卻伸出小小的手，摸了摸我的臉，問我：「妳為甚麼哭了？」

我再也無法克制，任由自己的眼淚從臉上流下，像洩了洪的水壩。將他拉進懷裡，輕摸著他小小的光頭，我心中滿是母愛。但忽然又覺得好哀傷，因為這種感覺讓我想起了我從來沒有機會抱過的，短命的弟弟。

這時福勒先生忽然出現在我眼前，他的臉和長袍全髒了，頭髮也因為煤灰變成了灰色。他將我頭髮上的玻璃碎片拍掉，把手放在我的肩上問：「夢寧，妳沒事吧？」想到他抱著我的體溫，我紅了臉，接著又忍住了淚。因為這個陌生人不但記得我的名字，還是我和大家的救命恩人。

「我真的不知道該怎麼謝你，福勒先生──」

「叫我麥可。」他說。

他拍了拍小男孩的頭，這時一個頭髮蓬鬆、滿臉淚痕的年輕女人衝過來，從我身上將小男孩拉了過去。她捏了捏他的臉、手臂和大腿，然後開始又哭又笑。「我的寶貝！我的心肝！你受傷了！但你還活著！」接著她抓住我的手臂，「真謝謝妳，小姐。」

我指了指麥可，「謝他吧，是他打破窗戶把所有人救出來的。」

她露出好大的笑容，雙手合十向麥可鞠躬，用帶著濃濃廣東腔的英文說：「噢，謝謝你，謝謝你，鬼佬（譯註：廣東話對外國人的稱呼）菩薩。」接著她轉向小男孩，用廣東話說：「兒子啊，快來謝謝阿姨和這個鬼佬叔叔，快！」

小男孩咚地一聲跪下，像個小沙彌一樣磕頭。麥可和我都笑了，女人也笑了。她不停向我們道謝，然後帶著她的兒子離開。我看著小男孩移動圓胖的小腿匆匆隨母親離開的背影，感到好不捨。

麥可指著救護車問：「夢寧，妳要不要跟我過去看看有甚麼需要幫忙的？」他拉著我的手趕到了白色救護車旁。

看到依空和其他人半清醒地躺在擔架上時，我大吃一驚，心裡向下一沉。天啊，觀音菩薩，請妳千萬不要讓我的老師發生甚麼事！

幸好依空雖然臉色蒼白，嘴唇也全無血色，但還在跟跪在她旁邊眼皮不停抽動的尼姑耳語。我鬆了一口氣。忽然我發現她的袍子破了，露出肩膀光滑的肌膚。這是我第一次看到如此裸露的她，臉頰一陣滾燙。好幾個和尚和尼姑圍著她，一邊低語一邊擔心地看著她。麥可走向前，用英文跟救護車裡的人說：「我是醫生，可以看看她嗎？」

他檢查了依空的呼吸和脈搏後說：「她吸進了一些煙，但沒有甚麼大礙。」

依空眨了眨眼，說：「謝謝你。」

麥可點了點頭，走去替其他人檢查。

依空伸出手碰了碰眼皮不停抽動的尼姑的袖子，「要確定大家都沒事……」一滴眼淚從她眼角滑落，「唉……藏經閣裡的那些書……」

雖然我和她認識超過十五年，但從未見過她這麼感慨的表情和聲音。因此，雖然發生了火災，我卻在心裡偷偷為這意外的發現感到愉悅。

她看著我，問：「夢寧，是妳嗎？」

我向前跪在她旁邊：「是的，依空師父。」她喃喃自語，握住了我的手。這也是她第一次這樣溫柔地碰觸我，我的手輕撫她好溫暖好柔軟的肩。

「妳回來了。妳離開多久了？五年？」這場大災難似乎沒有讓她驚人的記憶力減退，但當我要回答時，她已闔上了雙眼。

當我看著救護車將依空送走時，眼角瞄到一張結了紅疤的臉，像蛇從陽光下滑過。我立即轉身追看，但除了憂傷的尼姑們和那些興奮的孤兒之外，甚麼也沒有見到。

7 當我們年輕時

麥可和我待在香靈寺裡幫忙，幸好沒有人受重傷，因為大家都及時從窗戶逃了出去。

安頓好所有事之後，我們都累得快虛脫了。我發現麥可正看著我的腳，順著他的視線看去，我才發現自己的膝蓋和腳踝上有血。血已經止住了，但擦傷很嚴重，我開始大哭起來。他摟著我，那些因為害怕、痛楚、疲倦而壓抑的情緒開始潰堤，淚水沿著我的臉頰流下，流到了長袍上，也沾濕了麥可的袍子。前面草坪年輕的尼姑們好奇地看著我們。

最後我終於停止了哭泣，「不好意思，麥可。」他攙扶著我，我已經懶得理那些尼姑的目光了。

麥可拉著我的手回到他的房間。穿著破爛的長袍站在他面前，我害羞了起來。因此當他要我把長襪脫下，以便清洗傷口的時候，我猶豫了。

他忍著笑，指著門口方向說：「洗手間在那裡。」

雖然除了我們兩個，房裡並沒有其他人，但我還是不想用男性的洗手間。於是我躲在牆邊將裙子拉了起來，試著將黏在膝蓋和小腿上的長襪拉下，拉下的時候感覺到尼龍布料刮過我的皮膚，再將腳上剩下黏著的碎布一一撕下。現在我的大腿、小腿和腳趾都光溜溜的，一股熱量開始在我內心膨脹。

我坐著讓麥可替我檢查膝蓋和腳踝，他到洗手台裝了一杯水，將水緩緩倒在傷口上洗掉灰塵，我倒抽一口氣。

他抬頭，拍了拍我的手臂：「放鬆點，夢寧，沒事的。相信我，我不會傷害你的。」

我相信他，卻又覺得訝異。我從沒想過要相信一個男人，我向來只相信依空和觀音菩薩。雖然呼吸急促、心跳加速，這個跪在面前為我清理傷口的男人卻讓我充滿安全感。我忍住淚，看他用乾淨的白手帕替我包紮。他看起來好專注，完全是禪定的樣子。

包紮好後，麥可開始檢視我腫脹的腳趾。他輕按每根腳趾頭，問我痛不痛。

我點點頭：「一點點。」

「不用太擔心，妳的腳沒有骨折，過幾天就會消腫了。」

我的膝蓋、腳踝和小腿瞬間覺得好多了，也不再那麼痛。幸好只有長袍上有些破損和血跡，裡面的洋裝完好無缺。我實在不想回家後還得跟母親解釋發生了甚麼事——不管是禪修營或是這場火。

之後我還是覺得頭暈目眩，於是走回廂房換洗，順便收拾行李。麥可約我在大門碰面，交換了電話號碼和地址後，他堅持要送我回家。我本來要婉拒的，畢竟他已經為大家做了太多事——但我已經沒有氣力或意願去拒絕他了。

光從大嶼山回到市區就要將近兩個小時。我們先搭渡輪到中環，再搭地鐵到離我公寓只隔兩條巷子的長沙灣。我們一起走到街口，然後我禮貌地感謝他送我到這裡。

「我沒事，可以自己走回家。」我可不想讓母親看見有個鬼佬陪我回家，我已經累得不想多解釋了。

到家的時候已經十一點，幸好母親已經睡了，我直接回房休息。躺在床上看著窗外，我的心情久久無法平復。懸在深藍天空中的銀色月亮躲在雲層中窺視著我。「千里共嬋娟」——蘇東坡的詞句浮現在我腦中。

麥可現在在九龍酒店裡做甚麼呢？睡覺嗎？看電視嗎？或是看著同樣的月亮想著我？我閉上了雙眼……

珍珠般明亮的月色下，臉上帶著傷疤的尼姑在金蓮寺裡遊盪，然後望著依空的窗大聲哭泣：「師父，請賜給我妳那美麗的容貌！還有妳的手指！妳那修長優雅的手指！」

依空出現在窗戶旁，丟下一顆枕頭：「去睡吧，傻瓜！」她的聲音如銀鈴般清脆，「傷疤是妳最好的朋友，不是敵人。放下吧！拋開吧！妳應該好好學習。」

依空關上窗後，又突然打開了窗戶，充滿恐懼的眼神看著那個尼姑，尖叫著：「救命！救命！失火了！」

那個尼姑回頭冷笑：「放下吧！拋開吧！這火是妳最好的朋友，妳該從此學得無牽無掛！」她從容離開，留下火裡的依空。

我忽然驚醒，全身冒汗。母親衝進來，一副日軍又再度侵襲香港的表情。

「走！夢寧，快跑！」

「甚麼？」

「妳不是一直叫『失火了』？」

「媽，只是做惡夢。我沒事。」看著她關心的臉，我感受到溫柔的愛意。

母親將肥胖的手放在我額頭上，「夢寧，妳看起來好累。妳需要一頓豐盛健康的早餐！」她說完後消失在廚房裡，愉悅的口哨聲穿插著鍋碗瓢盆的哐啷聲。

旋律是〈當我們年輕時〉。

那是父親和母親的定情曲。父親變成賭鬼前是個詩人兼學者，在花蓮教書。母親是他的學生，他們認識的時候母親才九歲，父親十九歲。母親說他們相遇的那一刻，她就知道他們命中註定相戀。她常吹噓當年頂著小平頭、穿著白襯衫的父親有多麼帥氣，所有學生都被他的幽默風趣和淵博學識給迷倒；雖然班上女同學都迷戀他，可他那火炬般的眼神卻只追尋著她。『跟好萊塢明星一樣又高又帥』，妳爸的朋友都這麼說。」

一年後，外婆帶著全家搬到了台北。因為外公過世了，外婆覺得只有在大城市裡才有機會脫貧，給孩子們更好的生活。於是母親和父親也就失去了聯繫。

八年後的某一天，母親一如往常在放學後到外婆店裡幫忙，她看見一個男人在玻璃櫃台前，邊挑選珠寶邊跟外婆聊天。他那熟悉的聲音讓她心跳加速。

「天啊，」她跟自己說：「觀音菩薩，希望是他！」她向她從不相信的神明祈求，讓她如願以償。

外婆叫她：「美琳，妳在那裡唸唸有詞幹嘛？快來幫忙！」

男人轉過身，兩人四目交投。

「啊，這是妳常提到的杜老師。」外婆說：「快跟杜老師說恭喜，他三個禮拜後要結婚了，來這裡買金飾給新娘子。」

母親並沒有向父親說恭喜，反而哭著跑出了珠寶店。

「美琳，聽我解釋！」父親追著她跑到大街上，然後緊緊擁住她。

一開始他們不知道該怎麼辦，但一個禮拜後，他們終於想到了解除婚約的方法。收拾了一些家當和現金，父親和母親坐上一艘開往香港的船。一年後，十九歲的母親生下我。從此之後，他們便一直同居而沒有正式結婚。我常常想起這個故事，因為父親和母親一直對那位被拋棄的女孩感到愧疚——無論是她所受到的侮辱或她破碎的心。但我從來無法得知真相，因為每次我問那女孩後來怎麼了，他們總是避重就輕地轉移話題。

母親一直因為沒有夢幻的婚禮和鑲金框的婚紗照而耿耿於懷。相反地，父親卻對此感到驕傲。我還小的時候他曾經告訴我：「夢寧，妳媽和我從來沒有結婚，所以妳是私生女。但妳知道嗎？就是因為這樣妳才會這麼聰明，這麼漂亮！」

「爸爸，我不懂。」我不懂私生女和聰明漂亮有甚麼關係。

父親笑得很神祕：「妳當然不懂，妳還是小孩子。去問妳媽，我已經跟她解釋過好幾百次了。」

母親織毛衣的雙手停在半空中，拿那件小小的紅色毛衣在我背後量了量，壓低了嗓子：「嗯……因為……因為男女生要偷偷生小孩的時候……也就是說，他們，嗯……嗯，比較激烈。他們做，嗯……**那件事**的時候，就會給小孩更多精力，更多『氣』，總之甚麼都比別人多。妳懂嗎？這就是為甚麼妳這麼漂亮，這麼聰明。妳是個幸運的孩子，因為你擁有的是其他人的兩倍。兩倍，妳懂嗎？」

我不懂。

「嗯……」母親突然厲聲向我說：「不懂就去問妳爸爸好了！」她低下頭，快速織著毛衣。有時候我很替那個女孩慶幸，幸好她沒有嫁給爸爸。

因為婚後她不但會因為父親的外遇而丟臉，他為她結婚而買的金飾也可能典當一空。她能夠像母親這樣，在美麗的五月早晨，依賴著一首記憶中的歌曲活下來嗎？父親曾在英文課教全班唱這首

〈當我們年輕時〉，但母親說：「事實上，妳爸只想教我唱，但他不想讓其他人知道他對我的感情，所以才教全班唱。」

早餐終於煮好了。我坐下吃，母親坐在我對面看她的報紙。餐桌上，我發現有三顆水煮蛋、兩片火腿和加了牛奶的咖啡。

「媽，妳很少煮西式料理，為甚麼今天煮美式早餐？」

「因為美國很富饒，跟他們的早餐一樣。妳要多補充體力！」她仍低頭看報紙，然後叫了起來：「噯呀！昨天有座廟失火啦！」

我嘴裡的東西嚼到一半，停了下來，她繼續唸：「嗯……還好沒人受傷……因為有個美籍醫生和一個華人博士幫大家從窗戶逃出。」

我的心砰砰跳著。母親繼續唸：「這個鬼佬醫生從約翰霍普金斯大學畢業……還有一個博士叫杜……」

我趁母親還沒來得及反應，伸手抓過報紙，文章標題寫著：香靈寺七日禪修營遇大火，美籍菩薩現身救難。

文章描述了這場大火中的慌亂和損失。最後寫著：

現年三十八歲的麥可・福勒菩薩，是來自美國的神經科醫生，畢業於約翰霍普金斯大學，現任職於紐約醫院。

身為禪修營的一員，福勒醫生在上海玉佛寺成為佛門弟子，法號「放下自在」。廟裡的和尚和尼姑都對福勒醫生和另一位參加禪修營的華人女菩薩，杜博士，表達深深的感謝。

在把報紙還給母親之前，我潑了一點咖啡在報紙上提到我名字的地方，接著狼吞虎嚥把早餐吃完。一定是廟方把我們的名字給了報社，也一定是那些八卦報紙把我們的名字連在一起。

麥可抱著孩子、抱著我從窗戶出去、溫柔照料我膝蓋傷口的記憶慢慢湧現。我一向很少對男人有興趣，但現在我想起了麥可和他的法號「放下自在」，就好像有甚麼東西在心裡翻攪著，讓我好害怕……

8 千里共嬋娟

我看著母親，她還沉浸在她的八卦專欄裡，從她微微上揚的嘴角看來，應該是非常有滋味的八卦。一股哀傷向我席捲而來，我太了解這個表情了，她聽父親甜言蜜語時就是這個表情。她總是心甘情願地讓父親騙她，雖然她自以為是個非常謹慎小心的人。

她是那麼謹慎小心，所以寧可多花一塊錢、多花半小時、多搭半哩路程的電車到某個市集去。據她的說法，那裡的豬肉不但便宜了一塊錢，還多了一兩重。

「小心駛得萬年船。」

「但，媽，」我問她：「我們能活到八十歲就很幸運了，怎麼可能駛得萬年船呢？」

母親發出嘖嘖聲，像舌頭抹了油似的。「啊，真是個傲慢的孩子，這是哲學，背後有智慧的。」說著她用筷子夾起她最愛的肥豬肉，邊絮絮滔滔：「妳外婆教我要謹慎，現在又由我來教妳。以後妳又會教妳女兒，以後的以後我孫女又會教我的曾孫……代代相傳，加起來就是萬年或更多，對吧？」

但母親只有說話謹慎，做事卻糊裡糊塗。她警告我不能隨便給陌生人開門，但自己卻讓推銷人員進入家裡，還倒茶給他們，讓他們用甜言蜜語說服她買下一些她從來都學不會怎麼用的昂貴廚具，花掉我們整個月的飯錢。她警告我不能喝朋友家裡的飲料，但卻會丟一塊錢給街上的攤販，買下一杯不明的混濁液體。

還有，她不停要我小心外表俊俏、甜言蜜語、風流花心的男人，但她卻盲目地愛著父親，一再受騙。

父親能讓她那麼著迷的原因不只是他的外表，還包括他為她寫的情詩。父親寫得一手好字，還會在有花鳥、鑲著金邊的宣紙上寫詩。有時他在自己的相片後面題詩送給母親。詩的最上方他總會加上：「給親愛的美琳，紀念妳我八年的分離」，最下方則會寫：「永遠愛妳的杜偉」。

這些年來，母親仔細將這些詩放在日記裡，壓上她從潮濕又五味雜陳的市場買來的小雛菊、鳶尾花或玫瑰，也有些花是她從公園裡摘來的。她常會把這些詩拿出來讀，或用毛筆沾著墨水模仿父親的書法重新抄寫。雖然我被她的浪漫感動，但我同時也覺得很悲哀。

因為父親從來沒有寫過這些詩，這些都是抄襲古人的。

我從來都不能叫父親說清楚他對母親的感情。有一次我問他怎麼追母親，他有些詫異，「我沒有追妳媽，」他壓低了聲音說：「是她追我。」然後他跟我說了另一個完全不同版本的珠寶店故事。他們相遇的時候，他完全沒有認出母親。「我怎麼可能認得她？」他皺著眉頭，一副不可思議的樣子。「我們在花蓮的時候她才九歲，我們在台北遇到的時候她已經是個婷婷玉立的少女了。而且，」父親繼續說：「我怎麼可能記得她九歲時那種幼稚的感情？」但當我問他為甚麼要為了母親拋下未婚妻，他忽然轉移話題，開始聊起天氣。其實他會不會是為了外婆的黃金？

父親離世後的幾個禮拜，某天下午，母親決定要把父親送她的詩結集。我們在餐桌上開始整理所有的紙張。

雖然室內很熱，但母親不許我開電風扇，怕風吹亂詩稿。

我從她不同的日記本裡把所有的詩找了出來，母親則把乾花黏在要當封面的厚紙板上。我們在裁切黏貼和裝訂的時候，母親哼著〈當我們年輕時〉，然後背誦著父親寫給她的詩，就好像他還在家裡與我們一起，然後靜靜擦掉流下的幾滴眼淚。

我問她：「媽，妳知道爸爸的詩在寫甚麼嗎？」

母親皺了皺眉頭，「夢寧，我們不應去了解詩，只能感受詩。」

「那妳感受到甚麼？」

母親的眉頭皺得更深了。「如果我能告訴妳我感受到甚麼，那妳爸的詩就不是好詩了。好詩很難讓妳說出真正的感受，你會有時候難過、有時候開心；有時甜、有時酸、有時苦、有時慷慨激昂。妳可以感受到很多，也可以甚麼都感受不到。」她停下來，出了神。「總之妳的心像打翻了一櫃的調味料，百種滋味在心頭，這就是好詩了。妳爸爸的詩就能令人有這樣的感受。」

母親突然站了起來，走向窗邊，打開窗戶，然後指著外頭：「夢寧，看看今晚的月亮，這麼美麗皎潔。我想妳爸爸現在一定在那邊看著。」然後她嘆了一口氣，「唉！他寫下『千里共嬋娟』的時候，就預知這一刻了。」

她對著月亮沉思了一會，走回來坐在我旁邊。「妳爸真的是一個很棒的詩人，同時還有神祕的預知力量。他知道月亮會讓我們在一起。」

我努力地嚥下心中的疑問。難道她不知道這首詞不是父親，而是蘇東坡寫的嗎？

母親從那疊紙上面拿起一張照片，「分開了八年，你爸再次和我相遇時的樣子。」她濕了眼眶。泛黃的相片上是年輕帥氣的父親，梳著四〇年代最流行的油頭，大眼睛炯炯有神，散發著熱情洋溢。那自信的微笑、性感的嘴唇和潔白的牙齒，看起來那麼意氣風發。母親曾一而再地告訴我，好多人都以為父親是電影明星。她驕傲地說，是美國好萊塢巨星「卡蓋波」——應該是克拉克·蓋博(Clark Gable)。看著父親的照片，我忽然明白為甚麼母親寧願受騙也無法拒絕他。

雖然父親和母親同居了二十多年，但母親從未真正抓住父親。因為他就像蛇一樣——你以為已抓住牠，牠卻一溜煙消失在草叢裡。有時我會覺得，或許在人一生中，我們從來就沒辦法抓住自己真正想要的東西，因為抓住某樣東西只是失去的開始。也許只有無知的人才會執著，聰明的人則學會放下，或接受不完美。也或者，在母親的世界裡，她真心覺得快樂。因為這羅曼蒂克的愛情是她僅有的夢，沒有這個夢，她就像少了陽光的花朵，少了鏡子的美女。母親輕輕唸著照片上的詞句：

「八年生死兩茫茫，

不思量，自難忘。
千里孤墳，無處話淒涼。
縱使相逢應不識，塵滿面，鬢如霜。」

「這是他對我們八年分離的感慨。」母親失魂落魄地說：「妳爸爸是天才，才能有這麼深的感受。如果人們懂得欣賞詩……他一定會很有名，很有名……」

看著無情歲月令母親下垂的嘴角和失去光彩的雙眼，我好難過。讓我更難過的是，這首詞不是爸爸，而是宋朝大文豪蘇東坡寫的。最糟的是，父親將原本的「十年」改成了「八年」。我心碎了，因為母親完全看不見事實，即使事實就擺在眼前。對她來說，相信的就是事實。或者，她選擇視而不見？

忽然間，一陣強風吹來，宣紙飄到了地上。母親彎腰撿紙，她臃腫的身軀和不雅的姿勢，讓我感到不忍。

「夢寧，快關窗！小心不要踩到妳爸的詩！」

我起身關窗，卻訝異地發現窗外的並不是月亮，而是路燈。

電話響起，打斷了我的思緒。我拿起話筒，「喂？」

「請問夢寧在嗎？」

「麥可？」我的心跳加速。

「對，是我。」他停了一下，「妳還好嗎？我昨晚打沒人接，所以有點擔心。」

「喔，不好意思，麥可，我沒聽到。應該是我媽媽把電話線拔掉了，她有時候不想被打擾。我沒事。」

「妳的膝蓋和腳踝……要我過去幫妳換藥嗎？」

「沒關係，我可以自己來。」我說，但心裡覺得正在和壓抑情感的力量拔河。

他問我要不要和他一起到醫院去看依空及其他傷患。

我很高興他這麼問，也忽然覺得有點愧咎。我怎麼會忘了我的師父，忘了那個帶我進入佛學與禪畫、供我三餐、借錢讓我們替父親辦後事的恩師呢？

下午五點半到廣華醫院時，麥可已經在那兒等我了。我們跟路邊的小攤販買了些水果和飲料，然後走進大廳。

依空睡了，兩個尼姑坐在她的床邊——眼皮不停抽動的尼姑和另一個年輕尼姑。我把東西放在床邊的櫃子上，她們示意我們到外面去說話。

走廊上，她們同聲說：「阿彌陀佛！感謝大慈大悲的菩薩，謝謝你們做的一切。」雖然我認得她們，卻沒有問過她們的法號。眼皮不停抽動的尼姑叫獨行，年輕尼姑是無塵。獨行說，依空只是太累了，還不停擔心災情，但除此之外都很好。

麥可問起火的原因，無塵皺著眉說：「一個八歲的小男孩。」她有點生氣地說：「他是我們孤兒院裡最調皮搗蛋的一個，說也說不聽。昨天他不知道從哪偷來雞肉在靜修堂後面煮，卻竟然睡著了。是今天早上另一個孩子來跟我們說，我們才知道的，他連來道歉都沒有。」

無塵接著說：「他父親殺了母親之後，他就被送到孤兒院來，因為親戚都怕他給家裡帶來厄運，所以沒人敢收留他。我們好心收留了他，他卻把我們害成這樣！」她瞪大眼睛，「真是個壞孩子！這場火差點就把依空上人帶走！」

麥可的聲音有些難過，「他只是個孩子，只是不小心……當孤兒並不好受。」

兩位尼姑靦腆地笑，改聊其他事情。最後獨行告訴我，依空希望能在出院後跟我見面。

麥可和我一起走向窩打老道的麻油地地鐵站，大街上擠滿了疾走的人群和開得飛快的車子。走過基督教青年會時，我看見玻璃門上的倒影，麥可穿著綠色襯衫和卡其色長褲，頭髮被風微微吹亂，看起來神采奕奕。我穿著白色襯衫和長裙（為了遮住膝蓋上的傷），站在他旁邊就像個小孩。我發現我們正牽著手。

我感到一陣羞怯，趕緊抽開手。麥可似乎沒注意到，「夢寧，我們今晚一起用餐好嗎？」

9 山頂

麥可推薦山頂餐廳，我們就先搭地鐵到尖沙咀，然後到碼頭搭天星小輪到中環。在渡輪上，當我看著建築群在空中的輪廓，聞到鹽味、海草味和魚腥味，我更感到這個嘈雜港口的生命力。暮色中，高低起伏的高樓大廈似乎在波動，像多重旋律交織的樂章。我在想，究竟甚麼是真，甚麼是假：是商人投入大把鈔票的中環區，或是成千上萬信徒來積功德的香靈寺？可他們的功德現在不都灰飛煙滅了嗎？我心中再次出現那巫婆似的火焰，舞著、瞅著、向四面八方伸出蜘蛛似的手指，嘲笑我的迷惑和恐懼。

我打了個寒顫。

麥可伸手摟我，「夢寧，妳還好嗎？」

我看著他，想起依空曾說過：**放下凡人的愛，因為一切都是虛幻。**

那她的慈悲和麥可的善良呢？也都是虛幻的嗎？

「我沒事，麥可，」我說：「只是有點疑惑。」

「妳還在想那場火嗎？」

我沉默不語。我怎能告訴他，自己想的不是火，而是被火挑起的對男人——對他的感覺？

他把我拉近一些，「一切都結束，我們沒事了。」

我們走下渡輪，開始散步。走了五分鐘，聊的全是那場火。

抵達花園道纜車站時已經快八點了，我們跟外國觀光客、本地的中國人一起站在一個小小的等候區。纜車每十分鐘就有一班，所以我們沒多久就上了車。

一聲急促清脆的「叮」，纜車開始爬上陡峭的山坡，乘客們或興奮地在木椅上扭動，或緊張地抓著安全桿。三個中國女人帶著她們的女兒，每個人胸前都掛著一台相機，每聽到「叮」的聲音就尖叫，咯咯笑個不停。

麥可和我靠在窗邊，看著外面的風景。天空染成一片桃紅，伴隨著緩緩升起的月亮。天氣很熱，但吹在臉上的海風好舒服。

不久，我在擁擠的建築之間看見維多利亞港。港口對岸，深綠色的海水慵懶地環抱著九龍彎彎曲曲的海岸線。我發覺自己正在用一種嶄新的眼光觀察香港。那場火之後，即使是從前熟悉的每件事物，現在都變得清晰和饒有趣味——港口、大海、彷彿正在沉思的船隻、如夢似幻的絢麗霓虹燈。一朵孤獨的雲飄過月亮，我向麥可靠近了一些。

他指著外面，「夢寧，看那個飛機跑道。」我順著他修長的手指看去。

閃閃發光的機場跑道延伸到寶藍色的海水裡，像燃燒的舌頭緩緩舔起一架升空的飛機。我的心跳因感受到麥可的存在而加速，空氣中似乎只瀰漫著他的古龍水味和體溫。

他說：「我喜歡香港，它是世界上唯一可讓飛機降落在市中心的都市。這就是禪所謂的『此地此刻』。」

纜車奮力往山頂前進，車外所有建築都傾斜著，像要墜入海裡。我心中忽然一陣悸動，難道這是我將墜入愛河的徵兆嗎？

纜車穿過一片竹林及冷杉林便停了下來——山頂纜車總站到了。

不到五分鐘，我們便抵達山頂餐廳。穿緊身黑裙的漂亮服務生向麥可露出微笑，她說剛剛有人退訂，所以我們很幸運能坐到最後一個靠窗的位置。

臀部隨著爵士樂的節奏搖擺，女服務生帶我們到一張旁邊有高大熱帶植物及落地窗的桌子。她踩著細跟高跟鞋走開後，麥可為我拉椅子。

我看了看四周，想起以前讀到英國殖民時期，這裡曾是有錢人到維多利亞山頂時，他們的轎伕休息的地方。但現在這裡已經是個餐廳了。我喜歡這裡英式的中古圓拱、英國風景畫、溫馨的火爐，還有令人垂涎的食物香氣：烤牛排、烤蝦、咖哩羊排……

穿著燕尾服的服務生送上菜單，我們安靜地看著那一列長長的餐點名稱。

「嗯，夢寧，妳決定好要點甚麼了嗎？」麥可終於開口。

「還沒，你呢？」

「我吃素，所以我要番茄義大利麵和一杯礦泉水。」

忽然覺得自己吃葷不好意思，所以我壓下了想來一份羊排的慾望，跟服務生說我要和麥可一樣的。服務生走後，麥可問我：「妳也吃素嗎？」

「不一定，」我說，接著又問：「你吃素是因為你是佛教徒或因為你是醫生？」

「都是。」他示意我看鄰桌一個矮胖的中國男人。他像個戰士正在攻擊一塊豬排，刀叉發出撞擊聲，接著狼吞虎嚥把豬排幹掉。「那塊面目全非的豬排曾經是一頭健康的豬，牠躺在草皮上曬太陽、和女朋友調情嬉鬧、跟孩子說故事、在樹蔭下玩耍、嘻笑、做著美夢。」

我感到一陣羞愧。

麥可拍拍我的手，「別擔心，佛祖也曾經吃葷，因為他托缽化緣的時候得吃下缽裡任何施捨的食物，那怕是肉。」

我不知道該說些甚麼，於是將視線移向窗外。餐廳緩緩旋轉著，我看到許多建築物的輪廓：大會堂、港麗酒店、匯豐銀行、文華東方酒店，還有名建築師貝聿銘設計，像針一樣的中銀大廈。我的視線落到了九龍半島隱約的山稜曲線，中國就像從後方陰森地逼近。

依空曾說：**如果無法使內心平靜，那麼即使住在最偏遠的山區，也跟住在監獄裡沒有分別。**她輕敲心口：**心到之處就是家。身為和尚或尼姑，我們的心處處都在——香港、美國、中國，甚至監獄，都是一樣的。**

但若真的沒有分別，為甚麼她總希望我到她的廟裡當尼姑呢？

麥可的聲音闖進我的思緒，「真奇怪，我竟然覺得香港這麼漂亮，因為我從來只喜歡簡單的事物……我指的是簡單優美的事物，像水墨畫。」停了一秒，他接著問：「夢寧，妳在索邦大學拿到亞洲藝術史的博士學位嗎？」

「我還得回巴黎口試。」

「我喜歡中國藝術。」

「真的嗎？」我看著麥可綠色的眼珠和高挺的鼻子。

服務生端來礦泉水，倒進我們的杯子裡，然後離開。麥可與我碰杯，發出清脆的聲響。

「乾杯，夢寧。敬我們的相遇。」

「乾杯。」我說，感到有點透不過氣來。

淺嘗幾口飲料，我跟麥可說了我和依空的關係。而我之所以學會欣賞禪畫藝術，是因為依空也是位收藏家。麥可說他喜歡宋元時期簡單優雅的畫風，不喜歡過份華麗的清朝畫作，因為那些畫太附庸風雅，已失去單純賞玩的樂趣。

「那樣的畫無法讓人進入更深的情感和冥思，」他看著我的眼睛，「事物或許無法永恆保存，但情感卻可以，所以我們都應該珍惜感情。」

「有時候」我說，覺得有點坐立難安，「我還滿喜歡華麗的藝術。」

麥可沒有回話，他傾身凝望著我，臉上浮現燦爛的微笑。「夢寧，我以美麗的事物來忘憂，中國藝術可以幫我做到。」

我心裡放鬆了一些。甚至中國人也很少能真正懂得中國藝術的意境、深邃的視野和偽裝的簡樸，更遑論美國人。

他繼續說，「我喜歡中國藝術刻畫的自然，但難以理解怎麼能有這麼簡單卻又這麼美，還能撫慰人心的東西。」

「因為當話說的太盡時，」我小心翼翼地不直視他的眼睛，試著用輕鬆的口吻說：「就失去了對未知和神祕的想像空間。」

這時，服務生送上我們的晚餐。他走了之後，麥可等我開始吃，才拿起叉子吃他的那份。義大利麵比我想像中的還要好吃，調味恰到好處，淡淡的帕馬森起司香味宜人。

「麥可——」我看他用叉子轉起長長的義大利麵，「你是甚麼時候開始對中國藝術有興趣的？」

麥可將嘴裡的義大利麵吃完，放下叉子，用紙巾擦了擦嘴。「念醫學院的時候。有一次我收到一個包裹，沒注意到收件人不是我。打開一看，裡面是一本關於中國畫的書。我一開始沒認真看，但看著看著就著了迷。那些畫裡有我從來沒見過的美。」

「那是一種平靜祥和的感覺，所有風景都由最簡單的線條構成。那個包裹改變了我的人生，我相信那就是我的宿命。包裹本來是要寄給藝術系的麥可・福頓教授，卻陰錯陽差到了我的手上。福頓，福勒，這麼一個小小的烏龍讓我發現中國文化的美好，也讓我成了佛教徒。」

「後來，我帶著那本書去找福頓教授，跟他聊了一個多小時。隔年我蹺了幾堂醫學院的課，跑去旁聽他的中國藝術，現在他是我最好的朋友。他收集的中國畫不多，但全是名作。他常開玩笑說他不該結婚，因為他需要空間來收藏藝術品。」

「麥可，你一定是福頓教授的得意門生。」

麥可的表情微微變了一下，「麥可・福頓和我非常要好，他……就像是我的親生父親。」

「喔……那你的父母親呢？」

「我從十幾歲開始就是個孤兒。」麥可說得很平淡，我卻看見他眼裡閃過一絲哀傷。

「不好意思……」

「沒關係。」

他綠色的眼睛變得柔和起來，聲音近乎呢喃。我無法確定他是否真的已從哀傷中走出來。我感到一股強烈想去安慰他、觸摸他，甚至……擁抱他的欲望，就像在火災後我擁抱那個小男孩一樣。

我咬著嘴唇，壓抑自己的衝動。我還想知道更多他的事，但我們才剛認識，也許不該問太多。

麥可試著轉移話題，聲音愉悅了起來。「妳怎麼都不說說妳家裡的事呢？」

其實我跟他提過。

麥可似乎對我的生活很感興趣，「妳是一個非常特別的女人，夢寧。」

這時服務生又走了回來：「請問餐點都還好嗎？」他看了一眼我們盤裡幾乎沒動的食物。

麥可伸手拿帳單，我趕緊說：「麥可，我還欠你錢，讓我付吧？」

他拉著我的手，說：「讓我當個把錢視為身外之物的佛教徒，好嗎？」他接著問我改天是否願意再帶他逛逛香港。

「我很樂意。」我毫無意識地吐出了這句話。

離開餐廳之後，我們沿著山頂上的夏力道走了一小段路，安靜地搭上纜車，咀嚼著彼此的想法和存在。

從長沙灣地鐵站下車後，我婉拒他陪我走回家。

「今晚是個很棒的夜晚，夢寧，」麥可說，他的臉龐在路燈下顯得白皙夢幻，我感覺到他正握著我的手，「也謝謝妳願意陪我。」他的手很大，很舒服，舒服得令人分心。他傾身看著我的臉，「明早我可以打電話給妳嗎？」

「嗯。」

「那我大概九點的時候打給妳，再見囉。」

「再見。」我不太想說再見但卻又不知道該說些甚麼好。麥可將我拉進他的懷裡，在車站大廳眾目睽睽之下，輕吻了我的唇，我驚訝地說不出話來。然後他對我笑了笑，轉身離開。

10 縱情

禪修營取消後，麥可天天約我出去。我們的時間幾乎都耗在九龍天星小輪碼頭附近：到藝術館看中國畫、到太空劇場看了部關於黑洞的短片。我很開心，卻也疑惑不解。大火之後，我的生命像瞬間走上了另一條完全不同的軌道。我一直想當尼姑，若不是尼姑，至少也是個單身職業女性。但那場大火不僅將這些理想燒得精光，也燃起了我對男人——對這個美國人的渴望！我的生活會變成甚麼樣子？還有……麥可對我有所求嗎？他是真的喜歡我，或只是玩玩而已？

有天晚上，我帶麥可到油麻地廟街的夜市去。嘈雜的小巷中人潮絡繹不絕，煤油燈昏黃的燈光下，小販正跟客人討價還價，夾雜著路人的聊天聲及笑聲。音箱裡傳出的的西洋流行曲與粵劇競相喧鬧。我們擠過人群，看見一個約莫六十歲，化著濃妝的女人用高音唱著：「落花滿天蔽月光……」她的手漂亮地舞著繡花手帕，觀眾跟著她哼起這段粵劇名曲。

麥可專心聽著，臉龐亮了起來，在我耳邊悄悄說：「夢寧，我喜歡中國戲曲，妳改天能帶我去看嗎？」

「好啊。」我說。我告訴他這是《帝女花》中的段子，這齣戲曲描述的是明朝長平公主和她的駙馬轟轟烈烈的愛情故事，他們因不願投降清朝而雙雙殉情。

我說完後，麥可深深看著我，「夢寧，」他說：「我希望妳帶我去看的戲曲有美好的結局。」

我聽了有點尷尬，卻又覺得開心。沉默了一會，我們繼續散步閒晃。長腳木桌或地毯上擺著二手書、色情雜誌、電動的小玩意、皮革製品、汗衫、塑膠玩具、梳子、餐具、籃子、板凳、夾腳拖鞋、砧板，還有各式各樣的中藥。麥可問我那些中藥上的標籤寫甚麼，我跟他解釋：白花油是治頭痛的、狗皮藥膏治癩痢頭、蚯蚓和蟾蜍可以幫助血液循環和放鬆關節、烏梢蛇可以治關節炎和風濕、海馬酒可以治腰痛和性無能——我刻意略過了虎鞭和金槍不倒丸。髒兮兮的書架上放著各種盜版光碟，從廣東流行歌曲到莫札特、瑪丹娜、麥可傑克森都有。

陳舊的東西被當古董賣，有深紅色的宜興茶壺、鴉片菸斗、竹籠、觀音像、陶土燒成的太極師父和李小龍像、五〇年代的錫製餅乾盒上印著名畫（弗拉戈納爾的〈讀書的少女〉、安格爾的〈浴女〉等），還有錢幣串成的驅邪寶劍。另一個桌上放了各式各樣的珠寶，有玉、琥珀、白鐵、珊瑚、水晶，甚至還有塑膠做的珠寶。但在這裡也可能會買到一些被不肖子孫變賣，然後又被不識貨攤販便宜販售的珍奇寶物。

麥可買了那把錢幣寶劍。

我問他為甚麼，他說：「能驅邪避凶總是件好事。」

我和麥可擠過人群，小吃攤散發出令人垂涎三尺的食物香味：蒸油飯、用鋁箔紙包裹的烤番薯、滷雞胗、香腸、烤牛肉串、「紅寶石」雞血粥、燻鴨肝、燉牛舌、炸豬皮、染成橘色的烏賊……

一隻在角落的流浪狗開始在攤販底下四處嗅，尋找掉落的食物碎屑。麥可看著牠，眼神盡是溫柔，「好可憐的狗。我以前也有一隻獵犬，很大很漂亮，後來得了癌症很痛苦，所以我決定讓牠安樂死。但在那之後，我再也不想養狗了，我實在不忍心。」他轉頭問我：「妳喜歡狗嗎，夢寧？」

「當然，」我開玩笑地說：「牠們很美味！」

這時，一個高中年紀的女孩走向我們，身上汗衫的字吸引了我的注意：**這個夏天，我找不到工作，只好做吹工。**

我指著她的汗衫問：「麥可，那是甚麼工作？」

他說不出話，開始大笑起來。

他不回答，所以我繼續追問：「麥可，那是甚麼工……」

「夢寧，噓，拜託。」麥可還是笑個不停，「我覺得這個女生不知道……我之後再跟妳解釋，等我……有機會的時候。」

「但現在就是一個好機會。」

「不，對不起，我真的無法解釋……」

「麥可，你是醫生也是博士，吹工有這麼難解釋嗎？」

「噓……夢寧，拜託！」

他開始笑得東倒西歪，於是我們也就沒再討論下去。

在他即將離開的前一晚，麥可提議我們要像古代的中國文人一樣欣賞風花雪月。因為香港沒有雪，所以我們決定到長洲去欣賞其餘三美。我們從中環坐渡輪，在深藍海上人群的喧鬧中過了一個小時才到長洲的漁村。

現在已經晚上八點，藍灰色的天空裡飄著條狀的雲，月亮躲在一朵圓圓胖胖的雲後面。走下渡輪後，麥可看著天上的銀色圓盤，出乎我意料地唸了一段詞：「人有悲歡離合，月有陰晴圓缺。」我馬上吟了另一首詩：「長安一片月，萬戶擣衣聲。秋風吹不盡，總是玉關情。」

麥可拉著我的手，我沒有抗拒。安靜地看了一會兒月亮，我們又繼續散步。我很高興在這個小島上雖然有著現代化的建築和賣西式衣物的攤販，卻因沒有車而保有特殊氛圍。幾艘小船和帆船停泊在港邊，映著閃閃發亮的水面。其他船隻有的在上下客，有的在上下貨。在這裡，都市裡少見的植物到處都是。海風飄過來岸邊，舒緩了夏天的熱氣。不遠處，天后宮的綠色屋瓦在古老大樹的簇葉間發著光。

麥可在一家面對港口的雜貨店裡買了三明治、水果和飲料作野餐的食物。在月亮的陪伴下，我們走向海邊。

他發現一個隱身在樹叢、植物、各種奇花異卉後的小丘，從那兒可以俯視整個海面。

「詩情畫意的好地方。」他邊說邊將一塊布鋪在地上，然後放上食物。

我們並肩坐著，安靜地吃三明治、喝礦泉水、啃蘋果，感受著彼此身體的輕輕碰觸，靜靜看著月亮。不遠處白色的浪花來回拍打在岸上，漁村裡隱約傳來粵劇曲調。我看見一對情侶正緊緊摟著彼此，像害怕微風也會將他們吹散一樣。他們正在曖昧嗎？或是戀愛中呢？離他們不遠的地方，有個年輕男子把甚麼東西丟進海裡，是為了許願，抑或是為了拋開某種傷痛？

吃完東西後，我抱著膝蓋坐著，聆聽那細細小小卻不絕於耳的蟬鳴，直到感覺自己的身體因某種不知名的渴望而疼痛。我忽然發現自己的裙子已經捲得很高，露出了在月光下變得白皙如珍珠的雙腿。感受到麥可炙熱的眼神，我趕緊將裙襬拉下，深深吸了幾口氣，聞到了蔬果香。我們的臀彼此貼著，他棕色、溫熱的小腿彷彿正等待著被撫觸，金色的毛髮在微弱的月光下閃耀著。我閉上雙眼，感受海風和他身上淡淡的薄荷香味。

麥可緩緩將我的臉面對他，然後捧著我的下巴，用他的唇探尋著我的。過了不久，他的舌頭在我的口裡放縱地尋歡作樂。他大而溫暖的手熱切地移到我的襯衫下、內衣裡。感到一股強烈的渴望，我抓緊了他。

在他懷裡我變得好小，他身後又大又圓的月亮閃著光芒，像一顆大珍珠。一顆小星星在月亮旁邊，就像我，她今晚不會再感到寂寞。我用力抱緊麥可。

我的膝蓋顫抖，我的心像一隻被握在手裡拼命亂拍翅膀的小鳥。我感到束縛和自由，惱怒卻又快樂。在這場男歡女愛的遊戲裡，我似乎瞥見了西方極樂世界的美麗花朵而感到家的溫暖。遠處傳來海浪聲，呼應著麥可的呼吸。我想像這座小島上的其他愛侶們也正在這月下探索享受著彼此。

我搗著自己的臉，擦掉眼淚。我是喜歡男人的。但現在擁著我，為我梳理濕了的髮絲的麥可卻令我不安，因為他看起來那麼平靜、那麼沉默。這個溫柔又強壯的男人離我這麼近，卻又似乎那麼遙遠。這張在月光下如此無牽無掛的臉龐，是唯一我讓他走進我生命的男人。忽然間我很好奇，想知道他是否曾親過其他女人？曾聽過誰的呻吟？撫摸過誰的胸？他的手很大，靈活的手指像會呼吸般。以前我總覺得男人的手看起來那麼粗獷好鬥，但他的手卻令人溫柔舒服。

那天晚上我很晚才回到家，覺得有些頭暈目眩。母親走過來朝著我笑：「啊，夢寧，我沒有聞到酒味，但妳看起來好像醉了，怎麼回事？」

「沒有，媽，我沒事。」我直接走回房間。

我關上門的時候，母親還在喃喃自語。「沒錯，」她斷然說：「我聞到的是男人的味道！」

我鎖上門，沒有開燈，因為不忍將月亮擋在窗外。走到鏡子前，我脫光了衣服，在月光下看著自己的裸體。這三十歲，從未如此被觸摸、也從未如此充滿情慾的身體。我看著自己平滑的臉、窄肩、小胸、平坦的小腹、修長的腿，和我過去始終不敢直視的黑色地帶。今晚，我伸出手觸摸……

像貓一樣，我緩緩爬回床上，用絲綢被單緊緊包覆著自己赤裸的身體。我的手滑過胸前，記起麥可充滿慾望的溫暖觸碰。黑暗中，我的身體那麼平靜，但回憶卻在腦中交織成一張錯綜複雜的錦圖——依空的臉龐、臉上帶著傷疤的尼姑、從前的尼姑朋友帶男、無名和她的未婚夫、父親和母親七零八落的人生……

下午三點，我因劇烈的頭痛醒來。母親盛了一碗雞湯給我，「今天早上有個鬼佬打來，我跟他說打錯電話了！」

熱湯燙到我的舌頭，「媽，妳怎麼不叫我起來？那可能是找我的電話！」

母親生氣地說：「那妳為甚麼睡覺時要把門鎖起來？」

11 求婚

我打了好幾通電話到九龍酒店找麥可，但每次那甜美專業的櫃台小姐總告訴我他出去了。麥可終於在五點回了電話，但我還是很難過，因為現在離他回紐約的班機只剩下幾個小時了。

我聽得出他的聲音有些緊張，「夢寧，今天早上我打了好幾通電話給妳，但有個女人一直跟我說打錯電話了。」

「那是我媽媽。」

「希望她沒有不高興。」

「應該沒有，她只是對我保護過度了。」

我們的對話很簡短，而且不知道為甚麼有些拘束。直到最後，麥可邀我一起吃晚餐，問我是否願意一起到文化中心看中國戲曲演出，我們的對話才輕鬆愉悅了起來。

我們到尖沙咀的功德林素食餐館吃晚餐。晚餐後，麥可和我沿著彌敦道走向文化中心，沒有提起昨晚發生的事。

被大馬路上的熱鬧和喧囂包圍著，我們邊逛邊看櫥窗。我看見我們在櫥窗的倒影，麥可摟著我的腰，我靠在他的肩上。沐浴在閃爍的霓虹燈下，他看起來一如往常的愉悅。米色西裝外套很適合他寬闊的肩，黃銅色的花邊領帶和我金黃色的滾邊洋裝搭配得正好。我的臉有些紅，頭髮慵懶地垂在肩上。母親說的對，我看起來就像醉了一樣——沉醉在男人的氣息中。

到文化中心後，麥可去買飲料。我四處逛，看見粉紅色磁磚上貼著各種彩色的活動宣傳橫幅。其中有張京劇宣傳照，一個畫著濃妝的人戴著珍珠流蘇冠，身上層層的衣服貼滿小亮片。但「她」是個男人。這面橫幅下，一群穿著華麗的太太們正在討論這個演員。其中一個太太肥短、戴著金手鐲的手擺出誇張的姿勢，尖聲說道：「他之所以能把這個年輕寡婦演得這麼好，正因為他是個男人，沒甚麼好矜持的，才能把女人的性慾表現得這麼露骨。」

她旁邊穿粉紅套裝的朋友點點頭：「一個女人這麼表演，還有臉回家見丈夫嗎？」

繡花旗袍的漂亮太太插話了，黃金垂墜耳環在空中性感地晃著：「噯，陳太太，妳不用擔心，」她眨眨眼，「如果她這樣，我敢保證她老公會更愛她！」

她們全笑了，摀著嘴的手上戴了好多只戒指，指甲修得整整齊齊。

麥可拿著柳橙汁回來了，我跟他說了這些太太們的聊天內容。

「真是個有趣的理論。」他把杯子和一張摺疊整齊的紙巾遞給我，好奇看著我問：「但妳難道不覺得男人**扮演女人**也是件沒面子的事嗎？」

「不，完全相反。他會很有面子。」我拿起杯子想喝飲料，高腳杯口卻撞到鼻子。「中國人認為因為男人沒有女體的束縛，反而更可以客觀地描述女性之美，讓演出更加動人。」

麥可輕撫我的頭髮。「夢寧，你真的對中國戲曲很了解。」

「我媽媽是個中國戲曲迷，小時候她常帶我去看表演。」

他看著我的眼睛，「妳覺得我有機會跟她見面嗎？」

這時鐘響了，麥可托著我的手肘，小心地帶著我穿越人群進入表演廳。一個年輕的中國女子走在我們前面。她穿著緊身洋裝和細跟鞋，馬尾有節奏地拍打著臀部，手緊緊勾著身旁的外國人。

我掙脫麥可托著我的手。我不是曾告訴過自己，不能跟男人這麼親近的嗎？

表演廳內多半是中老年觀眾，大家魚貫入座。舞台的右方是一隊樂隊，有鼓、銅鑼、響板、鐃鈸、二胡、笛子和木魚。

我和麥可小聊了一會後，開場音樂響起，我們開始看表演目錄。今晚有兩場演出：《思凡》和《玉簪記：琴挑》。

《思凡》講述一個美麗年輕的尼姑從小因為生病和過於窮困被送進尼姑庵，長大後對一成不變的誦經生活感到厭倦。經過了幾個月的內心掙扎後，她決定到外面體驗浮世的愛恨糾葛。《玉簪記：琴挑》則描述一個年輕書生以絕妙高超的七弦琴藝吸引一個道姑，然後雙雙墜入情網。

一種突如其來的奇異感受包圍了我。我和麥可到這裡來欣賞兩齣尼姑的愛情故事，是巧合嗎？麥可是否就像那個年輕書生，以一種神祕、宿命的訊息來誘我遠離空門？難道這兩齣劇要告訴我，俗世才是我的歸宿嗎？或者，這是要我抗拒世俗誘惑的警示？

我轉頭看麥可，他握緊了我的手，繼續讀著演出介紹。

一陣刺耳的鑼鼓奏起，燈光隨著觀眾的掌聲暗了下來。樂隊旁邊的螢幕投影著英文字幕。

布幕緩慢升起，台上是一間廟，廟裡有位身穿寬鬆長袍的尼姑，頭上戴著粉紅頭套象徵光頭。笛子開始吹起哀傷的音調，尼姑眼睛掠過神桌上的鐘鼓、經書和一尊大肚佛，悠悠嘆道：「削髮為尼實可憐，禪燈一盞伴奴眠。光陰易過催人老，辜負青春美少年。」

敲著自己的「光頭」，她娓娓道來：「小尼趙氏，法名色空。自幼在這仙桃庵內出家，」她皺了皺眉，纖細優雅的手指著身旁的繡花枕，「每日燒香唸佛，到晚來孤枕獨眠，好淒涼人也。」

音調開始變得澎湃，二胡、笛子、鐃鈸和響板齊聲奏起，尼姑高亢的音調中滿是天真的口吻：「……草蒲團做不得芙蓉軟褥，」她噘著嘴說道：「奴本是女嬌娥，又不是男兒漢，為何腰繫黃絨身穿直綴？」

她走到象徵性的廟門前，細白的手做了一個蝴蝶飛舞，象徵開門的姿態，然後輕輕向前踏一步，調皮地說：「每日裡在佛殿上燒香換水，見幾個子弟們遊戲在山門下。他把眼兒瞧著咱，咱把眼兒覷著他。他與咱，咱與他，兩下裡多牽掛。冤家！怎能夠成就了姻緣？」

她轉向觀眾，語調堅定說道：「就是死在閻王殿前，由他把那碓來舂、鋸來解；把那磨來挨，放在油鍋裡去煠。啊呀，由他！」音樂忽然加快漸強，她狂亂打著自己的胸口：「則見那活人受罪，那曾見死鬼帶枷？啊呀，由他！奴把袈裟扯破，埋了藏經，棄了木魚，丟了鐃鈸。火燒眉毛，且顧眼下。」

奏樂和尼姑的歌唱聲一起到達了高潮，「我一心不願成佛，不唸彌陀般若波羅。」她將僧袍使勁一拉，眼睛散發著澎湃的光芒：「見人家夫妻們灑樂，一對對著錦穿羅。啊呀，天啊！不由人心熱如火，不由人心熱如火。」

這大膽的宣言從一個尼姑口中說出，雖只是齣戲曲，卻也讓我猝不及防。我偷偷看麥可，他似乎若有所思。我轉頭看後方的觀眾席，有些男人正捧腹大笑。綁馬尾的女子朝坐在身旁的外國人露出酒窩微笑，他看起來似乎很興奮。幾排之後是三個格格發笑的太太，但她們這次沒搗住嘴，露出了閃亮的金牙。

我轉回舞台，聽見尼姑拖長了音調唱著，好似不捨紅塵俗世：「但願生下一個小孩兒，卻不道是快活煞了我。」布幕落下，結束了這齣不害臊的表白，觀眾席響起了如雷掌聲。

掌聲之後是中場休息，麥可轉向我，表情激動。「太棒了，夢寧！」他問我喜不喜歡，但我仍舊心煩意亂，所以默不作聲。最後勉強稱讚了旦角的柔軟身段和飽滿的高音，還有樂隊精彩的現場演出……對故事內容則避而不談。

但麥可可不這麼想，他說：「我覺得那個尼姑跟妳很像。」

「甚麼意思？」

「她很美，很活潑，總之她就是……讓我想到妳。」他充滿暗示地微笑：「我想，若非命中註定，真的不該當出家人。」

他的話讓我的心為之一顫，難道他知道我一直想當尼姑嗎？我還沒回答，他側目看著我說：「我一開始對佛教產生興趣的時候，也想當和尚。但後來我知道那不適合我，也不是我的命。」

我感覺自己臉頰開始泛紅，他繼續說：「我曾經讀過一個日本仙人的傳說。有天他飛過河面，無意間看見一個漂亮女孩正在用腳踩衣。女孩美麗的雙腳讓他頭暈目眩，失去法力而從天上掉了下來。但他不後悔成為凡人，因為他發現若男人無法欣賞女人的美，就會枉此一生。」麥可露出頑皮的表情，「所以，如果我當了和尚，一定會跟他一樣。」

我還在思考該怎麼回應，但燈光已暗了下來，布幕再次緩緩升起。

笛聲領著其他樂器開始第二場的奏樂。花園裡，道姑妙常在月下彈琴，頭髮高高盤成小圓髻，髻上綁著飄逸的白色長絲帶。一個一表人才的書生躲在象徵性的空門後專心聽她彈琴。看她滑過琴弦的手指如花叢間的蝴蝶飛舞，他的臉上露出了微笑。

道姑彈完琴後，書生走向前一鞠躬，說自己是個詩人，也略懂琴藝。聊了一會音樂及詩詞後，道姑請書生彈一曲。書生正坐，沉思了一會兒才開始撥弄琴弦唱著：「雉朝雊兮清霜，慘孤飛兮無雙。念寡陰兮少陽，怨鰥居兮彷徨，彷徨。」

我專心聆聽書生的顫音與二胡模擬琴音的吟猱，感覺腹部受到隱微的撞擊。台上的書生偷瞄了道姑一眼。

我偷看了麥可一眼，他也正在看我。看著他的臉龐和熱切的眼神，我感到迷失，同時努力克制著親吻他的衝動。哀怨的笛子聲破了我們相視的魔咒，我將注意力轉回舞台上。

書生步出道觀花園，道姑唱道：「我也心裡聰明，臉兒假狠，口兒裡裝做硬。待要應承，這羞慚、怎應他那一聲！」於是歌聲轉而害羞焦急：「我見了他假惺惺，別了他常掛心。」

道姑傾身望著書生離去的背影，眼裡閃著熱切的渴望與憂傷。「看這些花陰月影，淒淒冷冷，照他孤零，照奴孤零……」

我的心思從舞台上飄走了，尼姑生活真那麼寂寞嗎？是啊，母親就是這麼說無名的。無名在空蕩蕩的寺廟廂房裡度過無數寂寞的夜晚，陪她的只有煤油燈黯淡的光、誦經的回音、木魚沉悶乏味的敲打聲……以及虛空。無窮盡的虛空成了駭人也吃人的野獸，奪走了她在世的最後一口氣。

但依空的生活看起來卻和無名很不同。依空打禪誦經、四處講課遊歷、繪畫攝影、收集藝術品、向各方募款、受到許多人崇敬、擁有許多信徒，所以她從不孤單。

但誰的生活比較接近空門裡的真實面貌呢——依空或無名？

我無法確定，唯一能確定的是，依空對於她的人生有著比男人、婚姻和孩子更崇高的理想。

但母親卻說：「崇高的理想？一派胡言！對女人而言，甚麼樣的理想能比結婚生子更崇高？那是女人的天職！」

但天職卻可能變成地獄，就像母親失去了她的小兒子——我那可愛圓胖、才活了三天的小弟。母親曾告訴我小弟看起來很健康，圓亮的雙眼、紅潤的雙頰、茂密的頭髮，即使他如保溫瓶大小的身軀早已毫無動靜地躺在搖籃裡。他病了，但沒人知道是甚麼樣的病。醫生只在死亡證明上註明死因的那一欄寫下四個字：死因不明。好像小弟的生命和死亡除了這四個字之外，再也不值得多餘的關心。

小時候，我總覺得或許是小弟不想活在這世上。這讓我很難過，因為若他活著，就能有我最溫柔的關愛。我會唱搖籃曲給他聽，讓他進入甜甜的夢鄉；我會給他講偉人的故事，讓他變得勇敢堅強；寒冷的北風吹來時，我會幫他織溫暖的毛衣；他肚子餓得咕嚕咕嚕叫的時候，我會煮豐盛的食物給他吃，燉熱呼呼的補湯給他喝；我會用我全部的生命去愛他，跟他分享心底所有的祕密。

我猜母親暗自將小弟的死當作是老天給她和父親不倫戀的懲罰，但有時她又覺得是因為她沒辦法餵母奶給小弟，才導致他營養不良而死。因為父親把所有錢都輸在賭場上，根本沒辦法買足夠的食物給她。但母親還是不停問著眾神和菩薩：為何他們播下一顆這麼美麗的種子，卻不讓它開花結果？

父親抱的則是另一種想法，也是他在賭場上的心得：贏有時，輸有時。他甚至為此寫了一首詩〈說運〉：

贏有時，輸有時。
我兒生且死，來去如賭金。
人生沒有下一輪，
賭場遊戲大不同，
時運高低無人通，
今日輸，明日贏。
堅持下去，總有下一輪。

小時候，父親總在我耳邊輕輕唸著這首詩。「寧寧，這是屬於我們之間的小祕密喔。」然後他會把我高高舉起轉圈圈，唱著：「贏有時，輸有時……」最後，他的聲音就像水龍頭流下的細小水流，滴滴答答……「堅持下去，總有下一輪，下一輪……」直到我在他的懷裡格格笑個不停。我真不敢相信自己聽到父親唱這首詩時曾那麼快樂，而現在我只感到厭惡……

大腿上有東西輕輕碰了一下，麥可塞了張紙條給我，是一首手寫的俳句詩：

三十八載歲月，
宛如虛度留白。
餘生能否圓滿？

下面接著一句：

我愛妳，夢寧。妳願意嫁給我嗎？

一陣錯愕之下，我不知該如何回應。樂隊似乎感受到我的情緒，所以音樂忽然變得像狂風暴雨，混雜著大鼓、鐃鈸、笛子、二胡和木魚發狂似的敲擊聲。麥可的手覆著我的，我感覺到他手心的溫暖，卻也感受到自己心裡的困惑。我終於緩緩抽出了自己的手，覺得難過、內疚、舉棋不定。

長長的沉默。

我低下頭，輕聲說：「不。」

此時布幕落下，戲曲在如潮的掌聲下終結了。人群開始散場，麥可說他要去上個廁所。雖然他看起來那麼泰若自然，但他回來的時候，我卻看見他眼眶裡的血絲和弄濕了的頭髮。

「夢寧，送妳回家前，要先回我住的酒店吃點東西嗎？」他彆扭地問，在大廳來往的人群裡，我們的身體緊貼著彼此。

我們安靜地走回尖沙咀九龍酒店，麥可到櫃台去看有沒有給他的留言。

果然有一通留言。

「該死！」

「怎麼了，麥可？」

「我不清楚，但有點緊急，我必須馬上回電。」

「沒關係，那我先搭計程車回家。」

「不……」

「別擔心，麥可，十分鐘而已。」

「不，我不能讓妳自己回家。」他說，溫柔的聲音充滿擔憂，讓我心軟了。

但我還是堅持自己回家，直到他終於妥協。

麥可叫了計程車，在飯店前送我上車。車門關上的聲音好失落。我轉頭看他，我們四目交投。

車子開動時，他用唇語說：「小心，我愛妳。」

他的臉逐漸在人群中消失。我的心被空虛填滿了，想哭，卻沒有眼淚。

空門裡的生活真是我想要的嗎？

12 尼姑和慰安婦

直到隔天早上我都沒有接到麥可的電話。最後，我在十一點前打到九龍酒店（他離開的飛機是下午兩點半）。櫃台人員說他已經離開了，但留了封信給我。

我搭計程車到九龍酒店門口，衝到櫃台拿信，拆了信，就站在大廳看：

親愛的夢寧：

福頓教授在拉薩拜訪寺廟的時候突然生了重病，我必須搭六點的飛機趕到四川，因為那是今天唯一可以轉往拉薩的班機。一切都會沒事的，所以請不要擔心。我會盡速跟妳聯繫。

愛妳的，

麥可

我獨自站在大廳裡，努力忍住眼淚──玻璃旋轉門進進出出的行人似乎正嘲笑著我的悲哀。

一個禮拜過去，我始終沒有接到麥可的電話。我又想起了依空，想起上次去醫院之後就沒有再關心過她的狀況，所以決定到金蓮寺一趟。

陽光灑在通往依空辦公室的長廊上，兩旁種滿了植物。我遇見一位抱著厚厚文件的年輕尼姑，順口問她關於依空的情況。她用下巴抵住文件夾，告訴我依空已經到山西去拜訪高僧，請他們為火災過後的香靈寺祈福。

我詢問損失狀況。

「還好，」她平靜地說：「除了那被燒掉的五千三百二十本經書。」

「好可惜！」

她臉上帶著微笑說：「但依空不是總告訴我們，世間一切都是稍縱即逝的嗎？」

一陣尷尬的停頓後，她接著說：「小姐，離開前請去參觀我們依空師父花了五年時間設計，新蓋的唐式廟舍。」之後她抱著文件笨重地走下長廊，消失在樓梯的盡頭。

我在廟舍間走走停停，試圖回憶那些我去法國唸書前曾熟悉的老地方。這裡到處都在修建，已蓋了一半的建築用竹架和綠網圍著，看起來既壯觀又脆弱，就像一隻包紮著傷口的巨大動物。壯碩的工人們戴著黃色頭盔、穿著短褲和被汗水浸濕的汗衫，或裸著上身。他們聚精會神地為地基灌水泥、為牆壁上漿、為木樑打釘以及推著裝滿磚頭的車。汗水沿著他們黝黑的臉流下，肌肉在灼烈的陽光下閃亮著。從他們嚴肅的表情看來，他們必定對自己能為香港最具影響力的寺廟修建感到無上光榮。

新建築對我並沒有甚麼吸引力。我想去看看老石園，希望池裡的鯉魚都還在。去巴黎之前，我有好多日子都在這裡讀書。我喜歡坐在池塘邊的石椅上，累了就站起來看看池裡的錦鯉。有時依空會跟我一起坐在陽光普照的樹蔭或月明星空下談佛學、藝術和她的慈善計畫。

看到石園沒有改建，我鬆了一口氣。看見竹子、常綠植物、蕨類和地衣比從前還要神采奕奕，心裡覺得很開心。花草的香味飄在空氣中，令人舒服的氣場在植物和池塘間流動。我踏上那條由石子排成整齊圖案的小徑，感到嘴角的笑意。我想起依空曾說雖然大部分的石園看起來渾然天成，但實際上都是經過千錘百鍊的工夫才完成的。她常常提醒我不僅要欣賞頭上的樹，也要低頭看地上的苔蘚。我想她是在提醒我要從墜井的經驗學到不二法門——靈性在最低，也在最高的地方。

越過池塘，我看見一位老婆婆在竹林下練氣功。園裡除了我和偶然匆匆走過，帶著一副「我知道我在做甚麼」表情的尼姑外，就只有她。

鯉魚搖著尾巴慵懶在水草間穿梭，其中一隻白底金色斑點的滑過水面，朝綠波漣漪的中心游去，然後潛入更暗鬱的水面下。是五年前我最喜歡的那隻嗎？

一個女孩般的聲音響起，「早安，小姐。」

我抬頭看見那位老婆婆，佈滿皺紋的臉上堆滿笑容。她揮動著的雙臂形成了一個「八」字。

「早安，阿婆。」我微笑著：「妳打的是甚麼功啊？」

「香功。」阿婆幾乎沒有牙齒的嘴裡呼出這兩個字，模仿大師的語調。

「啊，對健康很好。」我看著她堅毅的臉龐，猜她到底幾歲。

「妳猜不到的，我一百歲囉。」她說，一邊用她小小的手拍著耳朵。

「真的嗎？恭喜，妳看起來只有八十歲！」

阿婆笑得很開心，臉上的皺紋也更深了。「謝謝，妳像十八歲。」她的笑容好寬，以至鼻子和嘴唇之間的距離似乎消失了。

「謝謝，但我已經三十了。」我說，訝異地看見自己在錦鯉、水草和綠波間的倒影竟然跟阿婆一樣滿是皺紋。我忽然覺得自己好老。阿婆問我：「妳有幾個孩子啦？」

「我還沒結婚。」看著倒影旁邊的空間，我想起麥可。他現在正在西藏做甚麼呢？習慣那裡稀薄的空氣嗎？福頓教授還好嗎？為甚麼麥可沒打電話給我？

阿婆聽起來很不以為然，但笑得更開朗了。「啊，三十歲還單身，不好。要趕快找個男人嫁了。」

她瞇起雙眼，「小姐，隨便一個男人都比沒有好。」

「為甚麼？」我問。當然我知道為甚麼，但還是想聽聽她的回答。

「老的時候有人可以吵架，總比跟四面牆壁說話要來的好啊！」

「怎麼說？」

「因為至少有人回應！」阿婆笑了，開始從左到右甩著手臂。

我數著她臉上的皺紋，「那妳有幾個小孩？」

「一個女兒，但好久以前就走了。」

「不好意思……那妳先生呢？」話一出口我就後悔了，她已經一百歲，丈夫應該早就過世了。

但她的回答讓我吃了一驚。「我沒有丈夫。」她還是笑著，只是笑容有些僵。

我很好奇為甚麼，因為在她的年代，未婚生子是一件奇恥大辱的事。這時，我眼角餘光看見石園另一端的石燈旁，一道紅疤在陽光下閃過。那個尼姑正往廂房的方向走，她的光頭好似一面反著光的鏡。

「跟妳聊天很開心，阿婆。」我向這個百歲人瑞揮手再見，然後往尼姑的方向追去。我聽到阿婆愉悅的聲音在背後迴盪著，就像池塘裡的漣漪：「快快結婚生孩子，生很多很多！」

那尼姑加快了腳步，穿門過戶，僧鞋刮在長廊上，發出了刺耳的聲音。又一次看見那兩根殘缺的手指，我的心臟重重擊著胸口。不想再讓她從眼前消失，我匆忙走在一條和她平行的長廊上，再垂直穿過去，走到她面前。

我們面對面停了下來，我盡量不看她的疤，「帶男！」

她的表情像隻受到驚嚇的貓。

「帶男，妳不認得我了嗎？我是夢寧，妳在巴黎的朋友。」

她露出不置可否的表情，「我是妙容。」

「對不起……妙容師父。」我說，看著她的疤，覺得這實在太荒謬了。為甚麼廟裡要給她取這個名字？提醒她過去的傷痛嗎？但那又是個甚麼樣的傷痛？

尷尬的沉默中我開了口：「我們可以找個地方談談嗎？……妳回中國之後，我找了妳好久……」

「妳想做甚麼？」她直接了當地問。她臉上的疤就像條被困在籠中扭動的蛇。

「我甚麼都不想，只想跟妳聊聊，問妳好不好。」

「我很好。」黑框眼鏡下的眼神閃爍不定。

「嗯……但我不是這個意思……」我討厭自己結結巴巴。「我們可以聊聊嗎？帶……妙容師父。」

我靠近她，讓她知道我是不會讓步的。即使她年紀比我大，身形也比我高，現在的身份又是個尼姑，但我並不怕她。

她的眼神看起來深不可測。

「拜託，不會花妳太多時間。」這些近乎哀求的話讓我有些不自在，但還是堅定地站在她面前。

「好吧……跟我來。」

一到房間，帶男便說：「請坐，等我一下。」

我有點擔心，她會不會像三年前一樣，就這樣消失了？

她的房間小而舒適，幾乎聽不到空調的聲音。雖然外面是大興土木的噪音，但裡面卻飄著鮮花和檀香的氣味。一張床挨著一面牆，床的旁邊放著一個鎖得死死的木箱，像是要緊緊保護著女主人的祕密。佛像前放著香壇、缽碗和新鮮的蓮花，書桌前掛著一堆裱框的照片和資料。

我走近細看：帶男在泰國一面奇形怪狀的殘壁前托缽、帶男站在凱旋門前，濃厚的黑髮飄在風中、帶男和她的法國教授站在巴黎第七大學門口、鑲金框的博士畢業證書。照片按照時間順序掛著，卻沒有她在中國的照片。為甚麼獨漏了這一段？

我猛地跌進椅子裡，帶男真覺得削了髮、穿上僧袍、努力收拾房間，就能讓心裡平靜了嗎？我很好奇她面無表情的臉孔和乾淨整齊的房間背後奔騰的情感，也想知道是甚麼樣的魔鬼在她的內心不斷撞擊？

我記得在巴黎時，一天晚上我們在她閣樓的房裡喝茶，帶男說她為了逃離嗜酒好賭、沉溺女色的父親和視財如命的繼母，游過鯊魚出沒的大鵬灣偷渡到香港。她試了好幾次，也失敗了好幾次。她說：「達摩坐禪坐了九年，他的腿被老鼠一點一點啃噬、萎縮、最後不見了。但在那之後，他還是保持樂觀的態度，因為他已在坐禪之中頓悟。妳應該知道那句俗語：『七倒八起』。達摩不倒翁被打倒了會馬上站起來，那就是為甚麼我最後能逃到香港的原因。」

帶男偷渡到香港後，她的姑婆很照顧她，幫她買了張香港身份證，讓她進了一所佛教中學。之後，她又把帶男送到一間佛教大學念書。我在巴黎遇到帶男時，她已經在泰國過了兩年托缽化緣的生活。後來她把這些經驗寫成了她的博士論文。

帶男和我因為對佛教有相同的興趣而成為朋友。我對她的古怪、孤寂、和對出世及無執的病態沉迷非常好奇。但她抽離的性格也讓我們的關係變得緊張拘束。她說話時很少看著我，就算有，眼神也總是空洞無焦距。雖然面無表情，眼神飄移不定，多數時候她是安靜的，但有時也可以很健談。只是當她說話時，她看起來更抽離了，眼神沒有焦點，心也似乎飄往九霄雲外。

我們還在巴黎的某天，帶男邀我到她家裡。她說她馬上要飛往中國了，因為她久未聯絡的父親得了末期癌症。那是我和其他人最後一次見到她。現在，她竟然回到香港當尼姑了。

開門聲讓我回到了現實，帶男拿著托盤，盤上放了一壺茶、兩個茶杯和一盤水果。她將托盤放在書桌上，拉了另一張椅子坐下，開始替我倒茶。

「請用。」她說。

我盯著她殘缺的手指。這到底是怎麼一回事？

她將茶杯遞給我，我用雙手接過以示尊重。「謝謝……妙容師父。」用這個荒謬的法號稱呼她，我還是感到彆扭。

我靜靜喝茶，努力想著該怎麼開頭。帶男拿起幾顆葡萄放進嘴裡，吃得嘖嘖作響。撇除眼周的細紋、粗框眼鏡、駭人的疤痕和身上破舊的衣服，這個在我眼前謎樣的女人可以是很美的。她刻意藏起了自己的美貌嗎？為甚麼她這麼極端地追求灑脫？真正在她心底的又是甚麼？

終於，我開了口：「妳過得好嗎？」

「很好，謝謝。」

「甚麼時候回到香港的？」

「幾個月前。」

「喔……妳是這間廟的尼姑嗎？」

「是。」

「所以妳打算待下來？」

「依空師父請我當她的助手，幫忙處理廟務。」

我的臉頰發熱。依空不總說她希望我能夠繼承她的衣缽嗎？

帶男似乎讀出了我的心聲，說：「只是暫時的，她上禮拜才問我而已。」她眼睛盯著自己的茶杯。

「嗯。」我放下茶杯，鏘的一聲。我幹嘛搞成這樣？拒絕了麥可的求婚、忽略依空，到現在連個工作的面試機會都沒有。

我勉強擠出笑容：「妳打算接下這工作嗎？」

帶男看著外面那棟建築，好一會才轉回頭看我：「有人能拒絕依空師父嗎？」

我不知道該如何回答。

她轉了個話題：「妳剛跟陳蘭聊甚麼？」

為甚麼她突然提到一件完全不相干的事？「妳說的是石園裡的老婆婆嗎？」

帶男點點頭，我說：「很有意思，但也為她難過……她說她有一個小孩，但沒有丈夫。我很好奇為甚麼。」

「她是慰安婦。」看到我臉上驚訝的表情，帶男嘆了口氣。「一九三二年，日本海軍在上海設了慰安所，一百多名中國女子都被送到那裡去。雖然陳蘭那時已經四十多歲，但也被送進去。一年後，她從慰安所逃出來，想辦法搭船到香港。她在香港的一間餐廳裡洗碗洗了二十年，存了一些錢，開了一間小麵店。後來太老了沒辦法繼續做，就到這裡的養老院來。」

「喔……她的孩子是病死的？」

「不，她流產了。」

帶男的表情突然陷入了一種無法言喻的氛圍，像凍結在遙遠夢境中的雕像。她臉上的疤也似乎失去了生命力，像進入冬眠。她喃喃自語：「小孩的父親是日本船員，所以她讓自己流產，否則孩子只會變成眾人羞辱的對象……」帶男的聲音逐漸消逝，又重新回到了令人不自在的沉默。

但帶男才剛來這裡沒幾個月，我很好奇她怎麼會知道這麼多關於陳蘭的事。

現在她就像剛從出神狀態中醒來，喝了一口茶，又換了個話題：「我聽說妳拿到博士了。」

「嗯……還沒，我還要回巴黎口試。香靈寺大概弄錯了……」我停了一下，「禪修營的時候妳也在嗎？」

「嗯。」

「所以妳有看到我？」

「嗯。」

「所以妳剛剛在石園裡也有看到我？」

「嗯。」

忽然我才發現，原來帶男一直在躲我。這也就是為甚麼我在香靈寺曾好幾次瞥到她臉上的疤，卻都沒看清楚她的臉。但她為甚麼要躲我？

我鼓起勇氣問：「帶……妙容師父……妳的手指……怎麼了？」

「被我燒了。」

「甚麼？」我倒抽了一口氣，杯裡的茶灑到了地上。「為甚麼？」

「為了證明我能放下一切，即使是肉體。」她專心看著地板上的茶漬，「也為了將我的身體獻給佛祖。」

「但是……妙容師父，有必要這麼做嗎？」

「有，為了證明自己能夠奉獻和放下。」

我試著體會她的心情，卻覺得遙遠不可解。我想爭辯些甚麼，卻啞口無言。我不能理解為甚麼有人要這樣對待自己的身體。

追求放下的慾望不也正是無法放下嗎？

帶男還是很平靜，「我燒的時候並不覺得痛。」

「但是怎麼可能？」

「我專注在冥想上，把疼痛當作一種考驗。」

我想提醒她，《孝經》第一段就寫到：「身體髮膚，受之父母，不敢毀傷，孝之始也。」但看著她面無表情的臉，我還是吞下了這些話。

停頓了一下，我問她：「是在這間廟裡嗎？」

「不，在中國。」

我非常想知道她消失在中國的時候發生了甚麼事，卻沒有勇氣再問，深怕她口中會吐出另一件更驚人的事。

帶男突然從椅子上站了起來，「很高興再見到妳，杜小姐。我要準備去參加廟務會議了。」

以前，在巴黎的時候，她從來沒有用杜小姐稱呼過我。現在，我知道這代表的是我們之間的距離。或者，她和我所知道的她之間的距離。

和帶男的談話讓我心煩意亂，我決定到靜修堂去坐坐。但帶男臉上的蛇影仍從四面八方竄進我的心裡，向我兇狠地吐舌。我試著到圖書館讀經，但文字間只浮現帶男粗框眼鏡下深不可測的臉孔，向我展示著那象徵放下的殘缺手指。

內心實在無法平靜，於是我決定回到石園去。也許阿婆還在那裡，跟她聊聊天或許會好一些。但阿婆在跟另一個人聊天，我站在入口處，看著一個尼姑扶她回養老院。

是帶男。她問陳蘭：「姑婆，妳今天好不好啊？」

我好震驚，原來老婆婆就是帶男當慰安婦的姑婆，就是那個幫助她留在香港的人！我趕緊躲到木槿叢後，沒讓她們發現我。

陳蘭笑開來，「很開心，我跟一個很漂亮的女孩子聊天。她三十歲了還沒結婚，所以我跟她說這樣不好，要趕快結婚生小孩，生很多很多。」

她皺巴巴又彎曲的手指戳了戳帶男的手臂，「妳也是，姪孫女，趕快結婚生孩子，生很多很多！」

我輕輕坐在石椅上，努力集中思緒。但所有的思緒就像夢遊般遊走在我的腦海裡，帶我回到五年前的巴黎……

13 不是尼姑的尼姑

第一次見到帶男是在巴黎中國高等研究院的圖書館。到巴黎不久後的某天，我到圖書館借一種罕有的心經版本。圖書館員跟我說已經有人借走了。我對這個和我一樣對善本佛經有興趣的人感到很好奇。因此，我請圖書館員介紹我們認識。

她替我們安排了某個星期六上午在她的辦公室會面，因為通常這個時候館內幾乎沒有人。我抵達的時候，帶男已經在那裡等了。我第一眼就注意到她那道稀稀疏疏的八字眉，像書法家在沮喪時寫下的字。我在她對面坐下，一道陽光穿過窗戶照在她臉上。見到她右臉頰上一條受驚嚇的小蛇似的褐紫色疤痕，我不由得一驚。她的臉怎麼了？是甚麼樣的意外造成的？車禍嗎？胎記？前男友的報復？那一定很痛。我猜想著種種的可能性。看著樹枝的影彷佛巫婆的掃把掃過帶男深血色的疤痕，我覺得自己的臉也騷癢了起來。

「嗨。」是帶男粗啞的聲音。

我們的談話很簡短，因為帶男說她是來讀書的，沒時間聊太久。我問她能不能改天約個咖啡館見面，她也沒說甚麼時候有空。但我對她實在太好奇了，所以再次遇到她的時候，我直接跟她約在聖傑曼大道的花神咖啡館碰面，這次她答應了。

帶男在巴黎待得比我久，我猜她一定去過這個有名的地方。我還沒去過，所以一心期待自己能坐在著名哲學家沙特和他的女朋友波娃曾坐過的椅子上。

但星期六傍晚到達這家著名的咖啡館時，我卻失望了。除了門口放的菜單價位驚人之外，這裡實在沒甚麼特別的。也許二次大戰期間，沙特和波娃在這裡開設文學館時，曾經不一樣。我想起旅遊書上寫的：「和所有著名歷史咖啡館一樣，小心荷包！」

我坐在人行道前的座位上，看著走過的人帶著滿足的笑容，好像只要呼吸著巴黎的空氣就是人生最美好的事。附近的兩個日本女孩正在談笑，身上穿著昂貴套裝，拿著名牌包。兩個法國女人慵懶地抽著菸，一邊喋喋不休，一邊喝著義式濃縮咖啡，一口接著一口。

面對我的大馬路邊，一輛計程車內走出一位戴著帽子和頭紗、身披大衣、戴著手套的老婦人。用顫抖的手將錢拿給司機後，她搖搖晃晃撐著拐杖走。三個蹬著高跟鞋的年輕女孩從她旁邊擦肩而過，並沒有發覺差點把她撞到。她舉起拐杖朝她們打去，雖然沒有打到，但她卻不願服輸，在大街上繼續揮著拐杖，氣沖沖地朝她們遠去的背影罵髒話。好啊！我幾乎要叫出聲。她從哪來這麼多的精力呢？顯然不是來自她因關節炎而顫抖的雙手或拐杖。是嫉妒嗎？嫉妒那些曾經在她身上，現在卻在那些女孩身上的年輕氣息。我看著這一幕失了神，直到帶男破鐘似的嗓音在我耳邊響起：「夢寧。」

我抬頭看見她穿著白色棉質上衣、深藍色寬鬆長褲和涼鞋；頭髮似乎比我上次見到她時更短了，大而厚重的粗框眼鏡掛在鼻樑上，遮掩了清秀的五官；綠色大帆布背包斜掛在肩上。

帶男坐下後，馬上問起我在巴黎的生活。

「我好愛這裡。」我說。

「為甚麼？」

她的問題和語調讓我愣了一下，但還是接著回答：「這個城市充滿了活力，就像一幅氣韻飽滿的書法。」看著她蒼白乾裂的嘴唇，我開始想像在她的唇上塗上魅惑的鮮紅色。「那妳呢？妳愛巴黎嗎？」

帶男看著一個從窗前走過，撫摸著小狗的年輕女人，「還行，但我不會用『愛』這個字。」這時一位服務生過來替我們點餐，帶男仔細看著菜單，在我耳邊悄悄說：「這裡沒甚麼好點的……不是太貴就是口味太重。」

「抱歉，我以為妳會喜歡這裡，因為沙特和波娃以前常在這裡聚會。」

她推了推眼鏡，看看四周，眼裡閃著疑問：「我沒來過，也沒聽過這裡。」

「妳的朋友都沒跟妳提過很有名的花神咖啡館嗎？」

「我沒有朋友。」

一陣尷尬的沉默。最後我點了一杯義式濃縮咖啡，她點了法奇那氣泡果汁飲料。服務生離開後，我說：「帶男，妳下次可以跟我一樣點義式濃縮咖啡，這是最便宜的，其他飲料都要兩倍的價錢。」

「我不喝有咖啡因的飲料，除了茶以外。」

「妳會睡不著嗎？」

「不是……」

「妳不喜歡咖啡的味道？」

「也不是。」

服務生送來我們的飲料：「義式濃縮咖啡和法奇那。」

他走後，帶男深深吸了一口氣，表情似乎放鬆了些，但眼神卻依然飄渺空洞。「我以前是尼姑。」

這樣的自白讓我吃了一驚。「喔，那……」我看著她的頭髮問：「為甚麼妳要還俗，離開佛門？」

我指的是佛教法規。

「因為我任務已盡。」

「任務？甚麼任務？」

帶男又喝了一口飲料，發出很大的聲響。「為了蒐集資料，把我的經歷寫成論文。」

我試著回應一下這個特別的理由，卻想不出該說甚麼。

混在右邊日本女孩高八度的閒聊笑鬧聲、左邊法國女人低沉的氣喘聲和前方車水馬龍的嘈雜聲中，帶男的聲音顯得極為單調。「我在泰國剃度，因為尼姑在那裡是受到歧視的。我想親身體驗，了解整個情況。」

我還沒有機會問帶男是否為女性主義者，她便說：「因為那裡的女人不能出家，所以我想打破傳統。或許用『打破』不太對，應該說『突破』。」她分神看著從咖啡館前走過，笑鬧著的少女們。

「那妳成功了嗎？」

「沒有，完全失敗。」她說：「在泰國的四年裡，沒有任何僧人願意替我剃度。」

「為甚麼？」

「因為女人剃度的傳統在泰國早已荒廢多年，沒有人想復興這個傳統，也沒人敢替女人剃度。」

「但為甚麼這麼大驚小怪？」像爬山一樣，我的聲調越來越高。

「和尚不能碰女人，連頭也不行。」

「但現在是二十世紀耶！」

「妳是活在二十世紀，但那些和尚不是。他們廟裡的所有東西都跟一千年前一樣，他們不願改變自佛祖以來的一切。所以最後我替自己剃度、穿了僧袍、租了間小茅屋、自己打坐唸佛。除了禪修之外，我也到處化緣。有時候坐在寺廟後面跟他們一起誦經，但那些和尚看到我這麼做都很不高興。」帶男停頓了一下，繼續說：「我的生活像尼姑，看起來也像尼姑，但卻不是尼姑。」

「那當一個……不是尼姑的尼姑，是甚麼樣的感覺？」

她皺著眉說：「中國人說『未穿袈裟嫌多事，穿了袈裟事更多』，就是那個感覺。」

我試著理解這句話，「那……妳滿意現在的生活嗎？」

「當不當尼姑的生活都讓我很失望。」

「那妳想怎麼活？我的意思是……妳怎麼辦？」

「我還在尋求佛法的真理，在找到之前我不會放棄。」

「妳要的是甚麼樣的真理？」

帶男喝下最後一口法奇那，紅的、黃的、藍的、綠的霓虹燈映在她的臉上。就像電影播放前的場景，當一切就緒——音樂、交錯的霓虹燈——卻還是少了一些甚麼。

帶男粗啞的聲音再次響起：「一種全然的精神生活。有願景、打開洞悉一切的第三隻眼、物我合一，最重要的是能夠放下一切。」

我差點嗆到，雖然對她還不夠了解，不足以下甚麼評論，但帶男看起來比較像在逃避現實，而非尋求真理。她甚至連說話時都很少看著我，又怎能以為自己能夠放下一切呢？

我在閃爍的霓虹燈下看著帶男。她如此積極追尋的到底是甚麼樣的精神生活？但我卻變態地想到吉美亞洲藝術博物館裡一個西藏佛與其配偶交配的雕塑。當然我完全無法想像帶男和某個男人糾纏在一起的畫面。

一道陽光劃過她的臉。她的疤忽似乎忽然活了起來，正想訴說一個我無法理解的故事。

清冷的巴黎空氣裡，帶男粗啞的聲音又冒了出來。

「奇怪的是，雖然泰國不讓尼姑受戒，但寺廟周圍卻有很多妓院。」

我心想，那些「賣笑」的地方正好和寺廟合作無間，一個拯救靈魂，一個拯救肉體。所以為甚麼不能共存呢？

「那妳知道那些妓院與和尚們——」

我接下來要說「有沒有甚麼交流？」，但這句話還沒說完，帶男的眼睛忽然亮了起來，「看，有人要表演了。」

我順著她的眼神看去，見到一個小丑站在我們面前，向咖啡館裡的人微笑鞠躬。

帶男的聲音現在像個小孩般興奮：「看，夢寧，他在跟我們眨眼耶。」

此時，一對年輕情侶走過，摟著彼此的腰。女孩的嘴巴微微張開，看來很陶醉。小丑朝咖啡館裡的人眨了眨眼，然後跟在這對小情人後面，模仿他們走路的姿態和女孩的表情。群眾爆出笑聲，情侶轉身看見小丑，困惑了幾秒後臉上才浮出大大的笑容。小丑向他們敬了個禮，目送他們離開。

接下來是一個緊緊把袋子抓在胸前的高瘦老人。他穿著名貴的西裝，凝重又挫敗的表情讓他的臉顯得很長，就像莫迪里亞尼的人像畫。

小丑快步走到他身後，模仿他的長臉和無精打采的樣子。觀眾又再度爆出笑聲。被笑聲鼓勵，小丑繼續靠近老人，直到身體輕輕擦過老人的西裝。他的演出實在太過誇張，所以觀眾們的笑聲也越來越大。而最讓我訝異的是，帶男竟然是笑得最大聲的一個。

老人轉過身，馬上就發現是怎麼回事。他的憤怒像火山爆發，臉上的皺紋成了紅色岩漿。他拿著袋子向小丑揮動，大聲叫罵：「走開，渾蛋！」但因為揮得太用力，袋子裡的東西全撒出來：粉紅蕾絲半罩胸罩、三角褲、吊帶襪、緊身馬甲、網襪。他漲紅了臉，然後，像隻被醉漢揮著破酒瓶咒罵追趕的過街老鼠，他一溜煙地跑了。

咖啡館裡的男人捧腹大笑，女人則發出作嘔的聲音。我旁邊的兩個日本女孩低頭看著自己的名牌皮鞋；兩個法國女人捻熄菸頭，狠咒罵了一聲：「討厭鬼！」

大概是為了表示敬業，小丑開始一一將地上的東西撿起。男人的笑聲和女人的作嘔聲仍在此起彼伏。撿完後，他追著那個老男人，揮舞著那些女用內衣褲和襪子，用莫札特《魔笛》中夜之后的語調高八度地大喊：「等一等，先生，你忘了你的東西！」

帶男的臉色變得鐵青，她的疤也因氣憤而顯得更黑了，她霍然從椅子上站起，說：「夢寧，我們走！」

不久後某天，我接到帶男的電話，邀我到她家用晚餐。她友好的態度讓我嚇了一跳，因為就我所知，她從來沒邀請過任何人到她住的地方，更別說用餐了。電話最後，她說：「這是惜別晚餐，我再過兩個禮拜就要回中國去了。」

帶男住在巴黎第七區，一個在艾菲爾鐵塔附近房租昂貴的地區。但我猜她住的是便宜的閣樓，搞不好還要為屋主打掃來換取免租。

泛白的黃光從她微開的門透出，把走道照得像發霉的檸檬。我輕輕敲了敲門，小心翼翼說：「是我，夢寧。」

帶男的聲音從裡面傳出：「請進！」

我打開門，立即被所見到的嚇了一跳。她兩腿張開蹲在大門邊的小火爐旁，攪著鍋裡的湯。我為了差點就撞倒她說了聲對不起。她抬頭看我：「夢寧，隨便坐。」

我環顧整個房間，又再次感到詫異，因為四面牆全被漆成黑色。在這片黑暗中，桌子、椅子、檯燈、書、紙、裊裊檀香全都像四處遊走的孤魂野鬼。喉頭像被甚麼卡住了一樣，我倒抽了一口氣。

帶男斜著眼看我，「我應該要買個亮一點的燈泡。」

「但妳怎麼不……」

「漆成白色？本來是白的，我花了一百法郎，用了一天時間才把牆全漆成黑色。」

「但是，為甚麼？」薰香味濃得讓我窒息。「妳不覺得有點……」

「壓迫感？就是要這樣。」帶男的手還攪拌著湯，「因為我想打開自己的第三隻眼。」

我心中一陣驚異，幾乎看見我面前站著的是個黑髮黃皮膚的巫婆，嘲笑著我的無知。的確，有時智慧來自黑暗。但把房間漆成黑色？她想撞鬼嗎？

帶男透過粗框眼鏡瞥了我一眼，「如果妳想知道怎樣打開第三隻眼的話，我可以教妳。」

「喔，不用了，謝謝。」我說，感覺自己額頭正在冒汗。

看完這個令人毛骨悚然的房間後，我坐在木箱疊成的書架旁的坐墊上。濃濃的薰香從陶瓷佛像的神壇飄來，旁邊是一張書桌，上頭堆著書和手稿，書桌上的孤燈發出微弱的光。上方是一個狹窄的窗，可以看見左岸和艾菲爾鐵塔的頂端，這遠處的空間讓我覺得好多了。近處我看到一排亮綠色的屋頂，來往車輛像條閃閃發光、迂迴彎曲的巨龍。只有這扇小小的窗能將帶男領往外面那廣闊美好的世界。

「我沒時間打掃，因為走之前還得把論文趕出來。」帶男終於擺脫了那奇怪的蹲姿站起來，走向洗手台。她仍穿著同一件白襯衫、寬鬆的藍色長褲和同一雙涼鞋。她有好幾套同樣的衣服嗎？或是她一直穿著同一件衣服和褲子？看著她的背影，一股厭惡緩緩爬過我的肌膚，但我努力壓下這個感覺。

她在鍋裡加水，「夢寧，休息一下吧。晚餐快好了，我先來泡個茶。」她的聲音大得出奇，像要跟滾水聲競賽一樣。

走回來時，她說：「我爸快死了。」語氣聽起來那麼平常，就像說水滾了一樣。

「怎麼了，發生甚麼事了？」

「肺癌，他抽太多菸。」

「唉，怎麼會這樣？」

「不必替他難過，那是他自己造的孽。」她平靜地說。接著又以那讓我反感的姿勢蹲下。所謂的「廚房」其實是一個由幾塊磚頭堆砌而成的地方，上頭擺著一些廚具、調味料和兩個爐子。那鍋湯現在漸漸散發出一股蔬菜混合著草藥的香味。水滾了，發出低沉的嗚嗚聲，像一位睿智的老人，正試著給一些甚麼忠告。我覺得放鬆多了。

一會之後，帶男在堆滿手稿的雜亂書桌裡清出一些空間，又要我坐她對面。她放上陶瓷茶罐、茶壺、四個茶杯及一個漆盤。茶碗跟調味料的碟子一樣小，她不渴嗎？或是她的茶真有那麼珍貴？帶男提起水壺，用熱水澆淋茶壺和茶碗。

我問她：「帶男，為甚麼妳不直接把水倒進壺裡？」

「我在表演茶道。」她用略帶責備的眼神看我，「慢慢來，這才只是第一步，叫熱壺。」

覺得不好意思，我安靜地看著她下一個動作。她用粗壯的手指拿起茶匙，然後從茶罐中取出茶葉放進茶壺裡，跟著加水直到水溢出壺口。「現在，讓茶葉享受一下溫泉水療。」她說著便將壺蓋蓋上，繼續將熱水倒在茶壺和茶杯上，「熱壺是為了避免破壞茶的味道。」

過了一會，她拿開壺蓋，要我欣賞壺中的茶葉。「喝茶之前，要先用眼睛品嘗，欣賞一下這些茶葉在水中展開的樣子。」

我們靜靜地看著茶葉，接著她將茶倒進四個茶碗中。「直線地將茶倒入四個杯中，這樣茶的香氣才能平均。」她將其中一個茶杯拿給我，「欣賞一下茶的顏色。」

「好漂亮，」我說：「像香檳一樣。」

「不像香檳，」帶男又用責備的眼神看了我一眼，「古人說：『酒壯英雄膽，茶引文人思』，所以這兩者是不一樣的。」

我點點頭，她繼續用老師指導學生的語氣說：「現在聞一聞茶香。」她將茶杯拿到鼻前，深深吸了一口氣，我學著她的動作。

「很好！」她將茶杯放下，閉上雙眼。

對我來說，茶香不只是好，而且也足以醉人。帶男用大拇指和食指拿著茶杯的邊緣，中指扶著杯底，將茶端近嘴邊，輕啜了一口。我照做，卻燙到舌頭，忍不住輕呼。

帶男斜眼看著我，「夢寧，喝茶不能大口大口喝，太粗野也太浪費了。」

我的耳根紅了起來，「那要怎麼喝？」

「先含一小口在嘴裡，細細品嘗茶香，再慢慢嚥下。」她用另一個茶杯示範了一次，我也跟著照做。

「現在，有感覺到腋下一陣涼風嗎？」當然，她說的不是實話，而是象徵——一種飄飄欲仙的感覺。

「謝謝，這真是好茶。」

她提醒我：「這是好茶，但還不是極品。要泡出極品茶不只要好茶葉，還要好水，但巴黎根本找不到好水，所以我只能用礦泉水。」

「礦泉水還不夠好嗎？」

「當然不行，最好的水是山泉水，其次是河水，再來是井水。」她停了下來，若有所思，「把梅花瓣上的雪儲在密封的陶器裡再放上好幾年的也是好水。」

她一定讀過《紅樓夢》，妙玉就是採雪水來泡茶給寶玉喝的。帶男也像妙玉一樣渴望男人嗎？我很好奇，但卻說：「我不知道茶的背後還有這麼多學問呢。」

「任何事都不能只看表象。」

這麼一來，是不是說她的疤痕背後也有個刻骨銘心的愛情故事？

她現在忙著再泡茶，我問：「為甚麼茶杯這麼小？這樣我們不就得喝很多次才能止渴？」

「夢寧，妳完全不明白。」

「明白甚麼？」

「明白品茗不是為了止渴，而是平靜內心和去除傲慢。備茶和品茶是一種自我鍛鍊的過程。」

帶男用粗啞的聲音說著茶道哲學，手指熟練地移動茶具。突然發現她的另一面後，我開始好奇，她那毫無表情的臉下是否還藏著其他的情感。

她說：「茶道是我在香港讀佛教大學時跟一個尼姑學的，坐禪的時候我得喝很多茶才能保持清醒。」她繼續說：「泡茶的過程也讓我感到平靜，所以古人說喝茶可以消解寂寞、去除煩憂、淨化心靈，以及使人悟道。」

我點點頭，她用乾淨的毛巾擦了擦茶壺，「這是養壺，如同養心。」

看著帶男熟練地示範，我忽然明白茶香的溫暖和茶道井然的秩序是一股穩住她生命的力量。而井然有序的茶道儀式是使她困惑情感得到解脫的管道。

帶男抓起一把茶葉，送到我鼻前，「聞聞，這是最棒的烏龍茶。」

我深深吸了一口氣，「好香，妳怎麼買到的？」

我好奇身為一個學生，她怎麼能買得起如此昂貴的茶葉和茶道用品。

她說：「這是禮物。我所有的東西幾乎都是別人送的，學費和生活費也是香港一間尼姑庵贊助的。」

「妳好幸運喔，帶男。」

「嗯……是不是幸運很難說。」她沉思了一會。「香港的人對我很好，但這裡的教授卻沒有給我甚麼幫助。我總覺得因為我是中國人，法文又不好，所以他們也懶得理我。」帶男接著開始抱怨巴黎第七大學的佛學課程對她來說太淺、太浪費她的時間；在國際大學城的宿舍裡她被冷落欺侮，所以才搬到這裡；還有巴黎中國高等研究院的圖書館裡根本沒有她寫論文要用的書……

第二道茶已泡好了，她將杯子遞給我。這次我得到了教訓，所以小心地小口喝著。

帶男熱切的聲音充斥著整個房間：「我喜歡茶就像我父親喜歡香菸一樣，」她說：「但是我厭惡他的菸味，厭惡那種沉淪和不能自拔。」最後她大聲地喝了一口茶，接著實事求事地說：「總之，我討厭我父親，無論他抽不抽菸。」

她這麼直接批評自己的父親讓我有點吃驚，我放下茶杯問：「為甚麼妳這麼討厭妳父親？」

再大聲地喝了口茶，帶男半閉著眼睛說，聲音彷彿在遠方：「因為我是女孩，所以他不喜歡我。」她停了下來，重重放下茶杯，繼續像在夢中般囈語著：「他在我們廣東家鄉當餐廳服務生。每天晚上餐廳結帳後，他就會跑到一個中年寡婦經營的酒樓去。他被那個女人迷得如癡如醉，所以把錢都花在她身上，買衣服、珠寶、香水、吃的，還在她的酒樓裡賭博。」

「他一直想要一個兒子，但就是運氣不好。跟所有傳統中國大男人一樣，他開始怪我母親沒生男孩，怪我給他帶來厄運。他希望有個兒子，所以才把我取名帶男。其實後來我真的替他帶來個兒子。十一歲那年，母親生下了我弟弟，但這個好運來也匆匆，去也匆匆，他四歲就死了。」

「帶男，這好令人難過。」我看著她的眼睛表示關心。

但帶男閃避了我的眼神，繼續說：「母親體弱多病，所以都是我在帶弟弟。他還是嬰兒的時候，我用一件上面繡著『幸運兒，長命百歲』的紅衣把他帶在背上。我到哪都背著他，煮飯、拖地、到河邊洗衣、到市場買菜。每次他做惡夢或哭鬧，我就會搖搖他，塞一點糖果到他嘴裡。當他越來越大，我再也背不動他時，他就成天拉著我的衣邊跟前跟後，所以我的衣服總是很容易爛掉。我父親因此罵我是鄉巴佬，浪費他的錢幫我買衣服。但其實他根本很少買衣服給我。我穿的那些舊衣服，縫了又補，補了又再穿。村裡的孩子喜歡跟著我，罵我是『乞丐』，還想搶走我弟弟。」

「甚麼意思？」

帶男不理會我的問題而繼續說：「有天，跟平常一樣，我帶著弟弟到河邊洗衣服。他開心地在岸邊抓小螃蟹，然後累得睡著了。我怕他掉進河裡，所以把他背在背上。突然，來了三個村裡的小孩在唱：『乞丐女、乞丐女，妳怎麼不下地獄？』我好生氣，所以邊罵邊向他們潑水。他們也罵回來，還拿石頭丟我，有顆石頭打到了我的腳，我滑了一跤，弟弟便掉進河裡。」

「然後呢？」

帶男揮揮手，像是要揮走甚麼可怕的回憶。她的聲音有些顫抖。「那些小孩一溜煙就不見了，我邊跑邊哭想找人幫忙，好不容易遇見村裡兩個正要下工回家的人。他們跟我衝回河邊找弟弟，但他被拉上來的時候已經氣若游絲。」

「妳一定很難過。」我說。

帶男停頓許久，氣氛讓人很不舒服，然後她繼續說：「我弟弟對著我喊一聲『媽媽！』，就嚥下了最後一口氣。這很傷我母親的心，因為她覺得自己像失去兒子兩次。喪禮上，看他小小的身體一動也不動地躺在小棺材裡，我忽然覺得人生好短暫。我還記得我把他背在背上時有多快樂，但這些快樂一下子就沒了！」

「然後我母親發現被我爸傳染了性病，輸卵管受感染，再也不能受孕。這讓我父親更堅信我是他的剋星，因為我不僅斷了他的香火，還斷了他的姓，所以他對我更糟了。每次母親想阻止他要我做太多工作，他就會大吼：『笨女人，這東西命該如此！妳不知道她就是要來我們家做牛做馬，好彌補自己過去的罪過嗎？否則她下輩子注定會更慘！』

「他說『注定』的時候，總會張大眼睛、齜牙咧嘴的，好像真的看到我劫數難逃的下輩子。他只要手裡有東西，就會拿來打我，鞋子、鍋子、掃把，甚至是椅子。我一哭，他就會大罵：『妳哭甚麼哭！』還有一次他說：『是妳爸死了嗎？妳當然想我死，對不對？妳已經剋死了妳弟，現在還要剋死我，讓自己有更多墳可拜。但我告訴妳，妳想都別想！』他賞了我幾巴掌，『我真不知道上輩子造了甚麼孽，這輩子讓妳這樣懲罰！』」

「我弟弟死後，父親很少回家，我們都知道他去了酒樓找那個寡婦。他不再拿錢回家，說把錢花在一個討債鬼和一個藥罐子身上不如把錢扔到水溝裡。所以母親必須兼差當保母來養活我和她自己，我十四歲的時候她就過世了。」

「所以父親只好接我回去同住。那時他已經跟那個寡婦同居了兩年多。那寡婦當然不喜歡我，所以要我幹所有的活，不管是在她家或在她開的酒樓。我煮飯、打掃、拖地、洗衣、還要伺候她的搖錢樹——店裡的娼妓。但她不讓我去買菜，因為怕我偷她的錢。我每天只有一餐可吃，都是剩飯剩菜或清粥。我父親也不能白吃白住，她讓他在酒樓裡當保鑣。」

「十九歲的時候，我開始計畫逃跑——游泳到香港，我夢想中的自由之地。我失敗了七次，第八次才成功。到香港後，我順利找到我姑婆，她照顧我的食住，還幫我買了張香港身份證，讓我到一間佛教學校念書。後來我進了佛教大學，又到泰國去化緣。再回到香港的時候，有間尼姑庵得知我的遭遇，同意贊助我的論文，這就是為甚麼我會在這裡的原因。」

說完後，帶男的靈魂彷彿回到了房間裡。她喝著茶，沉默了一會，說：「直到現在我還會做逃到香港的惡夢……有一次我差點溺死，還有一次差點被鯊魚吃了……」

我倒抽了一口氣，脫口而出：「那……妳臉上的疤——」

「不，這些和我臉上的疤沒關係，是一個鄰居小男孩幹的。」

「為甚麼？」

「我不知道。」她沉默了一會。

我有些詫異，第一次看見她眼中掠過一抹哀傷。

「那時我十歲，自己在家門前玩，鄰居的小男孩走過來，從地上撿起了一片碎玻璃往我臉上割，就是這樣。」

「妳是說，你們沒有吵架？」

「完全沒有，我自己一個人玩，他也是自己一個人玩，然後突然走過來劃我的臉。妳大概無法相信，因為聽起來很怪，但事實就是這樣。他爸媽趕快送我去醫院，打了破傷風疫苗，又縫了十八針。後來他爸媽問他為甚麼這樣做，他說他完全不記得發生了甚麼事，但他們還是打了他一頓。可是他才六歲，大家都很好奇他哪來的力氣，妳看我的疤又深又長，完全不像個六歲孩子割的。有些鄰居說他可能被髒東西附身了，所以他爸媽找了個法師來替他驅魔。法師唸經、燒符水，還在他臉上畫符咒，花了好幾個小時。結果是他發高燒整整一個禮拜。」

「在佛教來說，他的行為叫無明，是無緣無故的。一個六歲的小男生會無緣無故做些不能理解的事情……就像我父親那樣的大人也一樣。」

帶男停下來看著沉在杯底的茶葉，「但現在我父親好像後悔他以前那樣對我。上禮拜我收到一個老鄰居代他寫的一封信，說他肺癌末期，可能撐不過重陽節。他說臨走前想再見我一面，所以我得回去一趟。」帶男看了我一眼，「夢寧，如果妳不介意的話，我走後你可以每個禮拜來幫我給佛祖上香嗎？」

「當然好啊。」

帶男再次替我斟滿茶。品嘗著這泡茶的甜美苦澀，我開始告訴她我的過去、小弟的死，還有把所有東西賭光的父親。說完後，我跟她說，至少和她父親不一樣的是，我父親從不打我。

帶男下的結論很不可思議，她說：「也許我們上輩子是姊妹，妳漂亮又聰明，所以我們的父親喜歡妳；而我是個鄉下孩子，所以他討厭我。」

陳蘭精力充沛的嗓門在我耳邊響起：「生孩子，要生很多很多！」我忽然回到了現在，太陽已下山，街燈投下長長的影子。我想，無論是不是尼姑，我們的人生總像影子般，在這光彩奪目的浮世倏忽即逝。

14 巴黎陽光

和帶男在金蓮寺相遇後幾天，我接到法國那邊的電話，問我是否準備好要回索邦大學完成口試。我的確準備好了。現在回巴黎，我正好可以暫時擱下心中的困惑。打包行李時，我為麥可至今仍未來電感到傷心。也許依空是對的，男人根本不值得信任。尤其當他們被拒絕，自尊大受打擊之後。

隔天，我抱著焦慮的心情上了飛機。

巴黎一點也沒變，就好像我從沒離開過一樣。這感覺有點怪怪的，因為我已經變了。我曾經那麼天真、對人生充滿好奇和渴望。但如今我卻覺得自己像在提著一盞照亮了許多路的燈，唯獨找不到回家的那一條。

下了計程車，走向亞洲之家大門時已是晚上六點半。我忽然有種奇怪的感覺，因為這裡是我到巴黎念書時住的第一個地方。星光中，我走上階梯，悄悄跟大門兩旁的石獅打招呼。

我跟櫃台拿了鑰匙，走上三樓的房間、放下行李、然後到宿舍共用的浴室洗澡。十五分鐘後，熱水、蒸氣和檀香皂的宜人香氣讓我煥然一新。回到房間，我換上睡衣坐在床上準備明天下午的口試。我發現自己無法專心，不斷想起帶男的事。一想到她的遭遇，也就無法控制地想著麥可和他求婚的詩句：

三十八載歲月，
宛如虛度留白。
餘生能否圓滿？

心中五味雜陳，我真要充實這男人的生命嗎？我盯著眼前的博士論文，卻無法找出答案。

隔天早上，我被鬧鐘聲驚醒。現在是早上七點三十分，而口試在下午兩點。我沖了個澡，換好衣服，再最後一次把論文瀏覽一下。十一點，我走到城市餐廳，點了起司、水果和咖啡當午餐，然後搭上地鐵前往索邦。

我的紫色花邊洋裝讓我幸運地逃過了火災，所以我今天再度穿上它，希望能再次為自己帶來好運。果真，我不但通過了口試，還得到了三個教授的一致讚賞。口試結束後，他們前來向我握手致意。我那冷漠、疏離且總是太忙、五年來只和我見了五次面的指導教授也跟我道賀擁抱。之後他們再回到座位上，準備下一位博士候選人的口試。

試場外沒遇見任何朋友讓我有些落寞。但事實上，我也沒知會任何人。因為除了帶男，其他就只是點頭之交，而且大部分人都在我回香港前就離開了巴黎。

我有些悲傷，想起以前美好的日子，感觸良多，所以我直接往離索邦大門不遠的咖啡館走去——五年前到巴黎的第一天，我就在這裡用餐。

我在前排坐下，不久一位上了年紀的服務生前來替我點餐。不知他是否就是當年為我點餐的同一個服務生？我對他笑了笑，點了一杯濃縮咖啡和法式火腿乳酪煎蛋三明治——和五年前點的一樣。幾分鐘後，服務生替我送餐過來。他離開後，我舉起杯子悄悄對自己說：「恭喜，杜博士。」

我輕唸著唐代李白的詩：

花間一壺酒，
獨酌無相親。
舉杯邀明月，
對影成三人。

我邊享受著咖啡和火腿乳酪煎蛋三明治，邊觀察四周。巴黎的空氣中，總會有些甚麼奇妙的事情發生，即使是最微小的角落都似乎在向我眨眼和低語：「來這看一看，有好玩的喔！」咖啡館對面是五顏六色的服裝店——巧克力的咖啡色、卡其色、駝色、藏青、海軍藍、黑色、石礫黑。一如往常，我還是為法國人無懈可擊的藝術美感著迷，他們的顏色配搭往往是對比又互補的。我看見一位身材姣好、穿著紅色套裝的女人奔出大街，招了一輛計程車。她的銀色絲巾飄在風中，像一縷輕煙或書法中瀟灑脫的一撇。

我在咖啡裡加了兩塊方糖，用茶匙細細攪拌，愉悅地聆聽著茶匙觸碰瓷杯壁的聲音。我輕輕啜一口，細心品嘗咖啡甜美又苦澀的味道。接著，我切下一大塊火腿乳酪煎蛋三明治，緩緩、風情萬種地放進嘴裡。

行人或走著，或與身邊朋友聊著，或邊逛街邊嚼著薄烤餅，或小口咬著三明治，或舔著冰淇淋。我看到樹葉在這早秋的微風中顫抖著，又看見表情專注卻又厭煩的巴黎人走過。在這紛忙的城市中，我無來由地感受到禪修般的平靜。

五年前第一天到巴黎的畫面在我眼前閃過……

第一天清晨，我在亞洲之家的宿舍醒來，陽光溫柔地觸碰到床的一角。那一小片陽光正在溫暖我的腳趾。我伸了伸懶腰，從床上跳起，走向窗戶往外看。雖然窗外沒甚麼風景，只有其他的幾棟宿舍，但我還是因自己已身在巴黎而興奮不已。

嗨，巴黎，你好嗎？

我深深呼吸，盡量吸入巴黎早上的新鮮空氣。當看見樹下一對年輕情侶正吃著烤薄餅，我突然感到飢腸轆轆。我連忙套上毛衣，穿上牛仔褲，走了出去。

我在鵝卵石街道上左顧右盼，想把所有美景一覽而盡：爬滿藤蔓的灰色建築、扭成百合圖型的花窗、披著薰衣草色圍巾和腳踏紫羅蘭色皮靴的女孩。我走過菸店、花店和書報攤，然後發現了一家超市。

我走了進去，看著玲瑯滿目的商品，只想找到一些簡單的食物——越便宜越好。我還需照顧在香港的母親，又得在巴黎待幾年，所以必須謹慎使用微薄的獎學金。我搜尋著架上一排排的食物，看見了一小袋薄餅類的東西。我不知道裡面是甚麼，但從包裝的圖片看起來非常可口，薄餅上有蝦、火腿、起司、香腸、萵苣、番茄、橄欖、青椒、洋蔥……我眼睛亮了起來，看著這食物直吞口水。才一毛五法郎——真是便宜得不得了。我抓了兩袋，衝到飲品區拿了可可粉，然後走向櫃台結帳。

回到房間後，我泡了杯熱可可來配薄餅，滿心期待地吞了吞口水，然後打開包裝。

唷呀！像魔法突然消失，所有的蝦、火腿、起司、香腸、番茄和洋蔥都不見了！在我面前的是幾個皺巴巴的、薄薄的硬紙片似的餅，就像老人滿是皺紋的慘淡臉孔。一股怒氣升了上來，我被騙了！或者，有人偷偷打開袋子把上面吃的都拿走了！我失望得幾乎要嚎啕大哭。

但我能怎麼辦？我不可能走回去跟結帳人員為這一毛五法郎吵。這樣一來，我只會成為笑柄。加上我結巴又不流利的法文，聽起來只會更加可悲和可笑。

掙扎了好久，最後我還是認命地坐下來，無可奈何地啃起我在巴黎的第一份週日早午餐，真是至高的禪修境界。

不出我所料，這所謂的薄餅真的是難吃死了。我想像自己是飢荒中啃著樹皮的老女人。現在真懷念母親煮的菜——三杯雞、豆豉蒸魚、糖醋豬肉、酥炸椒鹽蝦……

當我準備把剩下的薄餅都丟掉時，卻看見袋子底部一行小字，藏在那些蝦、火腿、起司、香腸、番茄和洋蔥的圖片後面，寫著：「食用建議。」——這真是個天大的玩笑啊！

雖然仍飢腸轆轆，我打開旅行箱整理行李。

正當我將東西一件一件拿出來時，一隻蟑螂從旅行箱裡爬了出來。這醜陋的小東西竟然隨著我飛過了六千哩——越過太平洋，從香港到了巴黎——真是奇蹟！可憐的小東西！我盯了好久這隻深咖啡色、看來不知所措的小蟲。在這個空氣稀薄又黑暗的旅行箱裡待了這麼久，牠餓了嗎？牠現在就像我一樣寂寞無助嗎？以後會在這裡交到朋友嗎？這一刻，我突然明白，此刻牠正是我在這世上唯一的同伴。一股寂寞向我席捲而來。

我撕了一些餅屑丟到地板上。但出乎我意料之外，牠並不吃。即使是一隻蟑螂也被香港的美食寵壞了，根本不想吃這毫無滋味的薄餅！最後我用一片薄餅將牠撈起，放到公共廚房的地板上。牠的命運會怎樣呢？也許牠會找到一些好吃的食物，或者，就這樣死去。一切都得看牠的命……

我決定出門找真正能吃的東西，就算讓荷包緊縮一些也無所謂。我搭地鐵前往索邦，最後在大學校門前找到了一間咖啡館。

我幾乎沒時間看看四周的景物，服務生便出現了。他放下菜單，問我：「要點些甚麼呢？」

我還在思考自己到底想吃些甚麼時，他接著又問：「法式火腿三明治 (croque monsieur)、法式火腿乳酪煎蛋三明治 (croque madame) 或法式火腿乳酪三明治 (sandwich avec jambon et fromage)？」

「請給我法式火腿乳酪煎蛋三明治，謝謝。」我根本不知道那是甚麼，只是匆促之下，聽到這個餐名字裡有「女士」(madame)，感覺是特別給女士的甚麼餐。只是這「女士餐」整整比「男士餐」貴了一法郎就是。

「請問要喝些甚麼呢？」

我快速翻著菜單，「義式……濃縮……咖啡 (expresso)」，這是最便宜的飲料，但卻最難發音。

服務生把咖啡端來時，我對這個迷你杯子感到異常吃驚——這根本比我小時候玩家家酒的玩具杯子大不了多少！法國人不口渴的嗎？我喝了一口便馬上吐了出來，實在苦死了！天啊！幸好女士餐——上頭鋪著荷包蛋、一片厚厚的火腿和香濃起司的法式烤吐司——看起來很美味，也很能填飽肚子。

啊，我多希望是個有錢人，因為即使一法郎便能讓生活有這麼大的不同……

車子的喇叭聲從我背後呼嘯而過，咖啡店看起來就和五年前一樣。但我的生命已經不同了——雖然也仍是個未知數。我拿到了博士，卻仍未能肯定自己的未來——該成為尼姑、職業單身女性，或結婚呢？可是我已經拒絕了麥可的求婚！我幽幽嘆了一口氣。

第二部

15 紐約，紐約

回到香港後，母親替我將行李拿進屋裡，關上門，壓低了音量，用一種神祕的語氣跟我說：「妳不在的時候，有個鬼佬打來好幾次。」

我的心跳開始加速，「哦？他叫甚麼名字？」

「麥口之類的。他說他是從美國打來的。」母親用懷疑的眼神看著我：「這個鬼佬是誰？」

「媽，沒甚麼——」

「妳是說這男的沒甚麼，還是他沒想從妳身上得到甚麼？」

「媽！」

「如果一個男人說他甚麼都不想要，那就是代表他甚麼都想要，妳懂嗎？」她接著說：「我不喜歡鬼佬，他們老是想要更多、更多！」她瞇起眼睛看著我，「但到妳想要結婚的時候，他們就不要妳了！」

「媽，沒人在跟妳講結婚的事！」

「哦？反應這麼激烈，那就代表妳的確有在想囉？」

「媽！」我決定說謊來避免更多母親式的騷擾。「我想應該是紐約的亞洲協會打來的，我寄了封求職信和履歷給他們。」

母親開心了起來：「那很好耶。妳搭飛機也累了，我去幫妳熬點補湯調養調養。」接著她哼著〈當我們年輕時〉的曲調走進廚房。

雖然很想馬上回電給麥可，但我還是決定再等一會。

母親準備了一頓豐盛的晚餐。「慶祝妳拿到博士。」她說。接著把魚肉、雞肉、蝦和蔬菜夾到我盤裡。

難吃的飛機餐早讓我飢腸轆轆，所以大口吃著母親做的每一道美味料理。把飯塞進嘴裡時，我發現母親並沒有吃。

「媽，妳不餓嗎？」

「噯！」——她用初戀般的眼神看著我，又望向天空——「我真不明白我這平凡的女人何德何能可以生出妳這個博士女兒啊！」

我拍了拍她的手，此時電話響起，母親衝過去接。

她搗著話筒使了眼色給我：「那個鬼佬！」我接過話筒，揮揮手要她走開。「麥可？」

「夢寧？」

我沒說話。麥可的聲音再次響起：「夢寧，妳去哪了？我好擔心妳！」

聽他那麼擔心，我也就不忍心責備他之前沒打給我。「我……去了巴黎。」

「妳媽跟我說了，但她不肯給我妳的電話號碼。」

「不好意思，麥可，她不太相信陌生人。」

「沒關係。所以妳拿到博士了嗎？」

「嗯。」

「恭喜妳，夢寧。我好替妳開心！」

「謝謝。」

又是一陣沉默，他的聲音聽起來心神不寧，像好幾天沒睡好。「抱歉我之前沒打給妳。我在西藏試了好多次，但就是沒辦法打到香港。我回美國打給妳時，妳又已經去了巴黎。」

「麥可，我很抱歉……但至少我們現在聯絡上了。」接著我問：「福頓教授還好嗎？」

「他在拉薩收集唐卡（譯註：唐卡是一種畫在布幔或紙上的畫像，興起於吐蕃時期，可隨身攜帶便於收藏。）的時候突然中風，我抵達的時候，當地醫生正在餵他吃一種西藏藥物。所以我馬上訂了機票帶他回美國，送他到紐約醫院。」

麥可說幸好福頓教授只是輕微的腦溢血，暫時失去部分記憶和身體機能。雖然現在要撐著拐杖，但已經能自己吃東西和走動了。

「別擔心，夢寧。他現在很好。」麥可的聲音聽起來放鬆多了。接著他問：「妳可以來美國一趟嗎？」

我愣了幾秒，不知該作何回應，卻感受到他強烈的期盼從話筒另一邊傳來。

「夢寧，你還在嗎？」

「嗯。」

「妳願意來嗎？……」

我沒說話，他不生我的氣了嗎？如果我去美國找他會怎樣呢？即使被我拒絕了，他對我還是認真的嗎？

我按著胸口，怕我的心會一不小心跳出來。在這橫越太平洋的寂靜中，我想像自己聽著他的呼吸聲，撫著他的眉——就像充滿靈氣的中國「一」字……

「夢寧，拜託。」麥可的聲音再次響起：「說妳願意過來。」

不久後我看著放回桌上的話筒。是的，我答應了。

我繼續吃完為我慶祝的晚餐，決定先不要向母親提起麥可——因為時機還未到。

所以當她問我的時候，我說：「是亞洲協會打來的，我準備要到美國去面試了！」

「哇，夢寧！」一朵大大的笑容浮現在她臉上。「好運終於降臨我們家了！」她興奮地說著，又開始夾菜給我，直到我盤裡的食物堆成了一座小山。

從巴黎回來才短短兩個禮拜，我又得開始收拾行李了。母親困惑地看著我撫平一套黑色蕾絲內褲上的紅色小花，懷疑的眼神久久不肯移開。

一個從沒去過紐約但對任何城市都很有個人主見的母親，現在用一種經驗老到的語氣跟我說：「夢寧，妳在紐約搭計程車的時候，一定要緊盯著里程表，因為司機可能會在上面動手腳，讓表跳得比較快。」

「媽！」我不耐煩地看了她一眼，將內褲塞進行李箱，那朵花現在就像黑色蜘蛛網上的一滴血。

母親繼續說：「我聽說在紐約有人被搶劫，甚至被殺的時候，大家都只會冷眼旁觀。最可怕的是，地鐵站裡的乘客推來擠去，有人被推下軌道後，車子還是繼續開過去，根本沒人在乎。紐約就是這樣，要小心！」

「喔，還有一個叫甚麼中央公園的地方，聽說那裡會有名不是因為風景好，而是因為那裡有很多毒販、殺人兇手、妓女、戀童癖、午夜牛郎、強暴犯，晚上還有吸血鬼！所以答應我妳絕不會到那裡去，聽到沒？」

九月三日，從舊金山飛往紐約的班機即將結束六小時的飛行，機上傳來機長愉悅的廣播聲，宣布飛機將抵達甘迺迪機場，我也從小睡中醒來。窗外七四七的機翼低空翱翔在水面上，然後轉向沙灘。陸地上，迷你的建物、汽車、高速公路、天橋，和幾塊綠色的草坪就在不遠處。飛機降落在跑道上時，我才意識到再過幾分鐘就會見到麥可了，於是心開始砰砰跳了起來。飛機在跑道滑行時，我拿出為他畫的畫，是一尊穿著白袍的觀音菩薩，腳踩蓮花，手拿心經。因為買不起甚麼貴重物品，又不想送他太廉價的東西，所以只希望他會喜歡這張我親手畫的觀音。

一走進機場大廳，我就看到麥可了。他靠在柱子，看起來那麼憔悴和消瘦，我的心又驚又疼。當我們四目交投時，旁邊的空氣也變得不同了。麥可飛奔向我，一言不發便將我擁入懷裡。好久好久之後，他輕輕在我耳邊說：「夢寧，我好想妳。」放開我之前，他又深深吻了我好多次，然後抓起行李箱，走向計程車站。

在計程車狹窄的空間裡，我身旁的麥可穿著黑色高領毛衣及灰色絨褲，看起來那麼風度翩翩。他的肩膀靠著我，身體離我那麼近，讓我覺得很踏實。我的視線在窗外的風景與那張我想念已久的臉龐之間來回拔河。車子沿著大中央公路開往曼哈頓，麥可將一隻手放在我的大腿上。

一路上麥可另一隻手都握著我的手，直到車在一間普通的建築前停下。「我們現在在上東城。」他邊付錢給司機邊說。一位穿藍色制服的警衛前來替我們開門，然後將我的行李提進大廳。

「午安，醫生。」他跟麥可說。

麥可向法蘭克——那個藍衣警衛——介紹我，說我會在這裡待上幾個禮拜，如果需要任何幫忙都得勞煩他了。法蘭克點點頭，替我們開電梯門，按了二十八樓。「杜小姐，很高興認識妳，祝妳玩得愉快。」

我向他微微一笑，看見麥可塞了一張二十元美金給他。

進入公寓後，麥可將行李放下，拉著我的手，歪著頭看我。他的唇溫暖了我的額頭與眉間，「夢寧，為甚麼每次看到妳，妳都比上次更美？」

他的手指解開我的馬尾，讓髮絲散落在我的脖子及肩膀上。他輕輕將我的頭髮撥到背後，然後溫柔地吻我。

「我好想妳。」他低喃，呼吸輕輕搔癢著我的耳際。

內心一陣蕩漾，我將他拉近，弄亂他柔軟的髮。「我也好想你。」

我們倒進客廳裡的躺椅，他溫柔的撫摸讓我搭了二十四小時飛機的僵硬身體變得放鬆。當我正要把頭靠在他肩上時，忽然發現門還半開著。

「麥可，門……」

「不要管門。」他低喃著，一腳將門踢上，然後將我拉到他懷裡……

我一眼就看見麥可的家擺滿了書、畫和藝術作品，空氣中充滿了檀香味。我忽然想起甚麼，連忙將他推開。

「夢寧，不要走，我已經好幾個禮拜沒見到妳了。」

我沒回他，逕自走向行李箱，拿出那幅觀音畫像，然後再回到他身邊。「麥可，」我將裱好框的畫拿給他，「這是我為你畫的。」

麥可仔細看著觀音像，眼神像個發現寶物的孩子。幾分鐘後，他還盯著這個腳踩蓮花在綠波上的白袍觀音。

最後我終於開口問他：「你喜歡嗎，麥可？觀音可以保護你……」

「喜歡？夢寧，這簡直太棒了！」他認真地看了我好久，好像這是我們的第一次相遇。「妳怎麼沒告訴我妳這麼有繪畫天份？」

我臉紅了。

「而且還這麼誘人。」他邊說邊抬起我的下巴，重重吻著我的唇。

十分鐘後，麥可從廚房探出頭來，問我：「喝茶好嗎？」看著他豎起的頭髮，我心中一陣暖意。

「不要，」我說：「我想喝可樂。既然身在美國，就要喝美國的東西。」

「好的，可樂來囉！」他愉悅有活力的聲音散佈在整個廚房。

我四處走走看看，一對藍白相間的陶瓷落地燈讓整個客廳溫馨而和煦，幾件中式古董傢俱在燈下反映著微光。矮桌上放著一尊白色、精緻光滑的陶瓷佛像。

兩面牆上是書架，另外兩面則掛滿中國水墨畫。一張筆觸簡單的畫吸引了我的注意，是唐朝的傳奇人物，狂人詩僧寒山及拾得。他們在寺廟門前掃地，笑容似在說，萬里紅塵路不過是個笑話。

畫的一角是寒山用草書寫的詩句：

我居山，勿人識，白雲中，常寂寂。

麥可的公寓有一種寂寞的氛圍，這是讓他走向修禪的原因嗎？這究竟是年幼失親的孤寂，還是哲人的孤獨——抑或兩者皆是？

我再次看著畫中的隱士。寒山因隱居於一座終年積雪的山裡而得名。他的好友拾得年幼被遺棄街頭，被騎虎禪師收養，但因禪師不知這嬰孩的姓名和雙親，身上也沒有配掛任何信物，因此將其名為拾得。拾得的生活清靜無為，眼裡總是閃爍著明亮的光采，笑容真摯而深刻。日出日落，他和寒山在廟前掃落葉、在石上刻詩、嬉遊、賞月。他們之所以能成為中國傳奇，正是因為依循著「道」而生活。

一種奇異的感覺向我襲來。在某方面來說，麥可的生活和這兩位詩僧似乎無甚分別。他曾是孤兒（但我還沒機會問發生了甚麼事），他既脫俗又喜歡寫詩賞月……但麥可住的不是僧寺，而是繁忙的都市。可不也有聖賢曾說，大隱隱於市的嗎？

我走到廚房，問麥可需不需要幫忙。他正在把薄脆餅乾放進碗裡。「沒關係，夢寧，妳一定很累了，去客廳休息一下吧！我等一下就過去。」

我走回客廳，不是因為想休息，而是要壓抑自己想哭的衝動。我好困惑，如果我真的這麼喜歡麥可，為甚麼又拒絕了他的求婚？但依空呢？觀音呢？我怎麼向她們交代？怎麼解釋我十七年前落井的感召和使命？還有，我不是一直想當尼姑，過著自由自在的生活嗎？

為了讓自己轉移注意力，我靠著書櫃看上面的書名。書櫃上有好多中國哲學書和文學英譯本：《易經》、《紅樓夢》、《浮生六記》、《西遊記》……但我也發現了中國最惡名昭彰的色情小說——《金瓶梅》。我拿起這本書，隨意翻閱：

> 眾和尚見了武大這老婆，一個個都迷了佛性禪心，關不住心猿意馬，七顛八倒，酥成一塊……沙彌情盪，磬槌敲破老僧頭。從前苦行一時休，萬個金剛降不住。

文字後跟著是一張木刻版畫，畫中有一位美豔女子和一個僧人。

我雙頰滾燙，但眼睛卻無法移開畫面。僧人對女子的渴望如此露骨直白，我被這三百年前寫下的文字給深深迷住了。作者不畏儒家思想的抨擊，寫下內心真實慾望的勇氣令我動容。下腹感到一陣灼熱，我肯定自己的臉現在已紅得像猴子的屁股。但這卻沒讓我停止繼續翻閱的衝動。

這時我聽見麥可從廚房走出來的聲音，趕緊將書塞回書櫃上。

「夢寧，妳在看甚麼？」

「喔……沒甚麼。」我的臉頰熱得如火燒，想起長洲島上小丘後的我們、崑曲中那兩個尼姑的大膽言論、麥可的詩、我們不久前的親密……

麥可將盤子放在中式桌上，走過來從背後抱我。我聽見他戲謔的聲音：「但妳看起來有點不對勁——看到甚麼香豔刺激的嗎？告訴我。」

「我不能說。」

他靠近書櫃，手指沿著書目搜尋，我立即將他的手撥開。

「一定是和尚和尼姑的愛情故事，對不對？」他輕咬著我的脖子，「如果妳當了尼姑，那我就當和尚。」

一陣意味深長的沉默。他放開我，帶我到沙發坐下。「吃點東西吧。」他用白色茶杯盛了杯鐵觀音，「要試試嗎？」

「不了，謝謝，我有可樂。」我決定要固執一點，像美國女人一樣。然後我說：「麥可，真羨慕你有這麼美麗舒適的公寓。」心裡暗自期待著他會說出「但沒有女主人的家是不完整的」之類的——我以前最憎惡的陳腔濫調。

我又發現他公寓裡的「氣」似乎不太協調——陽剛氣太重了。我突然好想為他加點陰柔的東西——佛像旁放一盆玫瑰花、小雛菊或康乃馨；窗邊掛上白色蕾絲窗簾和一串風鈴；咖啡桌上擺些紫丁香、香柏、桂葉香草之類的香料乾花。

麥可正忙著把奶油塗到餅乾上，他給了我一片，我心不在焉地說了聲謝謝。他又為我倒可樂，混著冰塊發出響亮的氣泡聲。

我小睡起來梳洗完畢已七點三十分。麥可帶我到紐約中城的巴斯克餐廳用晚餐。餐廳的牆上是顏色鮮明的壁畫，繪描地中海岸的小樹林和十八世紀建築。大膽的筆觸和色彩使我因時差而遲鈍的腦袋變得神清氣爽。我可以感到四周明亮舒爽的氣息。

入座後，我發現菜單上的價錢就跟這裡的氣氛一樣豐盛。我們點了氣泡水和沙拉，然後我點了法式海鮮濃湯和龍蝦，而麥可則要了素食披薩。

幾分鐘後服務生送上我們的飲料、一小籃麵包和一小銀盤的牛油球和冰塊。他替我們倒完氣泡水後就離開了。我邊喝水邊四處看。每個人都盛裝打扮，男人西裝筆挺，女人身穿晚禮服，就像參加某個演唱會或私人晚宴。在美食的香味中，他們愉快地談天、吃喝，看起來如此滿足。穿著燕尾服和行動安靜的服務生在鋪著白色餐布的桌子間穿梭，在倒飲料時發出清脆的叮噹聲。安靜的角落裡有一對氣質不凡的夫妻——一位白人男士與一位亞裔女士——兩人都有灰白的頭髮和穿著高雅的衣服。

麥可指著他們跟我說：「夢寧，看到那對夫妻了嗎？那是大都會藝術博物館的董事和他老婆。」

「你認識他們？」

「嗯。」接著，我詫異地看著麥可從座位上站起來。「不好意思，夢寧，我得過去打個招呼。」然後朝他們走去。

麥可與那位男士握手寒暄，看來像在努力取悅他們，那對夫妻則只是微笑點頭。

我還在猜測他們的對話內容時，麥可已經走回來。「抱歉，讓妳久等了。」我幾乎要問他為甚麼不把我介紹給他們時，麥可已經開口說話：「班杰明・希爾的中國畫藏品在西方藝術界是最有名的。我本來應該介紹妳給他們認識，但不太好意思打擾他們用餐，希望妳別介意。」他把一塊塗好奶油的麵包遞給我。

聽到這些我也就沒那麼難過了，我問：「你認識很多藝術界的人嗎？」

「不多。福頓教授認識大部分的人，因為他我才認識了一些。我喜歡聊藝術，但多數藝術收藏家都不太友善，除非你跟他們一樣有錢。」

難怪他剛剛看起來不太自在。

此時服務生端來了我們的食物。

麥可拉著我的手說：「我們好好享用吧，夢寧，有妳在真好。」

我開始喝湯，麥可津津有味地吃著他的沙拉，看起來那麼開心。我忽然覺得很感動，但同時也疑惑著：我拒絕了他的求婚，為甚麼他好像一點都不難過？

吃完了前菜等著下一道菜時，一位穿著銀灰西裝、打著絲質領帶的英俊男子過來跟麥可打招呼。麥可邀他跟我們一起坐，並跟我介紹著是他的好朋友，菲臘・諾堡。

「真美！」那個陌生男子說完後，微微彎腰親了我的手，把我嚇了一跳。

麥可把手放在我肩上，「夢寧，菲臘是我最好的朋友，我們高中就認識了。他是個好人，也是個戲劇天才。以前在我們學校戲劇社演羅密歐，所以別被他誇張的戲劇性嚇到了。」

菲臘親暱地拍拍麥可的肩，撥了撥自己濃密的金髮，長長睫毛的眼睛轉了轉，然後笑了，露出完美白皙的牙齒。「喔，不，麥可才是天才。我們以前都叫他『教授』，而且他很喜歡這個綽號，因為他知道自己很棒。」他眨了眨眼，「當然，此刻他是最棒的。」

麥可笑得像個大男孩。這兩個人閒聊一陣後，開始跟我說他們在約翰霍普金斯大學受訓時的低級笑話。

我可以看出他們迥異性格及外表下的友誼。菲臘有著驚人的完美外型——像運動員般超過六呎的身高和寬肩——他就像穿著燕尾服的阿基里斯從希臘神話裡走到二十世紀的現代。麥可則是中等身形，安靜沉默，像個藝術家或學者。我不知道他們之間是甚麼樣的關係，但卻能確定麥可的生命中還有許多等著我去挖掘的故事。

菲臘・諾堡充滿魅力的外型和舉止，讓我覺得自己像在訪問一位好萊塢影星。同時我也感受到他清澈的藍色眼珠對我的好奇。

當麥可到一旁回覆他的呼叫器時，菲臘問我：「蔓寧，妳在紐約打算待多久？」

「幾個禮拜吧。」我看著那張精緻的臉龐，覺得有些暈眩。「你可以推薦幾個值得去的地方嗎？」

「第五大道、大都會藝術博物館、蘇活區、中央公園——」他停了一下，「我覺得妳應該問問麥可，雖然他總是那麼忙，但他知道所有的文化景點。」

「你也是神經科醫生嗎？」

「喔，不，那是麥可的領域，要花很多『腦力』。我是整形醫生。」

「很有意思。」難怪他看起來這麼耀眼。

「對呀，我很喜歡這個工作。我喜歡讓人們變得漂亮，也讓他們更有自信。這是虛榮，對吧？」

他又撥了撥頭髮，給了我一個年輕版保羅紐曼的眼神。

「如果他們因此變得更快樂，又何樂而不為呢？」我微笑著。

「沒錯。神給了女人一張臉，但她們卻想要另外一張——所以我就來幫忙了。人們關心自己到了不想成為自己。但我真不該抱怨。」他聳聳肩，「我以這些人的虛榮為生。」

「或品味。」我說。「如果臉是藝術品，能反映擁有者的審美品味，那我們就該讚許他們為了讓藝術變得更好所付出的努力。」

菲臘用他閃閃生光且深不可測的眼睛看著我，「很好，我喜歡這個說法，夢寧。但真可惜我永遠當不了妳的醫生，因為妳不但不需要另一張臉，我肯定我的許多病人都會想擁有妳那張自然美的臉蛋。」

對這個恭維感到不好意思，我喝了一口水，害羞地說：「謝謝你，菲臘，但你真的過獎了。」

菲臘用頭示意一位坐在我們對桌，約四十歲的優雅女士，「看到那位女士了嗎？妳覺得她漂亮嗎？」

我看了一眼，說：「嗯，當然！」

他搖搖頭，絲綢般柔軟的頭髮就像月光下顫動的波浪，「說真的，我對她的臉感到非常厭惡。」

聽到這我有些錯愕，「為甚麼？」

「因為她沒有任何一個地方是自然的，全是刀下的傑作。」

「你怎麼知道？」

「我是專家。可惜她沒來找我，不然我可以讓她原本五十多歲的臉比現在再年輕個十歲。」

「天啊！」

菲臘拍拍我的手，我注意到他金色袖扣上刻著埃及豔后的像。她大概是歷史上最美、最神祕的女人了吧。

「夢寧，妳的天真非常迷人。」

我看著菲臘輪廓分明的五官，這張羅密歐的俊臉也是刀工的傑作嗎？

像能讀懂我的心思似的，菲臘笑了笑。「雖然我自己是整形醫師，我卻無法相信我的同行。所以我從不讓別人在我臉上動刀，未來二十年也不會。」

我完全不知道該如何回應。

菲臘又看了那個五十歲卻看起來像四十歲的女人，然後繼續跟我聊天——這次換了個話題。「妳跟麥可認識多久了？」

「幾個禮拜而已。」我有點緊張地說：「你認識麥可比我久多了。」

「快二十年了吧。」他皺著濃眉說：「麥可高中時就與眾不同。當大家去看電影或到酒吧聊天的時候，他卻把自己關在宿舍裡與書為伍。他總說生命太短暫，沒時間甚麼都學到。這個人從來不浪費任何一分一秒學習，所以總是把自己累得像狗一樣。在約翰霍普金斯大學的時候，他甚至常常沒時間吃東西，我只得幫他買些披薩或中國菜外帶回去。」

觀察菲臘說話時豐富的表情是件有趣的事。這個羅密歐還有多少張不同的面相呢？

他繼續說：「麥可是拿獎學金進霍普金斯大學的，因為他父母在他小時候就走了。他很難——」

此時麥可回來了，白髮服務生將我們的主菜端上。

「聊得愉快嗎？」麥可問。我感覺到他溫暖的手在我的頸背上輕撫。

「還好嗎？」菲臘邊問邊將身體往後退，讓服務生替我們上菜。

「沒事，只是一個病人要處方。」

我看著麥可笑說：「菲臘剛剛在跟我說你有多聰明。」一邊因他溫柔的碰觸而小鹿亂撞。

此時菲臘向我們告辭，回到他的桌上。

我微笑看著麥可，然後叉起龍蝦肉。這麼鮮美的龍蝦，就好像他才剛從海裡被抓起來（我喜歡想像龍蝦是個「他」，而蝦子是個「她」）。真是造孽啊，對「他」和我而言都是如此。我想著，卻一邊又叉起一塊鮮嫩多汁的蝦肉放進嘴裡。

這龍蝦是我的母親或父親？

「好吃嗎?」麥可問。

「太好吃了。」我舔舔嘴唇。

16 算命師

到家時已經十一點了，我們彼此在電梯裡依偎著，我感到麥可的慾望。樓層的燈號像是閃不完似的，最後也終於到了二十八樓。麥可拉著我的手走出電梯。他拿出鑰匙，打開門，我們走了進去。他無聲地關上門，然後一語不發逕自將我帶向房間。知道他接下來要做甚麼，我的心砰砰跳著。

他扯開領帶，丟到椅子上，走過來抱我。他環著我，輕咬我的耳垂，親吻我的脖子，邊拉下我洋裝的拉鍊。

「麥可，」我還是不太習慣跟一個男人如此親密，「可以關燈嗎？」

「可是——」

「拜託你。」我堅持要他關燈。

黑暗很快籠罩了整個房間，只剩下月光照著麥可的側臉。他的眼神在微弱的燈光下是如此熱切。他的雙手緩緩地褪下我的洋裝和襪子。但當他準備解開我的內衣時，我撥開了他的手。他失望的眼神讓我好心疼，但我還是覺得赤身露體太令人害羞——我甚至還未習慣看到鏡中一絲不掛的自己。

「夢寧，讓我——。」

「等一下。」我掙脫了他，跳到床上用棉被蓋住自己。

麥可在一邊解開襯衫鈕釦、褪下褲子和內褲時，眼神沒有離開過我。雖然被棉被蓋住，但在他炙熱的眼神下，我覺得自己毫無遮掩。

這是第一次我看見他，或者說，一個男人，全身赤裸。我幾乎要發出驚呼——好多毛！就像個少年第一次見到裸體畫，我仔細地看著他的身體，慢慢欣賞他的側影、寬闊的胸、腰、修長的腿、完美線條的臀，直到那我不敢直視的地方。那樣腫脹，他不覺得痛嗎？如果一直脹大，會怎麼樣呢？想起在長洲島上、在月亮的注視下感到來自這膨脹的無言快感，我覺得自己全身發熱，於是趕緊將視線移開。

沐浴在窗邊的月光下，麥可的臉龐發著光，他的膚色如象牙般白。他走向我時動作沉穩，像與大地下的根深深相連。然後，他鑽進被窩，躺在我身旁。正當我感到他在棉被下令人愉悅的古龍水味和體溫時，窗外一輛車的喇叭聲劃破了夜空。

我連忙轉身背對著他。

「夢寧……」麥可伸手解開我的乳罩，聲音充滿情慾。

一股熱氣如漩渦般在我體內打轉。當他的大手緩緩褪下我的內褲時，這股熱氣越來越令我難受。

我現在一絲不掛，蜷曲著身體縮在這個男人的懷裡。他的毛髮刺著我的皮膚，他的手像觸電般從我的肩滑到臀部。他輕咬著我，睫毛使我的脖子發癢。

如果母親現在摸我的額頭，一定會大叫：「不得了啦，夢寧，妳發高燒了！」麥可試圖拉下被單，我馬上又將被單拉了回來，「不要——」

「求求你，」他緩緩將我的臉轉向他，聲音充滿著誘惑的哀求和渴望，他的眼睛就像在電筒照射下閃閃發光的綠寶石，「讓我看妳的裸體。」

「那你要把窗簾拉起來。」

「不，我想在月光下看妳。」

我也不想遮住月光，但實在太羞人了，只好不停哀求他，直到他不情願地起身走向窗戶。月光下，我看著他背部和臀部的線條，體內燃起一股看著香靈寺大火時相同的澎湃感覺。

他快速回到床上，黑暗中，他強壯的身體靠著我的。他的手和唇開始肆無忌憚地在我身上探險。我感覺到他撫著我的胸、吻我的唇、又吻又吸我的蓓蕾。他的吻柔軟而炙熱，他雙手的撫摸讓我覺得美麗又性感。我感到慌亂、害怕、疼痛、愉悅、又神魂顛倒。母親對父親詩所作的形容在我腦中浮現：

好詩很難讓妳說出真正的感受，你會有時候難過、有時候開心；有時甜、有時酸、有時苦、有時慷慨激昂。妳可以感受到很多，也可以甚麼都感受不到。」她停下來，出了神。「總之妳的心像打翻了一櫃的調味料，百種滋味在心頭，這就是好詩了。妳爸爸的詩就能令人有這樣的感受。

這正是我現在的感覺。如果這親密關係能夠翻成詩，我相信它絕對會勝過父親所有的詩。此刻，當我的身體處在感官爆炸的邊緣，麥可卻似乎不打算這麼快就滿足我。他品嘗著我的每一吋肌膚，即便是那我一直不敢直視的黑色地帶。

「妳，我最迷人的月亮女神。」他低語，熱烈吻著我。

他將我的手打開，讓我的小掌握住他，再溫柔地將我的指頭一一闔上。我感到手中的他像毛髮蓬鬆的小雞漸漸脹大，最後脫離了我的手，像魚一般滑進我體內——尼姑、觀音、心經、寺廟……我的世界瞬間瓦解。

醒來的時候，陽光已灑滿整個房間。躺在舒服的床上，我看著仍熟睡的麥可，眼睫毛微微顫動，眼皮轉動著，他正做一個甜美或是色情的夢呢？我聽著他的呼吸，看著他胸膛的起伏，心裡充滿了不曾感受過的柔情和溫暖。

我想伸手摸他，卻又讓手停在半空。還是讓他多睡一會吧，我心裡的聲音告訴我。這時，一道陽光透過百葉窗照到了麥可臉上，他緩緩睜開雙眼，伸手抱我。我覺得自己的身體就像點燃的蠟燭般漸漸融化。

不久後，我坐在麥可廚房裡的小凳子上，看他熟練地弄蘑菇炒蛋、在吐司上抹奶油、擠柳橙汁、燒水。對我來說，很多男人的手都是可怕冷酷，但麥可的手卻是那麼優雅，像水中的游魚。我覺得心裡有些甚麼正在攪動，也許是一種似曾相識的感覺。我們一定曾見過面，在前世，或前幾世。他會是條魚，而我是水嗎？

麥可細心規畫了我們頭兩天在紐約的行程。今天我們要去亞洲協會和大都會藝術博物館，接著散散步，然後到中國城用晚餐。稍後這個禮拜他會帶我去大都會藝術博物館的一個接待會，我將見到福頓教授。麥可跟我說，他現在已經漸漸從中風康復過來。

我們先到亞洲協會欣賞佛教藝術，但時差還沒調整好的我突然覺得好餓，所以跟麥可建議先跳過大都會藝術博物館，直接到中國城用餐。我們搭計程車到運河街，中式料理的香味撲鼻而來。走不到五分鐘，我便看到一個招牌用中國字寫著：**水餃屋——甚麼餃都有**。窗前貼著一張海報寫著：雜菜餃、豬肉白菜餃、蝦仁菠菜餃、牛肉韭菜餃、蒸餃、煎餃、湯餃，還有各種醬料……我無法抗拒這些美味的誘惑，於是拉著麥可走了進去。

晚餐很棒，我們掃光了盤裡所有食物，直到盤子像鏡一樣光滑。麥可結帳後，我們一起步出這間小餐館，迎接我們的是涼爽的空氣。吃飽喝足後，所有事物看起來都那麼討人喜歡：與凸肚肉販討價還價的家庭主婦、吵著要中式餡餅的圓臉小孩、在「大特賣」告示牌前堆積如山的小飾品裡左挑右揀的女孩們、賣草藥、干貝、乾果、糖果、蔬菜的沿街小販……

在這紛鬧喧嘩的街上，當麥可和我往地鐵方向走去時，我忽然瞥見一棟殘舊的建築前掛著的一面招牌，上面寫著：

國際知名活佛大師

有求必應

面相、手相、算命、星相、命名、改名、測字、風水、易經

我跟麥可解釋那塊招牌上寫了甚麼，邀他一起去算命。出乎我意料之外，他突然變得緊張和很不自在。「不，夢寧，我是學科學的人，不要聽信那些江湖術士胡亂為我算命。」

「試試看嘛，很好玩的。」

「不，我們走。」他試圖拉走我，但我不肯妥協。「麥可，在中國，算命師是被認為能替人斷症的『醫生』。所以中國人不需要外國的心理醫師。除此之外，他們的收費只有心理醫師的十分之一。」

「夢寧，算命是迷信。」

「不，是中國五千年的智慧！」我繼續說：「難道你買賣劍驅邪就不是迷信嗎？別這樣，麥可，暫時把理性放下吧！」不等他回答，我便拉著他，經過幾個坐在服飾店前搧著扇子，狐疑地看著我們的女人，走了進去。

又陡又長的樓梯只有一盞昏黃、吊在電線上搖搖欲墜的燈泡照著。我聽見自己踩在磨損樓梯上高跟鞋的咔嗒聲，混著麥可在後面沉重吃力的腳步聲。爬上樓後轉了幾個彎，我們終於到了三樓活佛大師的辦公室，按下了門鈴。

裡面傳來和藹的聲音，用廣東話說著：「請進。」

麥可拉了拉我的衣角，「夢寧，還是走吧！」

「不，我們要面對命運。」

我把門推開，發出咿呀一聲，像一隻鳥被貨車慢慢輾過時的哀鳴。一陣突如其來的冷風使我不寒而慄，接著難聞的中藥味撲鼻而來。

一位年輕身材姣好的中國女孩問我們是否有預約，我跟她說沒有。她露出了諂媚的微笑，「沒關係。」她邊說邊打量著麥可和我。「你們是觀光客，師父一定會給你們時間，請稍等。」我跟她說我們是來看面相的，她問了我們的生辰後便消失在轉角。

我看了看四周，房裡並沒有其他人，但牆上掛滿了照片。我們向前細看，每張相片裡都有一位約六十歲、留著山羊鬍、穿著中山服、乾枯瘦弱的老先生。他為老虎點睛、在巨大佛像前供奉、為中國城的滙豐銀行擺風水陣……

麥可問：「夢寧，妳相信這些人嗎？」

「麥可，放鬆點——」

這時那個女孩又出現了，要我們跟她走。經過一間間房，轉過一個又一個的彎，我的心撲通跳著。麥可、我、還有我們的命運會是甚麼樣的呢？

師父看起來比照片更老但卻更帥氣。他收攏袖子，示意我們坐在他書桌前的椅子上。接著像個鑑賞家檢視稀世珍寶一樣，他透過玳瑁粗框眼鏡仔細看著我們。麥可對我露出一個緊張的微笑，在桌下捏了捏我的手。我回他一個微笑，感到他濕潤的手掌。

師父用中文問我誰要先看相。我說我先，接著他馬上告訴我：「妳前世是個尼姑。」

這令我吃了一驚，但還沒機會回話前，他又繼續說：「可是妳修練不精，七情六慾未斷，破戒愛上了一個男人，這也就是妳今世不會被佛門接受的原因。」他看了我一眼，「因為妳必須償還前世的情債，所以今世的感情不會太順。」

我才要開口，他揮了揮他骨瘦如柴、戴著玉鐲的手，「妳的額頭又高又平滑，代表妳非常聰明。你水汪汪的大眼睛很美，但對妳的愛情不太好。」

「甚麼意思？」

「很多男人會被妳吸引，但是……」

我要他再多解釋一些，但他用留著長長指甲的手指摸了摸斑白的鬍鬚，說：「妳在感情路上會有一些困惑，但天機不可洩漏。」他笑了笑，「小姐，妳別擔心太多，記得：『精誠所至，金石為開』。」

我知道他的意思是只要愛情夠真誠堅定，總能夠打破重重阻礙的。

最後，他說我會很長壽、很幸運，人生充滿了冒險。「很快就會跨過這片汪洋的。」他說。是跨過太平洋嗎？和麥可在一起，或是回到香港？

雖然他為我批的命有些地方模糊不清，但總體來說我還是很滿意。

麥可可就不同了，他一句中文也聽不懂，所以坐立不安，就像看著一部沒有字幕的外語電影。所以當師父一講完，麥可便要我替他翻譯，但師父又開始說話了。

他看看麥可，又看看我。「好面相。」他傾身靠近麥可，麥可向後退了一些，臉微微泛紅，但師父看來一點也不介意。「妳朋友面相飽滿、正直、平滑有光澤，天地人三停平衡得恰到好處。寬額代表誠實，長而挺的鼻子代表財富，飽滿的下巴代表長壽。總而言之，他的面相是皇帝或地方官之輩的權貴人士。」

我用手肘推了推麥可，向他微笑，但麥可看起來很不知所措，就像個做錯事，等著接受懲罰的小男孩。

接下來師父的話讓我有點失望，「但妳朋友的面相美中不足的地方就是眉毛分得太開，代表他和家人沒有緣分。不只這樣，他還可能……與他們相剋……」

「師父，這是甚麼意思？」

「意思是他的親人、父母或兒子都會為了讓他這輩子有更好的生活而犧牲。」

麥可是孤兒沒錯，但……兒子？我的脊椎一涼。

這時師父平靜地說：「但那些都過去了，和現在無關。」

過去——這是甚麼意思？難道麥可在哪裡藏起了一個兒子嗎？

我感覺到麥可的手在我腰上，「他說了甚麼？」

我還沒時間翻譯，師父便指著他的額頭說：「看，妳朋友印堂的陰影代表他的童年很辛苦。一些事情發生在他……我想大概十五、十六歲的時候。」他微微抬頭，在燈下仔細看著麥可。「如妳所見，他的眼睛又長又深邃有神，代表有財富和榮譽。但有時候也因為眼神太過深不可測，所以情路不太順遂。」他停了一下，「應該說是有點麻煩，他可能會有一個以上的婚姻。畢竟他前世是個有錢有勢、娶了三妻四妾的的中國人，因為他需要女性的『陰』氣。」他審視著我，「現在妳的朋友也需要他已很缺乏的『陰』能量。」

我想起麥可公寓裡的擺設——的確是需要一些像藤蔓、花、風鈴、色彩鮮明的圖畫這類帶有女性正面陰氣的能量來協調。

「雖然他表面平靜沉著，但實際卻躁動不安。他需要土和水來平衡他的火和金。小姐，妳身上有一股青春的『陰』能量可以幫他。記著，當男人和女人各得其位時，就能合乎天道。」他補了一句：「妳朋友很渴望妳的『陰』能量。」

我還沒來得及消化風水師的話，他已繼續讚賞麥可健壯的手指與圓錐形的指甲，說那代表才氣和正氣。麥可的聲音低沉宏亮如鐘，代表長壽。但他又說，聲音宏亮之人若眉下有痣，也可能會英年早逝。我想起父親便是如此，心中惴惴不安。

師父像能讀到我的心思一樣，摸著鬍鬚沉思著，說：「相由心生，若能多積福報就能夠改變命運。」他看著麥可，「他可能有不好的開始，但只要能夠堅定，勇敢面對過去所失去的，他的人生將會很長很順遂。」

他停下來問：「妳是他女朋友嗎？」

我低下頭，臉頰漲紅。

他笑了笑，「好，那就仔細聽著。小姐，他需要妳，需要作為一個女人的妳，而不是一個小女孩的妳。」

「師父，這是甚麼意思？」我還想要他多解釋，他卻揮了揮手，「我已經洩漏太多天機了。」

女孩走了過來，帶我們離開房間。結帳之後，她送我們到門口。「阿彌陀佛，善哉善哉，祝你們好運。」接著她向我眨眨眼，「妳男朋友太瘦了，應該燉湯幫他補一補，像我替師父補一樣。」

我微微笑，猜想她和算命師父的關係。然後我轉頭看麥可，胸口一陣暖意。

搭計程車回家的途中，我告訴麥可那個算命師的話——我的前世、我的情債、他的好面相、財富、長壽，還有他和父母的淺緣。

我還在猶豫該不該告訴他關於情路不順和缺乏「陰」的事，麥可認真看著我問：「夢寧，他真的這麼說？」

「嗯。」

「他真的說我的父母，或甚至我的……兒子，為我犧牲？」

「是啊……但是，麥可，這只是好玩而已。」我看著他皺起的眉頭，「你不會把這些當真，對吧？」

麥可漲紅了臉，沒有回答。

「麥可，你之前……」我吞下了接下來的問句「有結過婚嗎？」

但麥可已經猜到我的問題，「夢寧，我沒結過婚。」

「那算命師說錯了，你別擔心——」

「但他沒提到我的感情事嗎？」

「他說……你會有兩段婚姻——」

「可惡！」

「麥可，放輕鬆點！你不是說這是迷信嗎？」

此時計程車在紅燈前猛力停下，一輛高大的卡車停在我們右方。麥可往上看，卡車司機強壯帶著刺青的手臂伸出車窗外，低頭怒罵：「你是甚麼東西，王八蛋！」

麥可回罵：「我操！」

「你媽的，咬我啊！」

麥可大吼：「操你媽的王八蛋！」然後對他比了中指。卡車司機像要殺人一樣，開了車門跳出來，這時綠燈亮了，我們的車飛速前進。

我很震驚，嚴厲地看著麥可，「麥可！」

他沒有回答。

「麥可，你沒事吧？」

「我很抱歉。」他臉部漲紅，聲音沙啞。「我真丟臉……我……我只是緊繃了。」

麥可一定有甚麼事瞞著我，但是甚麼事呢？是算命師那不敢洩漏太多的天機嗎？我還在猜著，計程車已經到了公寓門口。

17 孤兒

回到家後，麥可泡了咖啡，準備了點心。用茶點時，我腦中不停閃過算命師的話。我看了麥可一眼，心中有很多的疑問，但他那絕望孤寂的表情讓我打了退堂鼓。

在一片沉默中，只有咬洋芋片的喀茲聲。不久，麥可終於抬頭看我，勉強擠出苦笑，想說甚麼卻欲言又止。

「麥可，」我輕撫著他的臉，「告訴我你在想甚麼好嗎？」

「我在想我的父母。」

我想起算命師的話：

妳朋友印堂的陰影代表他的童年很辛苦。一些事情發生在他……我想大概十五、十六歲的時候。

我知道這對他來說是個難以觸碰的傷痛，所以輕輕問：「你願意跟我說嗎？」

「只能說一些，我不想讓妳承受太多。」

「我明白。」

「我十四歲的時候，母親意外懷孕，但生我妹妹的時候卻難產而死。一年後，父親再婚，對象是他的祕書，一個見錢眼開的魔鬼。那段婚姻只維持了不到兩年，因為我父親罹患癌症，七個月後就過世。喪禮過後，我就再也沒見過她，其實我滿高興的。只是父親將所有財產留給她，我一毛錢也沒有。」

「那你怎麼活下來的？」

「菲臘・諾堡。他爸爸是眼科醫師，對我很好，讓我跟他們一起住。」

「那你其他的親戚呢？」

「爺爺奶奶已經走了。還有我母親之前跟我提過的舅舅，在紐澤西開了間小酒館。但我打電話給他的時候，他非常生氣，不但拒絕幫忙，還大罵說：『我窮困的時候誰幫過我？』」

「我和菲臘一家人住了一段時間，但我不敢奢求太多，畢竟他們不是我的親生父母。後來，是中國藝術和福頓教授讓我重獲新生。因為我和他興趣相同，所以變得比和菲臘的爸爸還親近。福頓教授明天應該會到大都會藝術博物館去，我可以介紹你們認識。他對我很好，我欠他很多。」

我握著麥可的手：「麥可，這些很讓人難過，但至少都過去了。」

「謝謝。」一陣沉默後，麥可說：「現在說說妳自己吧！」

我喝了一口咖啡，告訴他我父親是個失敗的詩人和學者，後來成了賭鬼。他偷了母親的手鐲，然後在我生日那天把它賭掉。

母親本來要把那條手鐲給我當生日禮物的，那也是外婆留給媽媽最後的一件首飾。我曾經問母親把外婆的傳家寶給我是不是太早了，她說：「傻女孩，我當然不是叫妳拿來炫耀。只希望看在這條手鐲是妳名下的份上，妳爸不會像一個和尚想頓悟般把它想瘋了。」

有天早上，為了準備我的生日大餐，母親到市場去買了雞和魚，準備在吉時宰殺。我們很少在外面用餐，因為父親好幾年都沒有工作。而我們只能靠祖母留下的錢過生活，但那些錢大多都上了賭桌，一去不回。

晚餐做好的時候，父親還是不見蹤影。等了一小時後，母親決定我們兩個人先吃。她在鋪了紅布的餐桌上擺上她精心準備的五道菜——豆瓣蒸魚、三杯雞、大蒜炒白菜，還有象徵健康長壽的紅蛋和麵線。我們安靜地吃著魚、雞和麵線，雖然沒提到父親，但我們都知道他一定還正在賭海裡沉淪。

晚餐後，母親拿出一個蛋糕，上頭插著兩根蠟燭。她點燃蠟燭，微笑著說：「我去拿手鐲。」忽然間，母親像殺豬似的大叫。我衝進她房裡，看見她抓著空了的珠寶盒：「妳爸偷了妳外婆的手鐲！」

父親那晚沒有回來，那條價值一萬元港幣的手鐲大概可以讓他賭很久，賭到完全忘了自己唯一一個女兒的生日。

隔天早上，父親回來了，雙眼充滿血絲，全身酒味。母親開始對他大吼大叫，怪他賭光了家裡所有東西。

突然，父親開始唱著：「贏有時，輸有時……」

我哭了出來：「爸爸，你說那是我們的祕密！」

母親狐疑地問：「甚麼祕密？」

父親笑了，「喔，妳還記得我賭到連寶寶都沒了嗎？」

母親上前甩了他一巴掌。

空氣瞬間凝結，家裡頓時變了太平間。

「對不起，」父親終於開口，「是我的錯，我甚麼都沒了。」他帶著一種鎩羽而歸的英雄口吻說。

「我媽上個月走前寄來讓我們過中秋的錢呢？」母親說：「那兩千塊呢？」

「沒了。」父親回答。

「保險箱裡的珠寶呢？我媽幾年前買給我的股票呢？」

「早就沒了。」父親說，眼神閃避著我們。

最後我們得知父親欠了地下錢莊一萬塊，明天如果付不出來就會多加五千。

隔天傍晚，我們在路邊攤吃了頓便宜的晚餐。回到家發現門上和牆上有紅漆寫的字，還沒乾的漆像血一樣沿著牆壁流下。

父親和母親嚇得闔不攏嘴。

「大耳窿！」父親大叫，是地下錢莊。

大大的字兇狠又刺眼，寫著：

警告：不還錢就拿命來抵！

母親推著父親的肩說：「快！我們快進去！快！」

父親在口袋裡翻了半天，好不容易才找到鑰匙，但一插進鑰匙孔，他卻顫抖了起來：「天殺的！」

「怎麼了？」

「他們把鑰匙孔堵起來了！」

一個三十多歲的男人帶著一個小男孩從我們門前經過，男人看了牆上的字一眼後便低著頭將小男孩急急拉走。

小男孩邊走邊回頭看我們，好奇問著：「爸爸，他們會死嗎？」

男人拍他兒子的頭：「閉嘴，別多管閒事！」接著兩人便消失在轉角處。

父親花了十幾分鐘才用瑞士刀把鑰匙孔裡的膠挖出來，我們趕緊進屋將門反鎖。不到五分鐘門鈴就響了，父親從沙發上跳起來，但母親示意他坐下。

「讓我來。」她比手勢要我們安靜。

母親從門上的窺視孔看了看，清清喉嚨大聲說：「誰？」

「我們要找杜偉。」一個沙啞刺耳的聲音傳來。我想像他就站在門的另一邊，肌肉上刺著巨龍，眼神充滿殺氣。

母親大聲回說：「沒這人！」

沙啞的聲音吼著：「賤女人，不要騙我。我知道杜偉住這，叫他出來！」

父親和我耳朵緊緊貼在門上聽著，我看見斗大的汗珠從他額頭滲了出來。

母親在緊鎖的門後大聲說：「我沒有騙誰，就跟你說這裡沒這人！」

一陣沉默之後，另一個粗厲的聲音說：「喂，聽著，賤女人，杜偉越早露面越好，懂了沒？」

我心臟砰砰跳著，聽見母親對門外高聲大吼：「先生，如果你們繼續騷擾我的話，我就報警！」

然後用一種讓我瞠目結舌的威脅口吻說：「我還要告你們毀壞我的牆！」

奇蹟似的，母親說完後，粗厲的聲音沉了下來：「好，賤女人，我現在放你一馬，但要是被我查出真相你就完蛋了！」

接著是一陣重重的呼吸聲伴隨著離去的腳步聲。我們貼在牆上聽著，直到他們像夢魘消散般逐漸遠去。

母親、父親和我屏氣凝息了好久，直到確定兩位地獄鬼差真的走了，才坐回沙發上。

出乎我的意料，母親並沒有責罵父親，而是小聲地說：「現在我們得想個辦法拖延大耳窿或避開他們。」

「但能怎樣做？」

母親用低沉的聲音，堅定地說：「我不知道，但我們必須想個辦法。」

可我們沒想出辦法。

一個禮拜後，我和爸媽從學校走回家，在快接近家門時就聞到了煙味。我們看見門口的消防車、警察、消防隊員和圍著的一群人，馬上就猜到一定是家裡出事了。我們三個人幾乎同時叫了出來：「大耳窿！」我們擠過人群，衝上濃煙撲鼻的四樓。推開議論紛紛的鄰居看見家門時，我大聲哭了出來，我們的家全毀了！大門只是一個大黑洞、電線纏在　起、天花板塌了、傢俱只剩下燒過的殘骸。警員看見我和母親哭了，便上前問我們是不是住在這裡。我們說是，然後他向我們要了身份證和名字，問我們知不知道是誰做的，父親說一定是地下錢莊。

就這樣，我們住進了政府的臨時屋。兩個禮拜後，父親進了醫院，再也沒有出來。醫院說他死於心臟病發。

為了還清父親的債務，我在每天上完大學的課後後又替小學生補習。母親在家做包伙食的小生意，但有一次搞砸了一大筆生意。一位老先生的兒子要替他父親辦壽宴，聽說母親的家常菜很棒，所以特別取消餐廳訂位，把生意包給她。

這個十二道菜的壽宴對我們來說可是件大事，因為不但是筆大生意，還可以讓大家知道母親的高超廚藝。母親花了三天擬菜單和買材料，還為此買了個新的炒鍋。「這是宴會菜色，所以我得要用宴會用的炒鍋。」她笑著，用手掂了掂新買的、亮閃閃的大鍋。

當天，為了預備晚上的壽宴，母親從清晨五點半就起床，洗澡、打扮、穿新圍裙、給各方神明上香。整天我都站在她旁邊幫忙切肉、切菜、攪拌配料，還有遞碗盤、油、調味料、刀、筷子這些有的沒的。

傍晚六點半，我們終於把所有菜都煮好了，再過半小時就會有人來拿。我們看著時鐘，焦急地等待，想像著將得到的讚美和對我們來說很急用的五百大洋。

取菜的是一個看起來脾氣暴躁的年輕人，母親將菜一道一道端給他，放進他拿來的兩個大籃子裡。但就在母親將魚翅湯端給他時，他轉身掀開蓋子，往裡面吐口水。

這一幕被我看見了。

「你在做甚麼！」我大叫，跟母親說：「媽，他在湯裡吐口水！」

「甚麼？」母親眼裡射出了冷箭。

那個年輕人做了個鬼臉，「不關妳的屁事！這是給那個老人的，我恨他！」

「但那是我的湯！」母親大聲說。

「那又怎樣？」他也大聲了起來，「這是給他吃的，妳管好自己的事就好！」

「我現在就正在管我的事！」母親拉他的袖子，「你這死小孩，還我的湯來！」

「才不！這湯已經不是你的，而是那個老人的，哈哈！」

母親死命的拉著他的袖子。結果湯灑了出來，母親腳一滑，把那個年輕人和籃子裡的食物統統都撞翻了。食物灑了一地。

「夢寧，這太可怕了。」麥可說。

我繼續說著：「我把母親扶起來，開始清理，但等我們清潔完，那人也走了。」

「那後來呢？」麥可問。

「老人的兒子打電話來，我們跟他說了實情，他卻怒氣沖沖掛了電話。本來還有三道菜沒放進籃子裡，但母親說吃別人壽餐的晦氣會倒楣好幾年的，所以即使肚子餓得很，我們還是把食物丟了。最糟的是，我們花了一堆錢買食材和鍋子，但那個年輕人卻一毛錢也沒給我們便走了。那天傍晚，我們早早上床睡覺，想忘掉飢腸轆轆的感覺。母親安慰我說：『也許我們可以在夢中吃到很豐盛的晚餐呢。』」

說完後，麥可捧著我的臉說：「我好心疼，妳竟然經歷了這些。」他拉著我的手，吻著我的掌心：「我會讓這一切都成為過去，如果妳願意——夢寧，妳願意當我的避風港、當我的廟嗎？」

我願意。我——觀音菩薩轉世，願意當他的守護女神。但這些話我沒說出來。

「麥可，」我問：「上次我拒絕你……你不難過嗎？」

「我非常傷心，但心裡又相信妳是愛我的。我只擔心還有別的事，或許是另一個男人，才會讓妳這麼困擾。」

「不是男人，是個女人。」

他狐疑地看著我：「女人？」

「我一直都希望自己能像依空一樣成為尼姑，也發誓不讓任何男人進入我的生命，直到……你的出現。」

「我沒辦法克制自己愛上妳呀。」

「但你當時看起來很平靜……」

「那天晚上，我到廁所去讓自己冷靜下來，也要自己自然一點——我不想像個失敗的懦夫。」

「真的嗎？」我感到非常窩心。

「夢寧，可是為甚麼妳——」

「因為我覺得你可能不是認真的。」

「我當然是認真的！我希望有一天妳能知道我有多愛妳。」麥可的眼睛閃著光芒：「夢寧，妳在香靈寺趕到登記櫃台的時候是那麼美，那麼有朝氣。」

聽到這些我當然很開心。但我當時頭髮凌亂，汗流浹背，難道他沒注意到嗎？

「我邀妳來紐約是因為希望妳能在我身邊，我願意做任何事讓妳改變心意。」

麥可一定認為我已默默答應了他的求婚，因為我們之後就進了房間。他從一個袋子裡拿出一件粉紅外套，小心翼翼地披在我身上，好像我是甚麼精美瓷器似的。我感受著繡著蝴蝶、蝙蝠和花朵樹枝的絲質料子貼著肌膚的觸感。外套的袖口還繡了綠的、紫的、金的和銀的小菊花。我的手指拂過這些圖案，努力忍住眼淚。

從來沒有男人對我這麼好。雖然我相信父親是愛我的，但他從沒買過禮物給我。不僅如此，他還偷我的東西——那些村民把我當成觀音轉世時送的金銀古董雕像全被他拿去典當、賭光了。

我想跟麥可說些甚麼，但卻哽咽著說不出話來。

我輕輕撫著外套，最後終於開口說：「麥可，這很貴吧？」

他沒有回答。「我也嘗過貧窮的滋味，所以不會讓妳再有那種經歷。」他似乎有些傷感，「夢寧，我希望妳快樂。」

一陣沉默後，他將我拉進懷裡，抬起我的下巴，深情地看著我的眼睛：「夢寧，妳願意嫁給我嗎？」

我把對男人和婚姻的疑慮拋到九霄雲外，輕輕吐出一句：「我願意。」

接著我們在床上翻雲覆雨，我赤裸著身體用那件外套與他玩起捉迷藏的遊戲。

兩天後，我的左手多了顆扁豆般大的鑽戒。和麥可牽手走在第五大道，我不停移動自己的手，驚訝這鑽戒小小的面積竟能發出如此多的光芒，就像海上船隻閃爍的燈光。

「這只鑽戒完美無瑕。」蒂芙尼的女售貨員在燈光下移動著戒指時這麼說，「看它反射的光，亮得要讓人眼盲了！」

麥可刷卡付錢的時候，另一個女售貨員推了推我的手肘，指著麥可，「幸運的女孩，那個男人一定超愛妳的！」

18 大都會藝術博物館

那是個涼爽的夜晚，大都會藝術博物館已經不對外開放。路邊的豪華房車走下一對對佳偶——男人穿著名貴、剪裁合度的西裝或燕尾服，女人則穿著名設計師的晚裝——小心翼翼走上寬闊的台階。我的打扮雖然沒有珠光寶氣，但穿著麥可送我的典雅中式外套，也得到了一些讚賞的目光。

麥可拉著我的手走進大廳，穿過埃及展區，到了舉辦宴會的丹鐸神廟。他拿了酒來，我們站在傾斜的玻璃牆下邊喝邊觀看宴會的環境。丹鐸神廟占地很大，有很高的屋頂和傾斜落地的大玻璃窗。中央公園現在被粉紅的晚霞籠罩著。但這良辰美景卻未能吸引到參加宴會的人。大有來頭的貴賓們在這象徵品味與階級的地方小聲交談著。鑽石、綠寶石、藍寶石、紅寶石，還有金器閃閃發光，與水晶杯和銀器交相映照。在一角一個樂團正在演奏古典音樂，把整個畫面襯托得更雍容華貴。

「漂亮吧？」麥可問，帶著自信的微笑，像只是參與這盛會便足以看透這神祕尊貴的藝術世界。

我看見一個約莫六十歲，身形苗條的女人。她淡金色的頭髮挽成髻，脖子上掛著一串大鑽石——每顆都比我手上的訂婚鑽戒還大！她正在跟另一個女人聊天，那個女人身材高些，戴著珍珠項鍊，每顆珍珠都跟我的指頭一樣大。她們身後有兩個打著黑領帶，氣宇不凡的銀髮男人在登記處排隊。

「麥可，」我推了推他的手肘，「這些人看起來很與眾不同。」

「夢寧，」他壓低了聲音看著高挑的金髮女人說，「這裡是大都會藝術博物館，所以會來的都是紐約最有錢有勢的人，包括洛克菲勒基金會的主席和董事長。妳看那對正在跟紐約市長講話的夫妻，覺得他們面熟嗎？」

這對夫妻看起來是那麼地尊貴，「嗯……不，不認得。」我故意漫不經心地說。

「是甘迺迪家族的一對夫婦。他們右前方是博物館董事班杰明．希爾和他的中國太太。」

雖然我也欣賞這些賞心悅目的貴賓，但心裡卻因麥可對這些名人如此傾慕而感到不悅。我想說：**哦，……那又怎麼樣？**但卻沒說出口。

我們邊喝著香檳邊看著這些名人。之後當麥可去了廁所時，我便走進神廟內部參觀。一進去就聽見兩個女人正在興奮交談，一個的聲音尖銳、另一個沙啞。我再往裡面走便看到一個五十來歲，穿著銀色禮服配黑珍珠的高大女人。另一個女人一樣高大，但身材苗條些，一身紅色晚禮服搭配著掛在頸上的紅寶石。現在廟裡只有我們三個人，所以我便向她們禮貌微笑，但她們卻用不屑的神情打量我。我感到很尷尬，所以只好假裝欣賞牆上的畫，並努力壓下心裡的憎恨。

她們繼續聊天，就像我不存在似的。

黑珍珠——聲音沙啞的高大女人——問她的朋友：「妳聽說唐恩離婚了嗎？」

「喔，有啊，」紅寶石用尖銳的聲音回答：「我一開始就知道他們一定會離婚的。」她舔舔嘴唇，「那女孩根本一無是處，除了胸部夠大之外——但跟老唐收藏的宋代畫作一樣，一半是假的。」

她們爆出了笑聲。

紅寶石的大眼四下看了看：「還有，聽說她的生活很不檢點。」

「妳說——」黑珍珠高顴骨的臉亮了起來。

「少來，別說妳沒聽過她和那個演員。」

黑珍珠點點頭，「那個拍獨立電影和廣告的嘛！」她眨眨眼，「他很帥耶！」

「對啊，而且她受夠老唐了，我懷疑他們連度蜜月的時候都沒有做。」

「真的假的？」

「他七十了，所以可能早就彈盡糧絕……」

兩個女人交換了饒有深意的眼神，跟著露出邪惡的笑容。

黑珍珠又說話了：「那女的沒她想的那麼幸運。因為老唐的前妻已拿到了他大部分的財產。聽說他現在打算拍賣他的珠寶收藏。」

這時我聽見麥可叫我的聲音，我快速穿過閃亮的黑珍珠和紅寶石，還有她們冷酷的眼神，逃出了八卦區。

麥可摟著我問：「妳喜歡這座神廟？」

「喔，嗯。」我假裝雀躍，猶豫著該不該告訴他我的神廟經歷。

斟滿杯中的酒後，我們走到了一個角落。我看著這些有錢人，感覺很不自在。不久一個帥氣優雅的男子笑著朝我們走來，我愣了一下才認出他──菲臘・諾堡──之前在巴斯克餐廳見過的麥可的好朋友。

他跟麥可握手，然後跟上次一樣，親了我的手。「真高興再見到妳，夢寧，妳好嗎？在紐約玩得開心嗎？」

「嗯，」我看著他深藍色的眼睛，「我正在努力記住今晚這些人的臉和名字。」

菲臘不以為然地撥了撥他濃密的金髮：「他們也只不過是平凡人，跟我們一樣吃喝拉撒睡……沒甚麼大不了的。」

他傾身看著我的眼睛，「聽說妳和麥可訂婚了，恭喜！」

「謝謝。」我微微笑，問：「甚麼時候輪到你？」

他仰頭大笑：「我跟麥可不一樣，他是思想家，我是享樂主義者。他從十幾歲就知道自己要甚麼，現在也得到了，但我還要在這個浮世盡情享樂。和他不同的是，我並沒打算找到生活的中心，除非哪天我找到了像妳這麼可愛的人。」他拍了拍麥可的肩，「如果我像他那麼幸運的話。」

麥可說：「夢寧，等著看，幾年內菲臘就會結婚生小孩，定居在斯卡斯代爾。」

我們都笑了，雖然我根本不知道斯卡斯代爾在哪。

一道光照在菲臘的臉上，使他的眼睛顯得更藍了。擁有這麼帥氣、足以吸引世界上所有女人的臉孔，是甚麼樣的感覺呢？

菲臘出其不意地傾身吻了我的唇，我感到自己的血液如瀑布奔騰。接著他說：「麥可是個好人，要好好照顧他。」

我紅著臉，緊緊依偎在麥可胸前。

他嘆了口氣，「為甚麼麥可總是得到最好的呢？」

麥可笑了：「因為你從沒往正確的方向去找。」

菲臘微微一笑，跟我們告辭。他向另一位朋友打招呼，走了幾步後，回頭對我眨了眨眼，使我的心頭為之一震。

麥可拉起我的手說：「來，我們去找福頓教授。」

我看了看四周便見到一個六十歲、一臉正經的銀髮男子。我輕輕推了推麥可：「麥可，那個老先生看起來好古板……」

他用責怪的眼神看著我：「夢寧，那就是福頓教授。」

我不好意思地說了聲抱歉，麥可拉著我說：「走，我們去跟他打招呼。」

福頓教授正在跟一位高挑美麗的女子說話。

「麥可，那個站在福頓教授旁邊，又高又漂亮的女生是誰？」

麥可看起來有些不自在，彆扭地說：「她是……麗莎．福頓，福頓教授的女兒。」

這時那位女子已朝我們微笑，麥可也勉強擠出了一個笑容。我們好不容易才穿過人群走向他們，教授熱情地跟麥可打招呼。我很訝異雖然福頓教授大病初癒，又瘦又虛弱，但人卻充滿威嚴。

麥可摟著我的肩跟他說：「福頓教授，夢寧來自香港，剛從索邦大學拿到中國藝術史的博士學位。」接著他也介紹我給那個高挑的女子。

福頓教授對我微微一笑，閒話家常了幾句便繼續和麥可聊天。

麗莎．福頓微笑著走到我身旁：「所以妳是麥可的未婚妻囉？」

我點點頭，欣賞著這個身穿藍綠色鑲珠晚禮服，美得令人驚豔的高挑女子。

突然她舉起我的手尖聲說：「哇，這鑽石好大顆！麥可真的很愛妳！」

我還沒回答，她便接著問：「你們甚麼時候結婚？」

「我不知道，要問麥可。」

她學我的語氣，「『要問麥可。』幸運的小女人，甚麼都有人替你安排。」

對這句話，我完全不知道該怎麼回應。

看見福頓教授還在和麥可深談，麗莎便和我繼續聊天。她說自己是個抽象畫家，在蘇活區有一間畫廊代理她的畫。我一邊聽，一邊忙著欣賞這在我面前的藍色女神。

我們聊紐約畫廊聊到一半時，她突然說：「喔，不好意思，我得先去跟別人打個招呼。」然後急忙走向一對珠光寶氣的白髮夫婦。

她的高跟鞋踩在地板上的聲音聽起來不太平衡——這個有著完美無瑕外表的女神竟跛著腳走路。她的腳是剛剛受傷的嗎？

站在麥可和福頓教授旁邊，我覺得自己就像個誤闖大人世界的小孩。福頓教授仍是完全無視於我，但麥可卻不時捏捏我的手，表示他並沒有忘記我的存在。

他和麥可聊完後，終於向我露出微笑。「妳還喜歡這宴會嗎？」他沒叫我的名字，也許早就忘了。

「嗯，好難忘，我從沒參加過這麼盛大的場合。」我說，但把接下來「**而且這麼浮誇**」這幾個字吞了下肚。

我們聊了一些無關緊要的閒話。我主要在聆聽，中間插一兩句嘴，但發現福頓教授只朝著麥可說話。他們兩人和我之間就像隔了一道隱形的玻璃牆，我只是個偶爾插話點綴一下的旁觀者。我忽然很討厭福頓教授，不管他在藝術圈或對麥可來說有多重要。也許是嫉妒，但我從不覺得自己會成為這個爭權奪利世界的一部分。

最後麥可跟福頓教授說：「夢寧也是個畫家，她跟香港一個很有名的尼姑學過禪畫。」

福頓教授的臉上微微亮了起來，「喔，可以多說一點嗎？」

好不容易得到他的注意，我開始不顧淑女形象，滔滔不絕跟他說依空的事：她管理香港最有影響力的廟、她有無數稀有的佛教藝術藏品、她現在正在和政府合作建造一座藝術博物館……

「只有我師父有辦法把那些珍貴的藝術品帶出中國。」我的臉因激動而泛紅。

福頓教授對我的態度明顯改變了，他認真看著我，問了許多關於依空的收藏，而且看似對我的回答非常滿意。我試著不露出得意的樣子。

「下禮拜」——現在他滿面笑容——「我忙完展覽，一定要跟你們吃個飯。」

19 跛腳美女

隔天我睡得很晚，麥可已經上班去了。梳洗完後，我燒水泡麵，加一些甘藍菜和調味料，吃了頓簡單的午餐。我看到戒指的閃光投到鏡子、茶杯和銀器上。無論是熱呼呼的泡麵或亮晶晶的戒指，都讓我覺得好快樂。

我還在想下午該去哪裡走走時，電話響了。

我接起電話，輕柔又俏皮地說：「嗨，麥可！」

「小女人，妳腦裡只有麥可嗎？」

「請問妳是？」

「麗莎·福頓，福頓教授的女兒，我們昨天在大都會藝術博物館見過。」

「嗨，麗莎，妳怎麼會知道我的電話？」

「妳是指麥可的電話？哈，我認識他比妳久多了，我們是老朋友。」我還沒說話，她便接著說：

「我打來是想邀妳今天下午一起去看現代藝術博物館的波拉克畫展，我想妳應該會有興趣吧？」

「波拉克？我當然樂意。」

「很好，那我們三點在藝術館見。」她說完便掛了電話。

下午開始下起毛毛雨，現代藝術博物館裡非常安靜。大廳裡只有幾個人走來走去、等人或在櫃台申請會員證。一個看起來很認真的男人手放在背後，頭抬得高高地看著左方牆壁上馬瑟威爾的畫。

波拉克畫展是一場規模很大的展覽，共展出兩百多件作品，從波拉克最早的畫作，甚至是他的老師班頓的畫作都有展出。我駐足欣賞這些畫，試圖找出它們潑灑成錯綜複雜線條背後的暗語。當我細心看著〈三十二號〉那複雜、極富舞蹈感及豐富氣場的潑彩時，一陣柔和的女低音從我耳後傳來。

「這些線條很美吧？」

我轉身看見一個高挑美麗的女子，小麥色的臉上掛著新月般的笑容。她頭髮與肌膚的顏色相襯，垂在肩上捲曲的秀髮就像波拉克畫作的線條。她穿著一件黑色緊身衣，脖子上掛著的幾條金鍊嬌妖地映襯著她琥珀色的眼珠。黑色和青銅色相間的波拉克風圍巾隨意地繞過胸前。

我脫口而出：「麗莎，妳好美！」

「謝謝妳。」她眼中射出的光芒就像波拉克畫中的點。青銅色的眼影和唇膏使她的五官看起來更為突出。

「波拉克是我最喜歡的畫家之一，」她微微一笑，牙齒剛好捕捉到光影反射，發亮得就像中國精美的陶瓷。她的指甲塗上與頭髮及嘴唇一樣的青銅色。手腕的金鐲因碰撞而發出叮噹聲，最粗的那個手鐲上刻著一隻咬著自己尾巴的豹。

她看著我說：「我喜歡顏料潑灑時的自由和狂野！」接著她仰頭大笑，女中音的笑聲很明亮，就像風中寺院裡的鈴聲。一個綁馬尾的男子轉頭看我們，她朝他眨了眨眼。

我們繼續看畫，但我卻無法專心。麗莎吸引了我所有的注意力，我幾乎可以感覺周遭的空氣以曲線和潑彩在流動。她身上散發著我最愛的野薑花香味，那是甚麼香水呢？

一個半小時後，麗莎和我坐在博物館的咖啡廳裡吃三明治、喝飲料。我看著外面的花園，毛毛雨停了，空氣中閃爍著清新的微光。一對年輕情侶坐在長椅上吃糕點派，前方是一群亞裔孩子，邊笑邊評頭品足地看著亨利摩爾的雕塑作品。他們細長的手指專指向雕像凸起的地方。更遠處有棵樹，岔出的樹枝就像波拉克的線條。

我正在想我的新朋友是個怎樣的人，她便說：「妳想看我的畫嗎？改天請來我的畫室。只我們兩個，女人的聚會。」

我點了點頭。

「聽說妳也是畫家？」

「嗯……也是，也不是。」我跟她說了自己學畫的經過。

「好棒，博士學位和禪畫，這都是我的夢想。」

我們繼續聊畫、聊東方哲學、藝術界和紐約的藝術行情。令我訝異的是，她不只和我有許多相同興趣，還懂得中國哲學。我們聊了好久，直到博物館準備閉館。

我們在博物館外說再見，她走了幾步後忽然又走回來，邀我明天晚上一起出去。

我不知道該不該答應，雖然很心動——不只因為她的美貌和熱情，也有一種向福頓教授報復的心情——他不把我當回事，但她女兒把我當回事！

「我很想去，但麥可明晚可能會帶我出去。」

她露出頑皮的笑容說：「喔，把麥可放下幾分鐘吧！他太正經又太忙了。讓我們一起好好地玩個痛快！」

「好吧，但我得先問問他。」

她轉身離去後，我又注意到她的跛腳。讓我不解的是，這麼美麗的一個女人——到底發生了甚麼事？我發現因為她很在意自己的跛腳，所以就更誇張地昂首闊步。那樣的傲氣讓我看了很心疼。雖然跛行並不明顯，但就像眼中的一粒沙——再小也會刺痛。或像無瑕古董花瓶上的一道刮痕——再細都是污點。我想起帶男和她的疤，心中一陣同情。

回到家後我久久無法入睡，因為太開心了。我決定到客廳一邊看書，一邊等麥可。不到九點半，我就聽到了鑰匙開門聲。

麥可關上門的時候，我奔向他的懷抱吻他，「麥可，你想吃點甚麼嗎？」

「不用了，謝謝。」麥可看起來很累，「我好累，我們去睡吧。」

雖然我知道他很累，可能不想聽，但我還是忍不住把下午和麗莎出去的事告訴他。

他忽然清醒了過來：「夢寧，跟麗莎見面不是樁好事。」

「為甚麼？」

「跟她保持距離，好嗎？」

我很驚訝，因為麥可從來沒有這樣跟我說過話。

「可是我很開心，我覺得我們可以成為好朋友。」

「朋友？」麥可張大了雙眼，「妳不會想到她有多麻煩，我不想讓妳……」

「但我覺得她既聰明又風趣，而且很漂亮。」

「夢寧，她騙了很多人。」麥可嚴肅地看著我，「妳天真又單純，我不希望妳——」

「不希望我怎麼樣？」

「總之相信我。」

「麥可，但她是福頓教授的女兒，你一定很了解她……」

「對，就是太了解了。」

「甚麼意思？」

「我們可以先不要談這個嗎?」他將我擁入懷中，開始吻我。

隔天我起床的時候，麥可已經去上班了。我打開床頭燈，發現他的留言：

親愛的夢寧：

今晚我可能要到凌晨才回家，因為一個急診室病人的病情轉懷。真的很抱歉。妳可以叫外賣或出去走走。昨晚謝謝妳讓我成為全世界最幸福的男人。

愛妳的，

麥可

我正猶豫要不要打給麗莎，電話就響了。麗莎的聲音從電話另外一端傳來，說今晚要讓我有個全新體驗——但卻不肯透漏要去哪。

「總之妳到下城，在春天街和二十三街之間唯一的綠色建築前等我。」在我還沒答應——或不答應——之前，她已經掛了電話。

麗莎看起來跟之前在博物館時一樣美豔高挑，她又是一身黑——高跟短靴、寬鬆絲質長褲、緊身衣。但這次換了一條黑色與銀色相間的波拉克風圍巾，從脖子到柔軟的腰際，流洩而下。暮光下，她慵懶的棕髮像慢慢爬行的藤蔓。

「希望沒讓妳等太久。」我說，感到她那無可抗拒的光環。

「喔，不會。我在觀察進出的人，真有趣。」

她幾乎高我一個頭，所以往下看我的時候，眼睛就像半閉著。這讓我想到觀音菩薩低眉、優雅慈悲的樣子。

「夢寧，走吧，我帶妳去酒吧。」

「酒吧？麥可可能不會同意……」

「恕我直言，但我覺得妳實在受麥可影響太深了。妳是個獨立的女人，不是他妹妹。」

我不知道該怎麼反駁，只好細聲地說：「可是我不抽菸也不喝酒……」

「那妳看我就好啦！走吧！」她半推著我走進建築裡，「在頂樓。」麗莎示意我進電梯。

我隨她走進電梯，突然有人在後面大喊：「等一下！」我們回頭看見一個男人拖著一個小男孩快步走向電梯。

麗莎按著按鈕讓電梯開著。

「謝謝妳。」男人說，兩人進入了電梯。

我們沉默地看著上面指示樓層的數字，接著麗莎彎下腰摸了摸小男孩的金髮：「親愛的，你好可愛啊。幾歲了？」

小男孩沒回答。他怒視麗莎那張幾乎要碰到他的親切美麗的臉龐。但麗莎沒有放棄，繼續摸著他的頭髮和臉頰，微笑著露出白淨的牙齒。

「你好可愛，可以跟我說你的名字嗎？」她聲音提高了八度，斜著頭露出米老鼠式的誇張笑容。

小男孩終於開口：「妳這個布穀鳥呆頭！」麗莎看起來有點錯愕，接著又有些惱怒，臉漲得通紅。

男人似乎有些震驚，而我只是覺得好笑。

「傑森！沒禮貌！跟這個阿姨說對不起。」

「不要！」男孩把臉埋在男人背後。

男人蹲下來，「傑森，乖，跟阿姨說對不起好嗎？」

傑森用力搖頭，把臉埋得更深了。

「真不好意思，」男人抬頭，「我兒子從來沒這樣過，他應該是太累了。」

這時電梯到了十四樓，男人帶著小男孩出了電梯。門要關上時，小男孩抬頭對麗莎做了個鬼臉，

「妳是布穀鳥瘋子！」男人打了他一巴掌。

我看看麗莎，她憤怒得臉也扭曲了。我只好壓下想問「布穀鳥呆頭／瘋子」是甚麼意思的衝動。

（譯註：布穀鳥習慣將卵產在其他鳥類的巢中，讓別人來撫養自己的孩子，因此在英語中引申為「瘋了」的意思。）

麗莎狠狠的啐了一口，「死小孩，他爸真該抓他的頭去撞牆，撞碎他的頭蓋骨！」

這對一個小男孩來說真是個暴力的詛咒。

我們很快就到了一扇門前，上面掛著一條大爬蟲作裝飾。我們又穿過一道玻璃門，上頭寫著四個大字：**眨眼蜥蜴**。最後我們進入了一個瀰漫著菸味和啤酒味，酒客們大聲喧嘩的地方。聽著震耳欲聾的爵士樂，我覺得全身像爬滿了眨眼蜥蜴一樣隱隱發癢。昏暗的燈光下，我看到的裝飾都是簡單抽象的單色系物品——皮革、鋼鐵和玻璃傢俱。綁馬尾的男酒客們戴著耳環，理平頭的女酒客在唇上和眉毛上穿了銀環。女服務生穿著黑色皮夾克四處匆忙穿梭。忽然，我覺得自己的長髮和花邊蕾絲洋裝與這裡的氛圍格格不入——我一定像個從女校出來的乖寶寶！

一個高大的女服務生帶我們到酒吧後面一角的桌子。她不算漂亮，但過白的臉和鮮紅的唇非常引人注目。藍色眼影下的睫毛眨了眨，皮革窄裙配李小龍式的無袖上衣——露出了結實肌肉的粗壯手臂。

一坐下，麗莎點了杯馬丁尼加冰塊，當大塊頭女服務生問我要喝甚麼時，我說：「一杯可樂。」

麗莎笑了出來：「喔，夢寧，不要點那種普通飲料，我幫妳點不一樣的。」接著她轉向大塊頭女服務生，露出潔白的牙齒說：「請給她一杯自由古巴，可樂少一點，蘭姆酒多一點。」她向女服務生眨了眨眼。

才沒多久，大塊頭女服務生便送來我們的飲料和一碗堅果。離開的時候，我看見她粗壯的小腿佈滿青筋，像一窩小蛇，也就是中國人說的「苦力腿」。我才注意到這裡的女服務生又高又壯，個個都有著苦力腿。

麗莎舉杯輕輕敲了我的杯子：「乾杯！」

「乾杯！」我的喉嚨立刻像被灼燒一樣刺痛，不由得露出了奇怪的表情。

「還喜歡嗎？」麗莎露出甜美的微笑。

「嗯……很特別。」我說的是事實，因為喝起來就像貓尿混著辣椒油的味道。

她問：「妳喜歡這裡嗎？」

「嗯……很難說，是有點奇怪。」我看著另一窩「小蛇」，「麗莎，妳有注意到這裡的女服務生都又高又肌肉發達嗎？」

她拍了拍我的肩，「妳真單純，」她靠近我悄悄說：「她們都是男的。」

「**妳沒開玩笑吧？**」

「噓……別太大聲。當然沒開玩笑。」

「化妝、耳環、迷你裙，甚至蕾絲衣？」我的聲音還是固執地停留在高八度的音域。

「他們都是變裝癖……夢寧，請妳小聲一點。」

「妳是說他們都是有胸部的男變性人嗎？」

「噓……有些是，但大部分只是喜歡穿女裝。」

「所以他們是同性戀？」

「夢寧，妳可以小聲一點嗎？」麗莎用手肘推了推我。

這時，我們的「女服務生」來問我們還需不需要其他東西。還在想著剛剛的對話，我注意到她長長的指甲上擦著鮮紅的指甲油。我努力想看看她脖子上有沒有喉結，可惜她戴著鉚釘皮革的頸飾。

她又沙啞又嗲的聲音傳來：「甜心，妳要甚麼嗎？」

「嗯……」我甚麼都不想要，只想好好仔細看「她」。

她花枝亂顫的笑使人更注意到她血紅的唇了，長長的睫毛眨呀眨地看著我和麗莎，她說：「讓我幫幫妳，嗯……想來些甜點嗎？我們有起司蛋糕、巧克力蛋糕、提拉米蘇……」她吻了吻手指，發出嘖嘖的聲音，上面的指甲油在昏暗的燈下閃閃發亮。「小甜心，」她轉向我，「妳想要甚麼呢？」

「嗯……」我看看麗莎，又看看「女服務生」，說不出話。

她半蹲著，手肘撐在我們桌上，雙手托著下巴，眼睛眨呀眨，好像很癢似的。我焦躁地等著她的睫毛掉進我的自由古巴裡。

「怎樣，我的中國娃娃？」她向麗莎眨眨眼，然後回頭看著我。「妳要再想一下嗎？我可以等妳。」

麗莎終於拯救我了：「給她一個巧克力慕斯，謝謝。」

「收到！」她笑著指著麗莎，拋了個媚眼。她的銀色耳環輕輕顫動，就像被大力搓了幾下的處女胸部。

她站起來，扭著被皮革緊緊包裹著的窄臀走開。我注意到她的網襪上有好幾個大小不一的破洞。

感覺脊椎像被一大群螞蟻爬過，我問：「麗莎，妳不覺得這個地方……有點奇怪？」

「我是個藝術家，夢寧，對我來說，沒甚麼好大驚小怪的。」

「即使是那個大胸部、穿著裙子的男人向妳拋媚眼？」

「如果妳能看見事物的原貌，那它就是那樣而已。」

「妳喜歡穿得像女人的男人？」

她用一種好奇的眼神斜看著我，「我想我是幫妳開了眼界。因為麥可不可能帶妳到這樣的地方來。他太嚴肅，也太保護妳。畢竟我跟他太熟了。不過不好意思，夢寧，如果妳不喜歡這裡，我可以帶妳到別處去。」

「沒關係，麗莎，我也希望大開眼界。」說完後，我被自己的聲音和語氣嚇到。

喝了幾杯，聊了更多之後，我開始融入酒吧裡的節奏，也開始覺得放鬆。服務生們像水中的游魚般在酒吧裡走來走去。男人們喝酒聊天、說著笑話、目光隨著走過的臀部移動，也不時轉過頭來看我們。

沐浴在桌子上黃銅燈溫暖的光下，麗莎的皮膚泛著一片金色的光澤，看起來像半透明似的。我感到她身體一浪接一浪不斷向我湧來的強烈氣場。我們聊天時，她有時認真看著我，有時看著遠處——那些穿緊身褲、短夾克和牛仔靴的男人。從她眼周的不少細紋看來，她就像一朵即將凋零的盛開花朵。

麗莎看著我說：「夢寧，妳知道嗎？其實我也有中國血統。我祖父是傳教士，在上海傳教時遇見我祖母。我母親的童年幾乎都在上海度過。」

她的眼神像貓一樣的深不可測。「我沒去過中國，但母親常跟我說一些奇怪的故事。」

「請告訴我她的故事。」

她做了個表情，「好吧，但如果太奇怪可別怪我。」

「說吧。」我喝了一大口自由古巴。

「有一次我祖父母帶她去動物園，她看見一個男人在跟花講話——」

「這有甚麼奇怪——」

「夢寧，還有下文的，妳聽我說完好嗎？」麗莎露出不悅的表情繼續說：「那個人是街頭藝人，他說自己每天都把花當人一樣澆水餵養。就在他要示範時，花裡露出了一個美麗小女孩的頭——」

「噢！」

「當大家都覺得嘆為觀止的時候，這個人點了一根菸放進她嘴裡，這個頭就這麼一吸一吐，吐出的煙霧有圓形、三角形、方形甚至心型。之後她開始唱歌、吃東西和做鬼臉。每個人都想看看她的身體藏在那，但卻只看到她頭下連著花梗。」

我疑惑地問：「這是真的嗎？」

她聳聳肩，「我媽跟我說的。」

「那她還跟妳說了甚麼？」

「她看過一隻狗的身體連著小嬰兒的頭，會翻筋斗、用兩隻腳走路、還會追著自己的尾巴跑——」

「天啊，麗莎！這一定是妳媽編的！」

「不。但是……這故事有點可怕。」

「怎麼說？」

「那隻狗被活生生剝下皮，然後將它的皮立刻包住新生的嬰兒，直到他們長在一起。」

「好噁心……」

「就跟妳說是很可怕的。」

「這些是真的嗎？」

「妳覺得呢？」她眨眨眼。

頓了一秒，我們一起爆出大笑。

接著是一陣長長的沉默，麗莎拿出一包菸，抽出其中一根給我。

「麗莎，我不抽菸。」

「妳抽過嗎？」

「沒有。」

「試試看沒甚麼關係的。」

「不了，謝謝。」

「好吧。」她點了根菸、熟練地放進唇間，深深吸了一口。她用完美的O型嘴呼出煙。若母親見到這O型嘴她便會稱之為雞屁股；若依空見到則稱之為禪圈。

我的眼睛被煙燻得很難受。

麗莎問：「麥可是妳男朋友？」

我有點訝異她會這麼問。於是小心翼翼啜一口我的蘭姆酒加可樂，用一種近乎悄悄話，彷彿要透漏甚麼不可告人祕密的語氣說：「是未婚夫。」

她沒說話，看著我，吐出更多煙霧。「你們怎麼認識的？」

我喝了好幾口蘭姆酒可樂，在還沒決定好該不該說之前，已經把所有事都說了：在香靈寺遇到麥可、麥可從火災中把我救出、十三歲墜井、以前討厭男人和希望當尼姑、與依空和帶男的友情。

聊了這麼多關於自己的事情後，我們之間似乎更親密了。

麗莎露出著迷的表情，「不可思議。」她說，然後抬頭看著天花板，緩緩吐出長長的煙霧。「妳叫男人做『一團蠢肉』、『和尚頭』、『四眼怪獸』、『臭男性荷爾蒙』和『會行走的垃圾』？我超喜歡！」

像被一股無形的力吸著，我不自覺地向她靠近。她請「女服務生」再多拿酒來。

她優雅地喝著新添的馬丁尼，銀色唇印在玻璃杯口。「麥可一定很喜歡妳。」

我點點頭。

「真好。」麗莎深深喝了一口馬丁尼，將酒杯無聲放下，然後抓了一把堅果丟進嘴裡，發出喀滋喀滋的響聲。

忽然，她眼裡的溫暖消失了，冷冷地問：「那你們甚麼時候結婚？」

「他希望盡快，但我還不確定自己是不是想這麼快結婚。」

「妳還不確定自己想不想嫁他？」

「不是這樣，我愛麥可，但我和尼姑相處太久了，已經習慣寺院那樣的生活。而且，十五年來我不停聽尼姑們說男女情感是虛幻、男人是不可信賴的話，所以覺得很困惑。而更困惑的是麥可和她們說的男人完全不同，他是那麼地堅定，不受外面的——」

「沒有人可以不受外面的困擾，夢寧。」

她又喝了馬丁尼，深深吸了好幾口煙。「我跟妳說一個關於一個島上燈塔守護人的日本故事。他愛上了對面島嶼的美麗海女，於是每晚都為她打開燈塔的燈好讓她能游過來見他，但後來他愛上了另一個女孩。於是在一個狂風暴雨的夜晚，海女要游過海來找他時，他關掉了燈塔的燈……」

「然後呢？」

「她當然溺死了。」麗莎把香菸上的菸灰抖進菸灰缸裡。

「為甚麼要說這麼可怕的故事？」

「因為那個男人就是我的未婚夫。」

「噢……」

麗莎的內心似乎掙扎得很厲害，「故事只是個比喻。」她說，「我是說他為了另一個人……讓我溺水而死。」她咬著下唇，眼睛沒看我。「但我還愛著他。」她盯著已經空了的玻璃杯，「人永遠沒法解釋愛情，不是嗎？」

依空可以。她說愛情是虛幻的，只會為彼此帶來折磨。

麗莎的聲音混著菸草味，隨著一股又苦又甜的空氣飄來：「我的未婚夫就是麥可。我們曾經訂婚。」

回家時，我頭暈目眩，頭痛欲裂，跌跌撞撞進了麥可的公寓，等著他回來。

麥可終於在十一點回到家，還沒脫下外套我就跟他說了今晚和麗莎見面的事，也跟他說我們現在必須談談。「好吧，我可以解釋。」他帶我到沙發坐下，「對，夢寧，我和麗莎曾訂過婚，但那是幾年前的事了。」

「婚約維持了多久？」

他猶豫了一下，說：「五年。」

「五年？你們在一起這麼久，你卻沒娶她？」

麥可沒有回答我。他開始說起他和麗莎的事。「我成為福頓教授的學生後，認識了麗莎，他常常帶我們一起去參觀博物館和演唱會。一開始我的確很為她著迷……她看起來那麼有趣和聰明。」他停頓了一下，「但後來我發現她的人格分裂——」

「甚麼意思？」

「她有慣性的精神衰竭症狀，所以當我說要取消婚約的時候，她便以割腕來威脅我……夢寧，都過去了，我們可以不要再談這些了嗎？」

算命師的話迴響在我的腦海裡：

他的親人、父母或兒子都會為了讓他在這世有更好的生活而犧牲……情路不太順遂……應該說是有點麻煩，他可能會有一個以上的婚姻。

我問他：「所以你和麗莎有個兒子？」

麥可看起來有點吃驚，「她跟你說的嗎？」

「沒有，我想到算命師說你會有兩段婚姻，而且你兒子——」突然我明白為甚麼麥可聽到時那麼坐立難安。

「你們有兒子嗎？」

「嗯。」

「老天，那他現在呢？」

「他沒來到這世上，麗莎在四個月的時候把他拿掉了。」

「你沒阻止她嗎？」

「她墮胎之後才跟我說的。」

「你跟她在一起那麼久是因為內疚嗎？」

「夢寧，我好累，實在不想繼續講這些。而且我明天會很忙，我們可以改天再說嗎？」

整個晚上麥可像昏睡了一樣，我卻在他身旁翻來覆去無法入眠，一直想著他和麗莎的過去。我想像他和她做愛的畫面，他也像溫柔撫摸我的胸一樣撫摸她的嗎？他也像對我一樣在她耳邊說著甜言蜜語嗎？他也將舌頭伸進她的嘴裡放縱地尋求歡樂，好像他把舌頭伸進我的嘴裡一樣嗎？

20 菲臘．諾堡

麥可一直在醫院裡忙，所以我們一直沒有機會可以好好聊一聊。兩天後，我還沒機會跟他聊麗莎的事，他又得到波士頓去參加一個兩天的研討會，但這在我到美國之前他就先跟我說過了。

雖然我仍然為他與麗莎的事很不開心，但少了麥可的公寓卻忽然變得太靜，就像籠罩了一層紗。每當我看著客廳鏡子裡孤單的自己，就覺得好難過。我走到沙發躺下，但沙發套的布料又讓我覺得好冷。

最後我決定強迫自己坐到書桌前看書。拿起書時，我發現檯燈下壓了一張卡片，上面畫著一隻金色鳳凰，背後是麥可的字跡，寫著「給夢寧」。我將卡片打開：

我最親愛的夢寧：

很抱歉要在妳來找我的時候留妳一個人在家。如果需要用錢，書桌第一格抽屜裡有些現金。冰箱裡有很多吃的，但也要出去吃些好吃的！如果有任何重要事情，請打電話給菲臘，小問題的話可以找管理員法蘭克。要好好照顧自己，很抱歉讓妳不開心，我回來後會再跟妳好好地聊。

愛妳。

麥可

我拉開抽屜，發現裡面有一疊鈔票——五十元、二十元、十元和一元。我數了一下，大約有五百美金。把鈔票放回抽屜裡時，一陣暖意湧上我心頭，「唉，麥可，我也愛你，可是……」心裡還是覺得困惑和不安，於是我走進廚房替自己做了一份香港的廣式小吃「肥婆跳海」——將一顆生蛋丟進熱水裡再加糖。攪拌著糖水，看著雞蛋變成一種超現實的黃色帶狀物，我覺得稍為舒緩。我用玻璃杯暖手，喝了一口熱呼呼的甜湯，嘆了口氣。

電話鈴聲讓我嚇了一跳。我衝去接電話的時候差點就把「肥婆」打翻了。扶穩了玻璃杯，我拿起電話甜甜一笑：「嗨，麥可，你想我嗎？」

「我當然想妳囉，夢寧。」電話裡傳來的男聲讓我嚇了一跳。

「你是？」

「菲臘。菲臘‧諾堡。」

「噢，菲臘，你好。」麥可的死黨俊美得讓人心疼的臉孔馬上閃進我的腦海。

跟著他那豐美的男中音在我耳邊揚起，「夢寧，因為麥可不在，所以我打來問妳有沒有需要幫忙的，像是……陪妳？」

「呃……」我總不能說**我不要你陪**，是吧？所以不作聲。

「別這樣，夢寧，不要自己一個人躲在家裡，這樣很不健康的。出來看看這個世界吧！」現在他的聲音像一杯又濃又甜的熱可可，或我的「肥婆」。「妳不要跟麥可一樣整天辛苦工作……反正麥可要我在他不在的時候幫忙照顧妳的。妳願意讓我帶妳去放鬆一下嗎？」

「嗯……但我比較想待在家……」

「幫幫忙，妳應該出來讓大家看看妳是如何的美，美好的事物真不該被藏起來。」

「可是……」

「不要再說可是了，夢寧。麥可這兩天都不在，妳能不能稍微把他忘掉，四十八小時就好？我帶妳去一家超棒的餐廳和一家最好的咖啡店喝咖啡，拜託，讓我開心一下，好嗎？」

雖然不確定到底該不該去，但我已經被他的話逗得笑個不停，帥氣的臉龐也拒絕離開我的腦海，於是不自覺就說了：「好吧。」

「太好了，今天晚上六點我去接妳。」

開了大門後，我驚訝地看見菲臘拿著一打裹在優雅包裝紙裡的長莖粉紅色玫瑰。

「給妳的，我的中國女神。」

「菲臘，你不用這麼做的。」

「但我就是無法克制自己。」

幾分鐘後，菲臘為我打開車門。雖然車看起來不大，低座椅看起來也很不舒適，但幾個路過的人還是投以羨慕的眼光。

一個三十多歲的黑人跑過來說：「哇，銀色蓮花跑車！」

菲臘指著他，露出雪白的貝齒：「對了！」

黑人向他眨眨眼，「還有漂亮的中國女孩。老兄，你真好運，甚麼都給你弄到手了！」

「那當然啦，兄弟。」

「妳喜歡這輛車嗎？」車開上路時，菲臘問我。雖然曼哈頓的交通非常混亂，但他就像表演藝術家一樣自在地操控著方向盤。

「不太喜歡，你這麼高，不覺得這車這麼低、會撞到屁股的座椅很不舒服嗎？」

他大笑，笑聲就如同他的玩具車般銀光閃閃。「那我真是個笨蛋，花了一大筆錢來受罪。蔓寧，這就是我為甚麼喜歡妳的原因。妳和我之前的女朋友比起來，就像令人窒息的香水味中的一股清新空氣。」

我不知道該怎麼回應他。不到五分鐘，車停在一扇高雅的門前。一位年輕男子接過菲臘的車匙，菲臘順手塞了小費給他。

「這是赫赫有名的俄羅斯茶室。」菲臘邊說邊扶著我走進大廳。蒂芬妮立燈旁的紅色皮革座椅上坐滿了人，牆上掛著賞心悅目的花卉和風景畫，每個人都打扮得非常優雅。

「我們不在這裡用餐，是在樓上的皇宮。」他露出一抹得意的神祕笑容。

一到用餐的地方，我馬上就明白這裡為甚麼叫做皇宮。兩層樓高的天花板低垂著一盞巨大的水晶吊燈，就像一個成熟的子宮。燈上的水晶像鑽石一樣閃著炫目的光。每樣東西看起來都像漂浮在金色、銀色和鮮明的紅色之中。

穿燕尾服的服務生帶我們到花卉油畫下一角的座位，替我們點了飲料。不一會兒他就送來了菲臘的紅酒和我的可樂。我因為已吃過「肥婆」，所以還不餓，就不點前菜，菲臘說為了陪我，所以也不點前菜。

服務生走了之後，菲臘舉杯說：「歡迎來到紐約這顆大蘋果，夢寧。」

「謝謝。」我說，覺得這個男人太有魅力了，讓人有點無法呼吸。

菲臘穿著一套米色西裝，搭配一條金色絲質領帶。濃密的金髮隨著他說話時肢體的律動而搖晃。他說話的時候手勢很多，揮舞著的手指很美。他那藍色、如夜空一樣夢幻和深不可測的眼睛，像是在告訴別人他對這浮世永恆的眷戀。

「妳很喜歡可樂？」

「嗯，我最喜歡的西式飲料。」

「想嚐嚐我的五十年拉菲酒莊陳年紅酒嗎？」

「那是甚麼？不了，謝謝。」說完忽然覺得要挑戰一下他的五十年陳年紅酒，「菲臘，任何東西至少要三到四百年才能算是陳年。」

他笑了出來，眼裡的光芒像閃爍的星星。他換了個話題：「既然妳不喜歡我的銀色蓮花跑車，妳喜歡這座金碧輝煌的皇宮嗎？」

我該說甚麼呢？這地方瀰漫著銅臭味——無論是暴發或是祖傳的財富。但錢並不是我的人生目標。況且，正如依空所說，財富都是轉眼成空的。

但我還是對那帥氣的臉龐露出了甜美的笑容，「我想每個人都會對羅浮宮或白金漢宮印象深刻，不過我卻不會想住在這些地方——太不舒服了，就像你的蓮花跑車一樣。」

「夢寧，妳有甚麼祕方可以令自己這麼討人喜歡？」菲臘認真地看著我說，藍色的眼珠就像梵谷畫中的星空。「我有榮幸可以更了解妳嗎？」

在我回答之前，他繼續說：「為甚麼我總是晚麥可一步？」他笑了笑，髮絲在餐廳金黃色的燈光下閃耀著，就像梵谷畫中的向日葵。「不然妳早就是我的未婚妻了，為甚麼他總是得到最好的？」

「可你不是已經擁有最好的了嗎？你的蓮花跑車、你的事業……」我還想說你的明星臉，但及時制止自己，因為不想讓他覺得我對他有遐想……跟著我的心跳開始加速，我是否真的對他有遐想？

他握著我的手說：「也許是的，但夢寧，我還沒有得到最好的女人。」他緩緩地喝了一口五十年陳年紅酒，說：「三十六年來我有過許多女人，但沒有一個像妳那麼美麗和特別。」

「菲臘，你還不夠了解我。」雖然我對他的恭維覺得很開心，但亦覺得有點不自在。唉，這正是依空不厭其繁地一再告訴我的，不可以相信男人——無論帥的醜的、富的窮的、東方人或西方人。

「我一定在某一個前世見過你。從麥可第一次介紹妳給我認識的時候，我就有這種感覺。」他停了一下，表情變得好溫柔，聲音也帶著醉意。「夢寧，請容許我大膽說……我覺得我們前世或許已是靈魂伴侶。」

在我還沒想到該怎麼回答之前，他繼續說：「老實說，我從來沒有認識過任何女人可以釋放出我所有的柔情。現在我的心隱隱作痛。」

「菲臘，請你……」雖然不知道該怎麼回應，但他那些話卻像一股熱氣流過我全身。我多灌了幾口可樂，眼睛貪婪地看著這張好萊塢明星般的臉孔，覺得我們的關係既遠在天邊，又近在眼前。

此時服務生端來我們的主菜，「女士的鮮蝦義大利麵和先生的韃靼生牛肉，請享用。」

食物很美味，飲料很潤喉，氣氛也很浪漫。在這炫目的昏黃燈光下，菲臘的高顴骨和方下巴就像雕像般深刻精緻。他很有男人味，是略帶邪氣的那種，和麥可是全然不同類型的男人。他的英俊誇張得使他看來遙不可及，即使他就坐在我面前。但為甚麼他這麼想親近我呢？是想我成為他的下一個玩具，一個中國娃娃，就像他的蓮花跑車一樣嗎？或者純粹是因為麥可請他幫忙照顧我？

我們吃著晚餐，沉默了一陣子，唯一聽到的是刀叉、玻璃杯和盤子的碰撞聲。我注意到周圍的女人——無論老的或年輕的——都對我投以羨慕的目光：對面桌的年輕女孩，陪著一個滿臉皺紋、看起來很有錢的老男人；隔壁桌的性感辣妹，似乎對身旁的馬臉蠢伴感到很厭惡。她轉過頭來看我和菲臘。

我試著壓抑上揚的嘴角，但失敗了。

菲臘好奇地看著我：「希望妳至少還滿意這裡的食物，好吃嗎？」

我吃了一隻入口即化的蝦。「古代皇宮裡做的菜餚，如果皇帝只吃一口而沒吃第二口，御廚就會被處死，而這就像那些皇家御廚做出來的。」

「哇，好誇張，我喜歡！」菲臘微微笑，露出潔白的牙齒。「我一生中只愛兩樣東西：美食和聰明美麗的女人。」

「我也是，」我說著又吃了一隻蝦，「尤其是女人。這也是我為甚麼和我的佛學師父這麼親近的原因，她美得就像個電影明星。」

「但尼姑要剃度的，不是嗎？」菲臘吃了一口牛排，「我無法想像沒頭髮的女人能有多美。」

「你看到我師父就會知道了。」

他若有所思地喝著酒：「但為甚麼妳有個尼姑師父？」

我沒想太多就脫口而出：「因為我之前想當尼姑，是麥可……」我停了下來。

「真的？麥可從沒跟我說過！」他認真地看著我，藍色眼珠像月光下神祕的藍寶石。「太浪費了，夢寧，答應我不要當尼姑，我不喜歡尼姑。」

「為甚麼？她們都是善良慈悲的人。」我邊說著邊叉起生菜。

「因為她們不喜歡男人！那真的令我很生氣，尤其是那些漂亮的尼姑，她們剝奪了男人擁有好女人的權利。」

他說。

我從沒這樣想過。

他切下另一塊肉丟進嘴裡，性感的嘴唇與紅色的生肉剛好同一顏色。「夢寧，妳的純真好迷人。」

「謝謝，但我已經三十了，所以不覺得自己那麼『純』。」我試著用叉子捲起義大利麵，但卻不成功。

他好笑地看著我狼狽的舉動，說：「那讓妳看起來更『純』了。好吧，跟我說說妳和那個尼姑的關係吧！」他放下刀叉，用紙巾優雅地擦了擦嘴。

於是我就開始說了。

說完之後，菲臘拉著我的手久久不放，直到他說：「夢寧，我們回去吧！」

我吃驚地發現他停車的地方並不是麥可的公寓，「菲臘，這裡不是麥可住的地方。」

「我知道，這是我住的地方。」

雖然我很想說我必須回家，但身體卻不由自主跟他走了進去。

菲臘的公寓和麥可的很不一樣。麥可的家滿是中國風的裝飾，而菲臘的家就像他本人一樣高雅奢華。一整面牆都是抽象畫和玻璃書櫃。華麗的櫥櫃上擺滿了形形色色的古董。厚厚的地毯印有朱紅色、綠色和紫色的東方動物圖騰。

「好棒的公寓。」我說：「但我該回家了，麥可隨時會打電話來。」

「夢寧，能不能大發慈悲，讓我這個寂寞的男子有幸跟妳喝杯餐後酒？」

我實在無力招架，只好小聲說：「嗯，好吧。」

他帶我坐到寬闊、佈滿各種顏色抱枕的象牙色皮沙發上。他到廚房去倒了酒出來，把其中一杯遞給我。然後他坐在我旁邊，脫下外套和領帶，若有所思地喝著酒。雖然他離我不近，但我還是本能移開了一些。

我們開始聊音樂、電影、藝術、博物館和他的整形手術。我很訝異聽他說去找他整形的很多是好萊塢影星。

「我很想告訴妳她們是誰，但我不可以。」他喝了一口酒，然後看著我，眼神溫柔得像藍色絲綢。「但妳知道嗎？這些影星沒一個比妳美。」

「謝謝你這麼說，菲臘，但請不要這麼誇張。」

他的表情忽然變得嚴肅：「不，一點都不誇張，她們的美是膚淺的。我是替她們修理門面的人，所以很清楚。夢寧，她們沒一個比得上妳的美、妳的自然和妳的神祕，這一定是因為妳進行禪修的緣故。」

「喔，菲臘，你太過獎了。」現在我的臉大概跟他點的生牛肉一樣紅了！

「我說的是真話，我從來沒想過要在妳這張天真的臉龐前撒謊。」他一邊說著，一邊伸手摸我的臉。

「菲臘……」我的臉頰與他的手一樣滾燙。

他帶著酒意喃喃地說：「夢寧，我沒辦法，就是情不自禁，無可救藥地愛上妳了。」

「我們才見過三次面。」我試著保持冷靜，但心跳就像討債的來拍門時一樣大聲。

「這跟時間沒有關係。」他說著將我拉近他懷裡。

「菲臘，請不要……」

「噓……安靜。」他說完馬上吻了我的唇，手緊緊圈住我的腰，將我整個人貼住他熱得像火爐的身體。

我感到他的體溫逐漸透入我的衣服、肌膚，想進到我的心裡。他的吻就像火山岩漿般融化了我的雙唇。我覺得自己的身體跌入了一個肉慾、危險和黑暗的火坑。

突然一陣悲傷向我襲來，我將他推開，開始無法克制地啜泣了起來，整個身體顫抖得像暴風雨中的小船。

菲臘終於將我放開：「夢寧，妳沒事吧？」

我搖搖頭。

「我……太冒犯了妳嗎？」

「我不知道，菲臘，我才剛跟麥可訂婚，但現在卻這麼強烈地被你吸引。這是不對的！」

「夢寧，愛情沒有對錯。」他抬起我的下巴，深深看著我。他的雙眼讓我想起遼闊的藍天和無邊無際的海洋，他的聲音輕柔得像羽毛：「妳愛麥可嗎？」

我沉默不語，他強烈的存在和渴望的眼神令我無法抗拒。

「如果妳不愛他，就愛我吧，我全是妳的。」他吻著我的手，將我的手貼在他胸前，「感覺到我的心嗎，夢寧？它在為妳而跳。」

「菲臘，讓我回家。」

他看著我不發一語。

「求求你，菲臘。」

他將我的臉拉近，「夢寧，看著我的眼睛告訴我妳不愛我。」

「對不起，但是我……我沒辦法。我好困惑，我是應該留在依空身邊當尼姑的！」

「不，妳不能當尼姑。」他說著又開始吻我。

我得用全部的意志力才能把他和自己對他的渴望推開。「拜託你，菲臘，我真的必須回家。」

「好吧，如果妳真的這麼希望的話。」他在我的額頭上親了一下，然後霍然站起，並伸手將我拉起來。

隔天起床的時候，我覺得頭痛欲裂、口乾舌燥，而且全身痠痛。昨晚和菲臘的畫面一幕幕閃過腦海。我試著聽音樂、看書、靜坐，但一點辦法也沒有。菲臘灼熱的吻似乎還在我唇上流連，幾乎融化了我的身心。我背叛麥可了嗎？答應成為他的未婚妻是個正確的選擇嗎？或者我該返回香港，回到依空身邊？我怎麼能這麼快就被另一個男人吸引？我是個隨便的蕩女嗎？

空氣有些冷，我抱著雙臂。之前放在沙發上的觀音吊墜現在看似對我笑著，是笑我的困惑還是無知呢？那是十七年前依空丟到井底給我的護身符，在那充滿腐臭與黴菌的黑暗中，觀音菩薩乘著魚朝我而來，讓我找到心靈的平靜。之後在金蓮寺，我是多麼欣羨尼姑們仁慈的面容和無私的行為……

我感到一股要向女性傾訴自己思緒和靈魂的衝動。觀音菩薩再怎麼靈驗，此刻也只是一張鍍金的小像，我需要一位真實的女性朋友，但在這裡我只認識……

21 女女之愛

麗莎開門的時候，野薑花味讓我覺得放鬆了下來。她的臉被半掩的門框著，背後是輕柔的燈光，像正在歡迎我的到來。我就像被催眠般跟著她進入了公寓。

「當自己家一樣，夢寧，我去弄點喝的。」

我看了看四周，牆是白色的，地上鋪著一條深綠色、有精巧圖案的小地毯。這裡還有兩個書櫃、一張咖啡桌和一個掛著銅色把手的紅棕色衣櫃。大廳簡單乾淨的感覺讓我很舒服。但真正令我注意到的是牆上的一幅大畫，其中的圈圈和線條發出強烈卻又幹擾的氣場。雖然這幅畫給人深刻的印象，但我總隱隱覺得有些不太對勁的地方。難道麗莎刻意追求生命中的混亂？

「麗莎，妳的畫好……氣勢磅礡。」我邊說邊在一個大窗戶旁的沙發坐下。

「謝啦！」她在小小廚房裡忙著，連衣窄裙凸顯出她結實的臀部線條。不久她把放了兩個杯的托盤放在咖啡桌上，然後將其中一個杯給我。

「妳的可樂——加了少許蘭姆酒。」

她在我對面的沙發坐下，交叉起雙腿。銅色螢光指甲油在她輕輕擺動雙腳時閃閃發亮。她腳踝上的細銀絲腳鍊也閃耀著回應。

外面開始下起雨，我們安靜地喝著飲料。我一邊欣賞她——深琥珀色的眼珠、又長又翹的睫毛配合著她鼻樑的曲線。我總是為女性的美而著迷，雖然這全然沒有性慾的感覺在內。

美麗的女性。

我從不覺得美是膚淺的，我相信作為尼姑的依空也會同意我的看法。她身邊的尼姑都很美，更不用說她那美不勝收的藝術收藏了。美麗總是帶著神祕感，而神祕感又怎能說是膚淺的呢？或許這也是我被菲臘吸引的原因吧？

麗莎看著我，「夢寧，妳在想甚麼？請告訴我。」

「嗯……我有點困惑，需要有人陪我聊一聊。」

「妳的問題是……為了我和麥可吵架嗎？」

我沉默不語。

「夢寧，妳應該以更開放的態度來面對這個世界。對男人也是一樣。」

難道她已經知道我和菲臘昨晚的事了嗎？

「妳不開心是因為我曾經和麥可訂婚嗎？」

我搖搖頭，「不，是別的事情。」

「妳以前被尼姑，現在則被麥可保護得太好了，這是很不健康的。」

「妳的意思是？」

她站起來，走到我旁邊坐下，伸出手輕柔地撫摸我的頭髮，就像我是她的小妹妹一樣。這樣的觸摸很舒服，幾乎像催眠的魔力。

「妳是個非常有魅力的女人，所以我認為妳應該跟麥可以外的其他男生約會。妳知道的，現在美國男人對亞洲女人很瘋狂。妳覺得菲臘怎樣？」

我的心跳加速，脫口而出：「妳知道昨晚所發生的事了？」

「妳是說你已經和菲臘上床了？」她看起來並不吃驚，反而露出有趣的表情。

「不，不是那樣，可是……」我喝了一大口可樂。

我突然發現麗莎的手已經從我的頭髮移到脊椎，然後是肩膀。她的臉幾乎貼著我的臉。她認真地看著我好久。「告訴我，夢寧，妳覺得性愛是件壞事嗎？」

「不是，嗯……」

「這沒甚麼不好，對吧？」她敲了敲自己的頭，「不好的只是人的想法。」

看我沒反應，她繼續說：「佛教也贊成性愛，像藏傳佛教就認為性是達到開悟的一種途徑。」

她重新幫我倒滿可樂，「因為高潮的時候是沒有理智的，只有當下的感受。再也沒有分別，只有妳與對方真正的融為一體。」她帶著有點邪惡的笑容說：「菲臘那個人最喜歡挑逗和征服一本正經、又不情不願的女人，然後給她們空前的快感。」

「麗莎——」我慢慢消化她這番震撼的話，「妳覺得我做錯了嗎？跟麥可訂婚又被菲臘吸引……」

我又喝了一大口可樂。

「那又怎樣？這並不代表妳的生活就不能有點樂趣，是吧？夢寧，妳想得太嚴肅了，放鬆一點，生活應該是一場饗宴！」

「那是不是說在妳跟麥可訂婚的時候，也有尋找這些樂趣？」

「當然，」她連眨都沒眨一下眼睛，「所以我們分開了。因為麥可跟妳一樣，就是無法放鬆。」

「但妳不是說過他是因為有了別人才離開妳的？」

「別這麼認真，夢寧。」她玩著我的頭髮，「妳也知道麥可的過去，他總是渴望得到愛。」

我不知道該怎麼回她。我突然發覺她的手，像隻獵食的野獸，已停在我的胸前。

我覺得血液衝上了雙頰，「麗莎，妳在做甚——」

「夢寧，放輕鬆，這沒甚麼的。」

「但是——」我忽然發覺這已經是我不知道第幾次說「但是」這兩個字了。

「妳是佛教徒，對嗎？所以妳應該放下所有顧慮和道德標準，活在當下！要知道規則不是神訂的，是人訂的，而大部分的人都是些混帳。」她看我的眼神就像看著一個小學生，「老天，夢寧，我只是想教妳！」然後她的聲音變得柔和起來，「相信我，試一試沒關係的。」

「試甚麼？」

她把飲料拿給我，「喝吧，幫助放鬆。」

在她督促的眼神下，我灌了好大的一口。

「每個女人都應該至少跟另一個女人試一次，我保證妳會喜歡的。這比和男人更自在、更放鬆——」

「麗莎，不要這樣，我不是蕾絲邊！」

「是不是蕾絲邊沒關係。難道會說英文就代表妳是美國人嗎？」

我啞口無言。

「我也不是。」她說，怕我聽不懂似的，又補了一句：「我不是女同志。」

「那為甚麼妳想——」

「性向不該有界限，我都喜歡。」

「都喜歡甚麼？」我覺得自己開始頭暈目眩。

她降低了音調，彷彿說著甚麼祕密。「男人和女人，只要是我覺得有魅力的就可以。」她喝了口飲料，然後說：「夢寧，妳知道嗎？第一次在大都會藝術博物館見到妳的時候，我就愛上妳了。妳知道當妳小小的頭靠在麥可的肩上時，看起來有多麼脆弱可愛嗎？我早就想跟妳上床了——」

「麗莎！」

無視於我的反應，她看著我的眼繼續說：「啊……夢寧，妳還是個小女孩，我是來幫助妳長大的。」她停頓了一會，然後用幾乎是用歌唱的語調說：「天真是最令人無法抗拒的……」，她的手一邊輕輕捏著我的乳尖。

「麗莎，不要這樣——」

「別擔心，我會很溫柔的。」她靠近我，舔著我的脖子，聲音像從一個深沉而狂亂的夢中傳來。

我試著抵抗，但她的吻卻越加激烈。她壓在我身上，雙腿纏著我的腳。這時她寬鬆的棉褲掀了起來，露出她的腿——一隻健美，另一隻萎縮。看著她那可憐的腿，我滿眶淚水，心中一陣莫名的激動。

「沒關係，夢寧，感覺很好，對吧？」她愉悅地說，誤解了我因同情而流下的眼淚。

她快速解開了我的襯衫，手移到了我的胸罩裡。我還在看她的腿，好奇及驚異得無法反應，直到她解開了我的胸罩，用手在搓揉我的乳尖。

她半閉著眼睛，像醉了一樣開始舔我的耳朵。這次我不由自主顫抖了起來。

「感覺很棒吧？我知道妳會喜歡的。」

我試著張開口，但卻說不出話，也無法思考。她那帶著野薑花的濕潤氣息攏著我的臉。看著她萎縮的腳，一股前所未有的感覺從我心內湧上。跟著越來越強烈的吻讓我不自主地閉上了眼睛。像魚兒游向大海一樣，我慢慢釋出身體裡的顫抖。

麗莎更狂野了，炙熱的唇覆蓋了我的身體。當她的舌頭舔我的鎖骨時，我睜開雙眼，看見她豐滿赤裸的胸部貼著我的胸。除了小時候曾看過母親的乳房外，這是我第一次看見女人的胸部。在金蓮寺，任何曲線都被藏在寬鬆的僧袍下，好像它們並不存在似的，又或者被壓在層層的內衣下，好像它們是即將爆發的傳染病。

我的視線無法從麗莎乳房上那兩點如繡著梅花的蓓蕾上移開。蓓蕾上的汗水像粉紅露珠般閃閃發亮。

忽然間她開始扭動，我的手不小心觸到那兩朵梅花。她的髮絲輕拂過我的臉，溫暖的肌膚讓我一陣顫抖。這讓我想起大火那天不小心碰觸到依空的肩膀……但兩次的感覺卻完全不同。因為依空是尼姑，而麗莎是個正在喘氣呻吟、側著頭、亂髮披肩的世俗女子。

我厲聲說：「麗莎，停止——」

但我根本無法把話說完，因為她已經用唇封住了我的嘴。野薑花的香味就像一張把我重重圍住的網，使我不由自主地陷入網中……

22 瀕死的小貓

離開麗莎家之後，我感到困惑、生氣，又覺得自己好可憐。我不想回到空蕩蕩的公寓裡，所以決定到中國城去，讓自己放鬆一下。

走到勿街時，雨已經變小。我經過一家飯館，一個滿臉油光的男人正用又長又粗的木筷煮水餃。雖然餃子在冒泡的開水裡看來又大又多汁，但卻無法挑起我的食慾。一家麵店飄出肉、薑、蒜和韭菜各種香味，燒臘店前掛著油亮多汁的烤乳豬、紅燒雞和脆皮烤鴨。牠們的眼睛盯著我，彷彿哀訴著求生不得的的痛苦。「唰！」一聲，我轉頭一看，一個雞頭被剁下，落在沾滿血的砧板上。

我繼續漫無目的地走著，試著清理——或麻木——思緒。我走過一間咖啡店、一個堆滿木箱的露天市場，木箱裡是活跳跳的鮮魚，然後是一家放著粵劇曲調的雜貨店。一個少年踢著被壓扁掉的罐頭，梳著油頭的男人將菸蒂丟在路中間；紙箱、木箱、塑膠容器和成綑的廢報紙堆在路旁。

我懷著沮喪的心情經過一條小巷時，忽然被一陣微弱哀傷的貓叫聲嚇了一跳。我循著聲音的方向走進了暗巷。

是一隻毛髮雜亂、身軀瘦小、眼裡流露瀕臨死亡惶恐的小貓。牠的旁邊放著一塊看似腐爛的肉。

我靠近牠時，兩個約莫七、八歲的中國男孩不知從哪跑了出來。胖的那個穿著骯髒的汗衫和破舊牛仔褲，手裡拿著一根竹棍；瘦的那個穿著一件破損的短褲和夾腳拖鞋，腳趾甲裡滿是淤泥。瘦男孩試著扭斷小貓的尾巴，胖男孩看了哈哈大笑。

此時後門打開了，一個穿著沾滿鮮血的圍裙、嘴裡叼著菸的中國男人拿著一大包垃圾丟到人行道上。看見兩個小孩和小貓時，他露出了憎惡的笑容。他用力吸一口菸，把菸灰彈到小貓身上，大吼一聲：「死貓！」然後大步走開，再用力關上門，聲音大得整個地面都似乎在震動。兩個男孩爆出笑聲，小貓開始顫抖。胖男孩丟下竹棍，撿起地上的菸蒂，另一個笑著大喊：「對！戳牠眼睛，眼睛……」

「你們都走開！」我大叫，聲音出奇的嚇人。兩個男孩愣住了，胖男孩的手還停在半空中。他們對我露出討厭的眼神，然後胖男孩做了個鬼臉，叫了聲：「賤女人！」瘦男孩用手把嘴拉開，對我吐舌頭，然後轉向胖男孩喊：「我們走！」於是兩個人大步跑開，用力踩過水窪，雨水濺了一地。

我蹲下看小貓。牠躺在堆滿垃圾的路旁，旁邊有幾個大垃圾桶，桶裡溢出腐壞了的菜和肉。牠身旁的那塊肉發出一股噁心的臭味，我只有屏氣靠近牠，小聲叫：「喵，喵！」牠掙紮著睜開眼。「喵，喵！」我又叫了一次，用手碰了碰牠冷冷的鼻子。牠突然伸出爪要抓我，我大吃了一驚，向後退了一步。但當牠再次用盡力氣伸出爪時，我忽然明白了。牠想玩我掛在脖子上的觀音墜子！這單純的渴望讓我深受感動，於是將這尊護身符拿到牠面前晃了晃。牠大概是被觀音像上金箔的閃光吸引，於是不顧一切站起來，搖搖晃晃地走向我。牠那小小的爪拍打著觀音墜子。玩了不一會，虛弱地「喵」了一聲之後，牠緩緩倒下，閉上雙眼。死了——大概是食物中毒。

一股哀傷沿著我的脊椎爬上。我蹲在原處不知道該怎麼辦，毛毛雨打濕了我的臉。最後，我唸了心經，祈求菩薩帶牠往西方極樂世界，讓牠能夠轉世為人，過開心的生活。

我用報紙把小貓蓋起來，然後快速走出暗巷。走回勿街上時，我的頭開始痛，想要試著忘記在麗莎家發生的事，但同時小貓的身影卻揮之不去。即便是一隻將死的小貓都無法壓制欲望，還是那麼想玩觀音墜子，更何況我們人呢？帶男，不也花了一輩子的時間執著地要「去執」嗎？

我開始加快腳步，雨仍下著，像淚水般滴在我的臉上。雖然視線模糊了，我仍看見前方濕茫的霧中有綠色和紅色的建築——是一座廟。我匆匆穿過運河街，跑向深紅色大門，然後推門進去。

進去後，我發現自己站在一個沒有人的休息廳裡。我沿著一條狹窄的通道走到一間漆著鮮黃色的房間。我跨過門檻，踏進一間寬大的廳堂，在它圓拱型的屋頂下閒逛。佛壇前有一張雕刻精美的木桌，上面擺著鮮花和檀香，後面的佛壇則放了佛祖和觀音的雕像。我鞠躬致意，然後走向出口。

走廊上掛著一條條黃色的絲巾，每條絲巾都綁在一張照片上，有男人、女人和小孩，甚至嬰兒。我好奇地望著這些照片，直到突然發覺這些統統都是神位上的遺照！

跟著我的視線落在一個約七八個月大的嬰兒照片上。小嬰兒的頭髮既多又豎起，圓圓的笑臉上有兩個可愛的酒窩。神位的右邊有一排中文寫著：

給我們親愛的寶寶國望，歿於一九三〇年七月十日。

左邊寫著：

最深的不捨，愛你的爸媽，陳仁和盧楓。

我掉轉頭，不忍心再看那張天真的臉。如果他活下來，首先便會變成個帥氣的年輕小夥子，到了現在則成為……一個中年男人了！我想像著他滿是皺紋的眼睛，哀傷地看著我，彷彿在說：「我父母早就已經離開，所以現在已沒有人來拜祭我了。」

一剎那間，憂傷淹沒了我。誰知道我的照片甚麼時候也會被放在同樣的神位上呢？或遲或早，我們都會追隨著父親、小弟弟、小國望，甚至是小貓的腳步離去。

這麼一想，我更加沮喪了，於是拖著緩慢的步伐走回大廳。希望為我的人生找尋可能的慰藉和答案，我四處走著，又往幾扇門裡探，想找到個甚麼人——和尚、尼姑或志工都好。

我聽見其中一扇門裡傳出聲音，於是快速走到門邊往裡頭看。我見到一台小電視正播著香港偶像劇。

「有人在嗎？」我大聲說。

門在我面前打開了，一個男人不高興地看著我，滿是血絲的眼睛又大又凸。「幹嘛？」他帶著濃濃的英文口音問。

「我……」

「妳是想燒香油問運勢嗎？」

「燒香油」就是買些香和蠟油當作捐錢給廟裡。

「嗯……對。」

他拿了一包已包好的香給我，指著托盤上捲成一綑捆的紙條說：「抽籤吧！」

我猶豫了一下，他說：「小姐，妳不用擔心，都是好籤。」

心不安地跳著，我選了一捲紙條，拆開綁線，在手心攤開：

運勢：吉

一震春雷志氣揚，彩蝶飛舞繞晚霞。脫出牢籠飛彩鳳，放開鉤釣遇金龍。

我帶著困惑和半苦半甜的心情步出廟宇。那隻從牢籠掙脫，正飛向夕陽的蝴蝶是我嗎？麥可是金龍，而我是彩鳳嗎？這是觀音的開示嗎？

離開中國城後，我搭上計程車，下車後走向麥可的公寓。我驚訝地發現菲臘瘦長的身影靠在大樓門口的牆上。這次他沒有穿義大利西裝和皮鞋，而是換上了件休閒上衣、藍色牛仔褲和慢跑鞋。

他看起來又是另一個人了——腳踏實地、不再遙不可及。他看起來很倦，面容憔悴且雙眼深陷。我走向他，心中湧上一種難以言喻的哀傷。

菲臘一看見我便三步併作兩步地將我擁入懷中。

他想吻我，但我掙脫了他的雙臂。看著他可憐的帥氣臉龐問：「菲臘，你怎麼不先打電話？」

「本來想的，但後來覺得我應該親自來找妳。」

一陣尷尬的沉默後我問他：「有甚麼特別的事嗎？」雖然我已經知道答案。

「夢寧，我只是想為昨晚的事跟妳道歉。」

「沒關係。」

「我可以……去妳家坐坐嗎？」

「你是說麥可的家？」

「我需要跟妳聊。」

「菲臘，你可以回家，然後忘了所有的事嗎？」這個男人的俊美和憂傷讓我幾乎快無法招架。

「我沒辦法……可以嗎？拜託，夢寧，讓我上去——或者到我家？」

「不，我不……」

「拜託，我真的需要聊一聊。」

此時法蘭克走了出來，替一位年長的住客開門。他看見我微微一笑，「妳好，杜小姐。」然後用好奇的眼神看著我和菲臘。

我快速從菲臘身邊逃走，進了大廈。

回到公寓裡，我直接走向臥房，倒在床上哭得無法自己。我對自己的人生做了甚麼？我怎麼會在短短不到兩個月的時間內，從一個要當尼姑的人變成了一個賤女人？不，只不過兩天而已！現在的我好需要麥可強壯的臂彎擁著我，他的大手為我擦乾眼淚和他溫柔的聲音在我耳邊安慰，將我的人生納回正軌。或者，依空才是唯一能夠引導我人生方向的人，而寺廟是我唯一的歸屬。

一陣響亮的電話聲讓我跳了起來。我拿起話筒，聽到麥可溫柔的嗓音從另一端傳來：「夢寧，妳今天玩得開心嗎？現在在做甚麼？」

23 菜根禪修中心

隔天是星期六，麥可從波士頓回來了。我用頭痛需要睡覺當作藉冂來盡量逃避和他說話。但他對我細心溫柔的照料，讓我幾乎忘掉了兩天前的爭執。星期日，見我心煩意亂，麥可堅持帶我去法拉盛的一間寺廟。他說我可以在那裡坐禪，也許會覺得好些。我已沒有力氣說不，而且直覺告訴自己應該要讓麥可開心點。

當我們在菜根禪修中心和其他的居士們一起排隊等午餐時，麥可說他想帶我見見其他的師父。一位穿著黃袍的和尚走來跟我們打招呼，我無法不注意到他奇醜無比的相貌──凸眼、暴牙和尖削如刀的下巴。他身上的骨頭幾乎要從他襤樓的長袍下破衣而出。

麥可雙手合十，向他恭敬地一鞠躬：「南無阿彌陀佛，隱德師父。」然後朝我做了個手勢，「這是杜夢寧，我的未婚妻。」

隱德師父大笑，嘴巴咧得好開，我真擔心他的牙會傾盤掉出。他指著我的盤子說：「多吃點，杜小姐。」然後向麥可鞠躬回禮。我需用盡自己所有的禪修來壓抑對他的厭惡感。

走之前，他熱心地跟麥可說：「福勒先生，請多吃一點，然後留下來看從中國最有名的少林寺過來的和尚表演功夫。」

說完他便走了，長袍在風扇下飄了起來，彷彿放下了對塵世的依戀——也是目前為止我能從他身上感受到的唯一救贖。

禪修中心和我在香港熟識的寺廟很不同。這裡所有東西看起來都那麼令人沮喪——空蕩斑駁的牆和單調的灰色石子地。這裡到底有甚麼吸引麥可的？沒有漂亮的尼姑、沒有柔和的「陰」能量，只有瘦得像竹筷子的和尚？我長嘆了一口氣。

「看，夢寧。」麥可顯然感受到了我的情緒，討好地說：「隱德師父並不八卦妳是否是我的未婚妻或我們是否訂了婚。」

我沒有回話。

麥可換了個話題：「他一定覺得老外都喜歡功夫表演，但我偏偏不喜歡。」

「我喜歡。」我故意跟他唱反調，發洩心中的失落。

「是嗎？」他揚起眉毛，「妳從沒跟我說過。」

「你從沒問過我。」

麥可溫柔地看著我：「夢寧，我知道妳還有很東西待我去發掘。」他拉起我的手，輕輕在我耳邊說：「我愛妳。」

我再度沉默，跟著群眾往前走。在我前方是個中國男孩，正跟母親嘀咕著討厭吃素、要吃麥當勞的漢堡。

那個母親壓低聲音、張大眼睛、責備地說：「兒子啊，我警告你，不准再抱怨了！再一個禮拜就可以吃肉了，你就不能再等一等嗎？等你爺爺手術好了，就會給你很多紅包，謝謝你吃了那麼久的素來幫他積功德，懂嗎？為了你自己的果報，不要再發牢騷了！」

男孩雖然不再抱怨，但卻一臉不情願，皺得像橘子一樣。於是他母親捏他的耳朵，「哎呀！」他發出殺豬似的慘叫。

麥可和我拿了食物後坐到長板凳上吃。食物美味又平衡：糖和鹽、酒和醋、水和油都放得恰到好處。但這精心準備的素食卻依然無法挑起我的食慾，因為現在所有事情都像這些食物的氣味和那小男孩的一聲「哎呀」一樣懸在半空。

麥可夾了一些香菇到我的盤裡，「真高興我們能一起到這裡來，」他開始大口吃著，「這讓我想起我們在香靈寺相遇的情景。」

「希望不會有另一場大火。」

麥可疑惑地看著我，然後繼續吃。在這間莊嚴的寺廟裡，麥可似乎變成了另一個人，和之前在大都會藝術博物館裡的他很不同。那時他穿著講究，行為舉止過份優雅有禮。但他現在看起來是那麼開心自在，就像回到了家裡一樣。

大部分人吃完午餐後，隱德師父走到講台宣佈：「大家午安，希望你們對午餐都還滿意。在我們坐禪之前，請大家欣賞中國河南少林寺為我們帶來精彩的功夫表演。」聽到那一口不標準的英文，我更討厭他了。

他指揮著十四名穿灰袍的僧人站到他身後。他們向他笑著，露出了十四排和黝黑皮膚形成強烈對比的牙齒。

隱德師父拿下眼鏡繼續說：「少林功夫傳了七十代，從北魏至今已超過千年歷史。這是一種身心融合的武術，模擬動物和人的律動，快如電、猛如虎，也如浮雲般難以捉摸。少林功夫以優雅的姿態聞名，他們坐如鐘、立如松、行如風、身形如弓。」

「少林功夫以禪學融合了拳法、棍棒和內功，剛柔並濟，禦敵如處子，攻擊如猛虎。」

在一陣掌聲之中，少林武僧們走向大廳的中間。他們個個年輕自信且孔武有力，很是賞心悅目。其中領著其他人向觀眾敬禮的是一位輪廓有稜有角，目光如炬的僧人。眨眼之間，十四個光頭恰好反射了天花板上燈泡的光，掌聲再度響起。

當掌聲漸歇後，他們退到旁邊。接著四個童僧不知從何處直衝向前。他們臉頰泛紅、身形結實，眼珠如萬裏晴空中的黑色大理石。從側面看去，乾乾淨淨的光頭就像四個大大的問號。他們嘻笑著鞠躬，觀眾席的掌聲零零落落。

但是接著他們如閃電般以優雅的身形開始拳打腳踢——側踢、金雞獨立、龍爪手、倒掛金鉤、後空翻……

觀眾先是一片寂靜，然後爆出如雷的掌聲。

下一個節目是氣功表演。領頭的僧人全身肌肉，眼神銳利，馬步堅穩，一動也不動。但隱德師父告訴大家，他其實正在運氣——也就是內功。

麥可在我耳邊說：「我喜歡這表演，靜中有動，動中亦有靜。」

心情仍是不好，我並沒有回答。現在領頭的僧人結束內功運氣，開始施展他的真功大。四個二十幾歲的年輕僧人用刀在他的腹部比劃，我還沒會意出來，一聲「啊！」之後，刀對準了他的腹部用力刺去。

我尖叫，麥可將我摟住：「夢寧，妳還好嗎？」

「我沒事。」

那位僧人的腹部也沒事，一點傷口、血跡都沒有。

「我不喜歡這表演，夢寧，我們走吧？」

「不，我要看。」我固執地說。

下一個表演的開頭是由領頭僧人以內息運氣，其餘年輕武僧在他身邊揮舞長矛。刀光颼颼，刀刃向千百個方向舞動，反映著閃爍的光。一陣又一陣的掌聲響起。一位武僧拿著長矛衝向領頭僧人，矛頭對準了他的喉嚨。

「不要！」觀眾齊聲叫出來，卻發現僧人毫髮無損。現在觀眾完全失控了，精神亢奮，就像吃了毒品一樣——或者說像頓悟了。我不停拍手，直到雙手通紅。

更多不可思議的武術表演接踵而來。一少年武僧表演用一根手指舉起身體的「一指禪功」。另一個在運功後，反地心吸力地一躍而上天花板。最後是一位突然出現，滿頭白髮，臉皺如皮革的僧人。他不動如山地用舌頭舔著一支燒得火紅的鐵鏟，以驚人和自虐的特技結束了這場武術表演。

和尚們超乎人體極限的表演和他們超人意志的苦練使我看得目瞪口呆。但童僧們又如何能學得大人的苦練和意志呢？就我所知，和尚們不僅要接受終年無休的訓練，還必須禁慾。少林寺可能容許喝酒吃肉的僧人，但就絕不容許縱慾的僧人。他們認為性愛對練功有害，使內息不能專一，也會讓功夫功虧一簣。就如同金蓮寺裡的尼姑們相信激情是虛幻的，它只會破壞心的專注，使禪修無法達到更高的境界。但我現在已經愛上了麥可，享受了魚水之歡，這是不是說我也正在耗損我的氣、我人生的重心？

表演結束，所有人都熱情鼓掌。

麥可和我隨著人群走向禪堂，準備坐禪，他問：「妳喜歡這表演嗎？」

我點點頭，這場表演讓我的心情好多了。

「但我不喜歡，這些都是逞兇鬥狠，一點都不平和。」他皺著眉頭，「我不喜歡這些佛教雜耍。」

「我可不這麼認為。」我的音調變高，正如那些準備戰鬥的武僧。「就像隱德師父說的，少林功夫不只是打鬥，而是藝術、哲學和玄學。每一個動作都有其象徵意義，如猛龍出洞、金雞展翅、懷中抱月、餓虎出山……」我的語氣變得越來越緊張,「所以麥可,你怎麼能說他們只是佛教的雜耍?」

「為甚麼妳這麼不開心?」麥可不解地問,「自我回家後,妳一直都表現奇怪,發生甚麼事了嗎?」

他頓了一下,然後認真地問:「妳還在為我和麗莎的過去不開心嗎?」

「我沒事,麥可。」我試著保持冷靜,但卻臉頰發熱。

這時隱德師父向我們走來,問:「福勒先生、杜小姐,還喜歡我們的功夫表演嗎?」

麥可回答:「很棒的表演,我們很喜歡。」

師父接著說:「那請這邊走,福勒先生、杜小姐。坐禪要開始了。」

禪修由一位八九十歲的老和尚帶領,他消瘦的身體和蠟黃的臉總讓我想聯到一捆乾柴。

我們跟其他人一起坐在墊子上,麥可彷彿完全忘了我們之前的爭執,靠近我說:「夢寧,這是靜雷師父,別看他老老態龍鍾,他的腦袋是我見過最機靈的。」

我才不管靜雷師父的腦袋是機靈或遲頓。我只知道現在自己的腦袋就像一片殺戮戰場——打鬥不休、開膛破肚、割喉燒舌。我的頭痛了起來,腳也麻了,整個身體在蒲團上如坐針氈,幾乎無法呼吸,更別說專心了。我偷偷看了麥可一眼,他像石頭般穩坐著。然後我又偷看了靜雷師父,他盤坐如盛開的蓮花,雙腳如老樹盤根,但整個人卻輕如浮雲。我不禁感到一陣羨慕。

我還是如坐針氈般挪來挪去,直到覺得有人碰了碰我的手肘。麥可用責備的眼神看了我一眼,壓低聲音說:「夢寧,別動來動去,要專注呼吸。」

坐禪像永遠要坐下去似的。當它終於結束時，靜雷師父開始為眾人「開示」。他的眼神掃過整個禪修會場，如無聲的驚雷。當雷落在我身上時，我覺得全身像被冰冷的刀鋒劃過，不禁打了個寒顫。

靜雷師父說：「有一次，宋朝詩人蘇東坡去拜訪他的好友佛印。打禪過後，蘇東坡問他：『我坐禪的時候看起來像甚麼？』

「佛印說：『像一尊佛。』

「佛印接著問蘇東坡：『那你覺得我像甚麼？』

「蘇東坡想測試佛印的修養，於是嘲諷地說：『像一堆牛糞！』等著佛印暴跳如雷。」

「『啊，真可惜！』佛印微笑說道：『在佛的眼裡，每個人都是無瑕的佛；但若雙眼被牛糞染汙了，則看甚麼都是牛糞啊！』」

靜雷師父還沒說完，信眾就已經爆出一陣笑聲，打破了禪堂肅靜的氣氛。但這位八十老人蠟黃的臉還是跟乾柴一樣乾枯。

麥可和我走出禪修中心，走向地鐵站時，我還在反覆咀嚼著靜雷的「牛糞」開示。現在是傍晚五點，街上人潮洶湧。我們前面是一對年輕的華裔情侶牽著手親暱地談笑。麥可和我也牽著手，但卻沒有說話也沒有笑聲。我們的心似乎各自在太平洋的兩端。

等紅燈時，他有些落寞地問我：「到底怎麼了，夢寧？我不明白。」

「不明白甚麼?」我的聲音尖銳得像武僧們的刀。

他的眼神告訴我他受到我的傷害了。「我試著討好妳,但妳卻像個陌生人一樣。從我昨晚回到家,妳就沒有對我表示過任何熱情。我無法讀懂妳的心,妳可以跟我說這到底是怎麼一回事嗎?」

「因為我的心裡全是牛糞!」

綠燈亮了,我們繼續走。當人群漸漸散去時,我向前加快腳步。麥可放開了我的手,現在他應該是真的生氣了。我忽然覺得不安,趕緊走回他身邊,牽起他的手。「麥可……對不起。」

他深深地看著我,關心地問:「告訴我是甚麼令妳煩惱?」

但我還是固執地不肯多說,將所有感受鎖在心裡。

24 男人禍水

回到家後，麥可讓我坐到沙發上，「夢寧，」——他看起來很認真——「可以告訴我是甚麼事嗎？」

我用一種自己從不曾有過的尖酸口吻說：「也許我該告訴你。但我不知道應不應該相信你，或你的教授，或……你的師父。」說完連我自己都有些吃驚。我知道自己正在把麗莎和菲臘的事遷怒到麥可身上。我知道我是在無理取鬧，但就是無法控制自己。

麥可很詫異：「我做錯甚麼事了嗎？我以為妳很喜歡禪修中心的功夫表演，但為甚麼現在又這麼說？這不像妳。」

「也許從現在開始，這就是我了，」我打斷他，然後厲聲說：「我早該知道和男人太親近是一件危險的事，因為男人只會惹麻煩。」

但麥可沒有生氣，他看來很擔心。「為甚麼妳突然對男人這麼不滿？我從來沒聽過妳這樣說話。甚麼事讓妳這麼困擾？」

「我覺得我應該當尼姑……」

「妳在說甚麼？可以不再想這件事嗎？」

「不，」我賭氣地說，把最近所有的失望、困惑和罪惡感都遷怒到他身上，「麥可，我一直都想當尼姑，從不想跟男人有任何瓜葛。但你出現了，把我的世界攪得一團糟……」

他沉默地盯著我，一臉茫然。

雖然知道這麼說對他一點都不公平，但我還是無法克制自己的賭氣，「麥可，我從來都不想愛上你，因為我想像依空一樣當尼姑，或單身的職業婦女，而不是一個三十歲無業又無錢的老處女！」

麥可似乎被我的話嚇到了，「夢寧，妳可以不再說這種傻話了嗎？」

我把臉埋進膝蓋，對剛剛幼稚的言論、對他的依戀和傷害、對自己的懦弱、還有和他前未婚妻及最好朋友所發生的近乎背叛的事感到羞愧。

但當我抬頭看見麥可那足以看透我的眼神時，我又火了，「麥可，你有福頓教授、有禪修，有在藝術界裡有錢有勢的朋友。」

他努力壓下自己的情緒：「妳為甚麼這麼說？妳知道我很在乎妳。但我不知道妳為甚麼會對福頓教授這麼不滿。」

我生氣地說：「因為他對我很冷淡，從不正眼看我。他是個傲慢的勢利鬼。」

「也許他是有點勢利，但我父母走後，他陪我走過了很多辛苦的日子。是他帶我進入佛教和藝術的世界，也正因為佛教和藝術才讓我和妳相遇。」

「無論福頓教授有甚麼缺點，他確實為我做了很多事。老實說，夢寧，誰不想有機會到大都會藝術博物館裡當貴賓、親眼看到甘迺迪家族的人和紐約市長呢？」

我說不出話，因為麥可說的都是事實。

他繼續說：「我並不是要高攀——如果妳是那樣認為的話。我只想成為藝術界的一份子，因為藝術讓我的生命變得有意義，更別說我會有機會接觸到外人做夢都無法見到的珍藏。夢寧，我好不容易才被藝術界接受。」他深深看了我一眼，「福頓教授才見過妳兩次，他一定會喜歡妳的，給他點時間，好嗎？」

我點點頭。

「那現在跟我說妳為甚麼不喜歡隱德師父。」

因為他凸眼暴牙，講英文的口音又重……我想這麼說，但卻沒說出口。

「因為他很無聊。」我只能這麼說。

麥可笑了出來。

在他還沒回應之前，我又脫口而出：「而且禪修中心很醜陋，對你有不良影響。太多坐禪了。」

「夢寧，但坐禪是佛教的核心，是鍛鍊心志的方式，妳怎麼可以這麼說呢？」

「你知道嗎？我覺得你太被那些和尚影響了，所以才會這麼保守和嚴肅。」這些都是麗莎和菲臘跟我說過的話。

麥可皺起眉頭，「甚麼意思？我並沒有壓抑自己。我有忽略妳或忘了跟妳表達愛意嗎？」

「不是這樣，是……」忽然我想起算命師說的：

妳朋友需要「陰」的能量……雖然他表面平靜沉著，但實際卻躁動不安。他需要土和水來平衡他的火和金。

「你的『陰』能量快耗竭了。」

「我的『陰』能量？」他一臉茫然。

「麥可，你總是太正經了。」看他沒反應，我繼續說：「你的人生安排得這麼完美，恐怕沒有留我的位置。」

麥可若有所思，然後痛苦地說：「為甚麼妳要說這些？這一點都不像妳。」

他從來沒有這樣說話，令我開始擔心。我知道我對他尖酸刻薄是為了掩飾自己的罪惡感，我從來沒這樣跟別人說話——但因為我也從沒交過男朋友。「麥可，對不起，我並不想傷害你。」

「但妳已經傷害我了。」

「真的很對不起。」

「藝術一直是我人生唯一的精神寄託，但遇見妳之後就不是了。所以妳怎能說我的人生中沒有妳的位置？妳知道那令讓我很難過嗎？」

「麥可……」

「妳要知道，」麥可的聲音又變溫和了，「除了福頓教授，我也非常感激菜根禪修中心的師父們。他們教我打禪，讓我克服了許多痛苦和壓力。」

「比如說？」

「工作上的問題、和麗莎分手、她墮胎、那場車禍……」像是突然想起甚麼，他沒再繼續說下去。

「甚麼車禍？」

「我現在不想談這件事。」

「現在是唯一可以談的時候，麥可。甚麼車禍？」

他看起來很痛苦，「令麗莎跛了腳的車禍。」

我還沒能會意過來，麥可便說：「是我開車的。」

「天啊，發生了甚麼事？」

「當時我們正駕車前往參加一個展覽會的開幕典禮，在車上因為她墮胎的事起了爭執。然後我不小心闖了紅燈，撞上別輛車，我奇蹟似的毫髮無傷，但可憐的麗莎……」

我心中忽然一陣醋意，脫口問：「麥可，你還愛著她嗎？」

「當然不，這是甚麼問題！我現在愛的是妳！」他撥了一下頭髮，「妳知道讓另一個人——一個妳在乎的人——殘廢是甚麼樣的感受嗎？妳不會知道的！」他停頓了一下又繼續說：「無論怎樣，那場車禍讓我覺得自己對她有所虧欠。」

「所以你才跟她在一起這麼久嗎？」

「嗯，這是部分原因，也是為了令福頓教授好過點。」

「他有怪你嗎？」

「可以說有，也可以說沒有，但當然他非常傷心。」

「但整件事不全是你的錯！」

「這並不是誰對誰錯的問題，夢寧。總之結果是麗莎犧牲了她的腿。」

「那你為甚麼最後決定跟她分手？」

「因為受夠了。分手後，她又回去找菲臘。」

「**甚麼？**」我聽見自己的聲音尖銳得像武僧突然亮出的刀。

「菲臘和麗莎是高中時代的風雲人物，最帥最美的情侶檔。學校戲劇社選中他們多次演出羅密歐與茱麗葉。但她回到他身邊也沒多久。之後我就聽說她跟很多人上床，男男女女都有。」

我不作聲，但耳根直發燙。這些出人意表的事太令我驚訝了。

麥可換了個話題說：「夢寧，麗莎的離去對我來說是件好事，否則我就不會遇見妳。現在妳已經知道了我以前的事，所以請妳就讓這些成為過去，好嗎？」

我點點頭，但還是因太過震驚而默不作聲。

麥可現在放鬆多了，「而妳不會成為尼姑的，夢寧。很抱歉，但除了妳想當尼姑的想法外，我在妳身上看不到一丁點尼姑的影子。這個尼姑夢也該醒了。除此之外，就像妳覺得和尚對我有不好的影響，我也要告訴妳，依空對妳的影響也不全是好的。」

「為甚麼？」

「那些對男人的偏見。」

「但從十三歲開始，她就是我的師父。」

「我只是要提醒妳一些妳沒注意到的事情。依空也許是位很好的尼姑，但她的使命和妳的完全不同。如果真要當尼姑，妳幾年前就已經出家了，但妳沒有。況且，如果妳以為當尼姑就可以不與男人為伍，那妳就錯了。」

「不是這樣的，麥可，依空根本不在乎男人！」

「妳真覺得是這樣嗎？」

「當然！」

「也許她是不在乎，」麥可就事論事地說，「但我敢保證她還是在乎他們的錢。如果依空真的這麼成功，她一定無時無刻都必須跟男人打交道，讓他們幫忙她的計畫或是捐款給她的廟——」

「麥可，你不瞭解她，所以不要這樣批評她！」

「妳真的覺得她能蓋學校、蓋孤兒院、養老院、博物館，還有重建整間廟，都只跟女人募款嗎？」

我啞口無言。

麥可繼續說：「除了讓妳拜觀音和唸佛經之外，我覺得她應該多讓妳打禪。」

「她有，只是我不想。」

「夢寧，我並不是說妳拜觀音和唸佛不對，但打禪卻是能讓妳拋開成見的唯一途徑。而且，觀音畢竟只是個象徵。」

長長的沉默後，麥可的聲音變得溫柔：「夢寧，妳不知道依空出家前經歷過甚麼事情。但如果她不知道被一個男人深愛過的感覺，那她又怎麼可以說愛都是虛幻的呢？」

「我們總有一天會死。無論出不出家，我們都沒法逃避死亡。但沒有人需要為否定自己內心的渴求而抱憾終生。不要用妳與父親的經驗來評斷所有的男人。因為並非所有人的父母都是菩薩。」

我覺得有些無地自容，忽然好渴望肉體的接觸。但麥可坐在我身旁，卻似乎沒有感受到我的渴望。

最後他終於問了：「夢寧，妳想我怎麼做？」

我不發一語。

他將我摟進懷裡，開始吻我。接著像想起甚麼事似的，他站起來走向公事包，拿出　樣東西，然後走回來交給我。是一個錦袋。「我在波士頓買的。」

「是甚麼？」我邊問邊打開袋子。

是一個玉鐲子。

我的淚在眼眶裡打轉，喉嚨像被一粒小石頭卡住似的無法言語。

麥可柔情地看著我：「喜歡嗎？」他的眼珠那麼綠、那麼清澈、那麼完美無瑕，就像外婆的玉鐲子。

我點了點頭。

「妳的手鐲沒有了，所以我希望這可以讓妳開心點。」他捧起我的臉，我的心跳隨著他的呼吸加速。

「看到妳難過，我好心疼。」他又開始吻我。

麥可說：「我知道妳父親把妳外婆要留給妳的手鐲賭掉了，所以我幫妳買了另一個。」他無限憐惜地為我戴上手鐲，但鐲子卻太大。

「這可以改窄嗎？」他非常氣餒地問。

「應該不可以，麥可。」

「真難過，那我們應該……把它怎樣？」

我想了一下，說：「送給我媽媽當生日禮物？」

麥可的臉垮了下來，聲音很沮喪：「好吧，如果妳想的話……」

「麥可，對不起……」

他似乎完全心碎了。

而我的心就像打翻了的調味料，五味雜陳。

25 喪禮

隔天早上，我和麥可之間的氣氛還是有點凝重。我們安靜地吃著早餐，沒說太多話。吃完早餐後，他親了親我的額頭：「夢寧，我今天會早點回來，大概六點左右。」然後像一陣風似的離開了。

下午接近四點時，我突然想到冰箱空了，得出門買些食物。當我返家時已經五點了。我關上門後，意外發現麥可臉色蒼白地坐在沙發上。我的心跳加速。一定是發生甚麼事了，不然他不會這麼早回家的。他發現菲臘或麗莎和我之間的事了嗎？

我放下食物，坐到他旁邊，故作鎮定地問：「麥可，你還好嗎？」

「很壞的消息。」他看起來非常痛苦，眼裡泛著淚光。

我的心跳漏了一拍，「怎麼了？」

「福頓教授今天下午走了，我打給妳，但沒人接。」

「天啊……對不起……太遺憾了。但……這是怎麼回事？」

麥可臉沉了下來：「心臟病發，他們為他急救，但回天乏術。」

我第一個反應是愧疚，因為我曾經說了福頓教授——麥可的乾爹——的壞話！我怎麼可以這麼不體貼？

「喪禮三天後舉行。」麥可沉痛地說。

「麥可，」——我拉起他的手——「我會陪你去的。」

「謝謝妳。」他將頭靠在我胸前，我知道到他在啜泣，卻看不見他的臉。

之後我們上床做愛，我感受到麥可的傷痛。他那強烈渴望被愛的激情不單沒使我開心，反而讓我想起他和麗莎的過去。我無法不想像他如何與她做愛，或她如何與他做。她也像引誘我一樣地引誘麥可嗎？一陣醋意向我襲來。她因車禍而殘缺的腿雖然使她的美有了缺陷，但卻也矛盾地令她顯得更美。過於完美是無趣的，小缺陷反而可以給人無限的想像與可能。麥可還依戀著那脆弱、殘缺、如此完美的不完美嗎？

結束之後，麥可靜靜躺在我身邊。我忽然意識到自己不但沒有分擔他的憂傷，反而沉浸在嫉妒和困惑中。

「麥可……」我伸出手，幾乎可以聽見自己聲音裡的罪惡感，卻發現他已經睡著了。

星期四那天，麥可和我提早到了喪禮會場。會場是一個富麗堂皇但充滿哀傷的大廳，麥可與喪禮主持人握手寒暄。

只剩我們兩人時，麥可問：「妳願意跟我一起去見福頓教授最後一面嗎？」

我點頭，他拉起我的手，走向福頓教授的棺木，然後在棺木前跪下。我一向都不願意直視死者，但福頓教授看起來是那麼平靜莊嚴。高高的額上是濃密的白髮，讓我想起高僧避世隱居、白雪皚皚的高山。我閉上雙眼，唸了一小段經文，希望他能進入阿彌陀佛的西方極樂世界。

看著福頓教授，淚水在我的眼眶裡打轉——為了他的死、為了麥可、為了自己的內疚、為了其他無法言喻的渴望。我轉頭，看見麥可已淚流滿面。

「麥可……」我緊握他的手。

「夢寧，我只剩下妳了。」他看著棺木的福頓教授遺體說：「不要離開我。」

「我不會離開你的。」我柔聲說，感到他的哀傷與無助。

我想起小貓，那是福頓教授之死的不祥之兆嗎？

我看躺在棺木裡的福頓教授，想著無論禮儀師們在他臉上化了多麼濃的妝，希望他像個活人，但他終究只是一具屍體——一個沒有氣息、沒有感情、沒有靈魂的展品。

一具裝置藝術。

這個幾天前才邀我和麥可吃晚餐的老先生去哪了？他知道自己根本無法出席嗎？

這一切荒謬得令我無法忍受，於是我跟麥可說：「我去看看福頓教授的照片。」

「好吧，但別太久。如果回來的時候我不在，就四處找找，我等一下會幫忙接待來賓。」

「不會太久的。」我站起來，走到一個角落的桌子前，桌上放著幾本相簿。我翻了翻其中一本，照片是福頓教授和一些重要人物開會、演講、觀賞水墨畫、站在一個巨大的瓷器前的留影。我繼續翻著，看見好多張照片裡都有福頓教授、麗莎和麥可。在一個品味高雅且充滿古董和書畫的房間、在博物館的露天咖啡館前、在雕像前、在廢墟前……然後我的視線落在一張照片上，心像被重重一擊。在一間高級餐廳裡，麥可和麗莎勾著手深情對望，餵彼此喝香檳，旁邊的福頓教授微笑看著他們。跟著的一張是麥可和麗莎在山上擁吻，背後是琥珀色的晚霞。再另一張是在海灘，他們穿著泳裝摟著彼此的腰，額頭貼著額頭，眼神似乎正在熱烈地尋求著彼此的靈魂。麗莎穿著比基尼，小麥色的肌膚和完美的身材是所有女人嫉妒的對象和所有男人嚮往的目標。在這張照片中，她那雙勻稱健康的長腿足以勾起所有的遐想。

麗莎是故意選這些她與麥可的合照好讓我看到嗎？我大力放下相簿，然後轉身走開。但現在整個會場已擠滿了人，完全看不見麥可。我的心就像渴望自由空氣、想要飛出樊籠的小鳥。於是我快步走向門口。但就在快靠近大門時，我的腳步停了下來——麥可正在跟一對看似來頭不小的夫妻交談，麗莎站在旁邊，像個高大宏美的銅像。看他們四個人熱烈地談話，應該是彼此已認識了很久。那個穿著剪裁精美黑色套裝的亞裔女子約莫六十歲，動作很不自在，看來像得了厭食症的樣子。我想起這對夫婦了——大都會藝術博物館的董事和他老婆。我在巴斯克餐廳見過他們，當時還因麥可沒有把我介紹給他們而不開心。

麥可轉身看見了我。麗莎也看見我，露出一個若有深意的微笑。就像說：「就承認妳喜歡我們那天做的事吧！哦？」那個笑容就像在暗示我們是同盟，一齊背著麥可玩弄他。

我的心抽了一下。在這一刻我把她恨透了。於是假裝沒看見他們，快步走進後方的人群裡。接著我聽見從一群高大、穿著華貴的男子裡傳來熟悉的聲音。我一抬頭便見到一張熟悉的臉——菲臘‧諾堡。

我的老天！我的心開始像戰鼓似的跳得又快又急。他有看到我嗎？當我正想著要偷偷溜走時，竟然迎面撞上了站在菲臘旁邊的一位男士。

那個人回頭看我，我趕緊小聲說：「不好意思，」然後拔腳而逃。

我從眼角見到菲臘轉頭看，但又馬上轉回去跟其他人聊天。他看見我了嗎？或他假裝沒看見？

此時喪禮主持人要大家到另一個廳就坐。

安排得井然有序的喪禮來了許多藝術界的名人、收藏家、知名大學教授和學者、蘇富比和佳士得的董事、大都會藝術博物館的館長等，一個個上臺說話。

之後，輪到麗莎上臺了。雖然我坐在第三排，還是伸長了脖子看她走上講台。好幾個男人也瞪大眼看她在喪禮燈光下那詭譎的黑色側影。她沒有戴貴重的珠寶，只戴了一條手鍊，是一隻美洲豹咬著自己的尾巴。整個會堂突然安靜了下來，所有人都好像被催眠似的看她跛著腳走上講台。忽然，觀眾的一陣驚呼打破了這窺探的催眠。麗莎絆倒了。麥可和臺上的另一位男士一個箭步向前將她扶起，然後摟著她的腰和肩走上講台。我感到一陣嫉妒。重新得到了平衡後，麗莎點頭謝謝兩位男士，然後非常明顯地一跛一跛的走向麥克風。

「別擔心，」——她笑得有點靦腆——「也許這就是我頓悟的方式。」

大家先前的緊張化為笑聲，看來她就跟自己的父親一樣受到大家的喜愛。很明顯地，那一跛使她看來更脆弱，也使她那霸氣的美少了點壓迫感。麗莎的致詞非常精彩感人。不同於別人直接讚揚福頓教授的種種優點，她說了許多關於他的小故事，讓他變成一個可親可愛的人。

麗莎講完後，眼裡泛著淚光。我看見前排的貴賓——博物館館長、大學教授、藝術經紀和商人都非常欣賞地看著她。坐在我後方的中年女子邊擦眼淚邊嘆氣。然後菲臘迷人的臉龐出現在我的視線裡。他低著頭，專注聽著旁邊那位打扮優雅、不知真實年齡的女士說話，臉上露出溫柔的表情，然後抬頭微微一笑。他看到我了嗎？我心跳加速，趕緊轉看臺上，正看到麥可溫暖而哀傷的眼睛正急切地尋找著我。

麥可的致詞雖沒麗莎的那麼精彩，卻也同樣動人。他講述了福頓教授把他視如己出，帶他進入藝術和佛教世界的經過。他說如果沒有福頓教授的教導和無私的分享，身為一個美國人的他，一定不可能享受到中國學者焚香、品茗、賞畫、誦詩的精緻品味。最後他說：「我相信我和福頓教授的緣分還未盡，因為我永遠也償還不清他對我的慈愛和付出。」

聽完後，我內心一陣翻騰。不只是因為這些強而有力的致詞和這些有錢有勢的貴賓，而是因為一個人的生死大事竟然就可以這樣濃縮在一個冰冷而華麗的廳堂裡。我看著臺上哀傷而俊美的麥可、麗莎和台下大有來頭的貴賓。而福頓教授，雖然在貴賓的致詞中活了過來，但卻仍舊是躺在棺木裡的一個死人。在臺上，坐在其他人之間的麥可看起來也和平常不同。會不會哪天，他也變成了這些有頭有臉、傲慢而自負的銀髮紳士呢？

正想著，群眾開始走動，我才發覺告別式已經結束了。所有人都站了起來，有些走到大廳，有些壓低了聲音在說話。麥可走向我，問我覺得告別式如何。

「你說得好棒，」我看著他的臉：「福頓教授一定非常以你為榮。」

「是的。」他深情地看著我：「夢寧，陪我一起去跟大家聊天好嗎？」

「不，麥可，」我的防衛心又升了起來，「我會很不自在，因為這些人我一個都不認識。」其實我想說**我一點都不想成為這些有錢人的一份子**，但沒說出口。

麥可用懇求的眼神看著我，聲音有些疲倦：「求求妳，夢寧。」

「不要。」

「夢寧——」

「不然你先跟大家聊一會，我去一下廁所就去找你。」

「好吧。」

女廁內，我看著鏡裡的自己，心情不能平伏。麗莎、菲臘和那些貴賓們的身影不斷在我腦中閃過。忽然一個聲音打斷了我的思緒，也讓我嚇了一跳：「夢寧，妳看起來很蒼白，還好嗎？」

鏡中出現麗莎高挑的身影。

我沒說話，只是盯著她。

「連在我父親的喪禮妳都不願意跟我說話嗎？」她用小圓梳梳著她那深棕色的髮絲。

「我沒事。」我幽幽地說。

「夢寧，不要騙自己了。」

我的喉嚨像被嗆到一樣，一句話也說不出來。

「我可以為妳做些甚麼嗎？」她關心地看著我。

妳做的還不夠多嗎？

「不用了，謝謝。」雖然我仍然覺得很難對那雙美麗的眼睛生氣，但還是努力擠出一句話：「請讓我一個人靜一靜。」

「好吧，那我走囉。」她將梳子丟進包包裡，「唰」的一聲拉上拉鍊。她說「謝謝妳來參加我爸的喪禮。」，然後又補了一句：「妳有看到菲臘和他那個有錢的女朋友嗎？」

巫婆，我無聲地說，看著門在她身後關上。然後我走進最裡面的一間，希望能平息煩亂的思緒。這些塵世複雜的關係與感情——值得嗎？也許我應該聽依空的話。

師父的話在我耳邊響起：

只有空門之內才有真正的生活，糾結的塵世只會使人受盡苦難折磨。所以只有入空門才能放下一切。

最後她說：

妳甚麼時候要來跟我們玩呢？這裡有很多好玩的事喔！

我決定回香港。

走出女廁後，我看見麥可，他過來抱住我：「我好累，我們回家吧。」

告別式隔天，我跟麥可說我想回香港。

出乎意料之外，他同意了。「我知道在一個新環境生活很辛苦，而且妳一定很想念妳媽媽、依空和金蓮寺。所以回去一陣子也好。」

「謝謝你，麥可。」我既覺得感激又有點失落。

「夢寧，妳在香港的時候，」——他以無限溫柔的眼神看著我——「也要想想我們的婚禮。如果妳沒意見的話，我希望可以在香港結婚。所以請妳開始打聽一下適合舉辦婚禮的地方。」

這完全不是我希望聽到的。結婚？我回香港的目的完全相反——只是想給自己一些空間，讓我仔細思考我是否真的想結婚。

像提醒我要記得我們的約定，麥可邊撚弄著我的戒指邊說：「妳在香港的時候我會很想很想妳，所以一定要趕快回來，好嗎？」

第三部

26

色即是空

依空美麗平靜的臉龐浮現在我面前。夕陽紅色餘暉下赤裸的弧線頭型很是賞心悅目。她頭上發出的金光讓我想起基督教聖者頭上的光環。但我眼前的影像不過是一個剃度後尼姑的光頭。

這個影像如夢似幻，卻又那麼真實，因為我正坐在依空的辦公室裡，浮想聯翩。雖然之前在醫院見過她，但這是香靈寺大火後我第一次來這個新辦公室找她。雖然感覺就像回家一樣，我卻已經改變了太多，覺得恍若隔世。以前來找她時，我總覺得平靜，但這次卻惶惶不安。

一個尼姑跟我說依空正在開會，要五點半才回來。現在才五點，所以我走出她的辦公室，到外面看看這棟新建築。我穿過走廊，又探頭入幾道半掩的門，發覺我在巴黎的這五年來，金蓮寺已經從一間不堪入目的殘舊寺廟變成了一座富麗堂皇的現代唐式建築。對於這些變化，我心中百感交集。我當然喜歡空調、電梯和乾淨的廁所，但那些無所不在的電腦螢幕、擺滿仿古中式傢俱的陰鬱接待處卻一點都不適合在尼姑庵裡。除此之外，我也懷念那些紙燈籠、斑駁脫落的牆、佈滿雨痕的窗、長年燃點著的蠟燭、褪色的門簾和爬滿常春藤的頹垣敗瓦。在以前的日子，這些都是迎接我進入另一個安靜美麗世界的門。

十五分鐘後，我走回依空的辦公室，但她還沒回來。我在辦公室裡到處走走，欣賞她越來越多，而且一件比一件大和貴重的藝術收藏。近代陶瓷觀音像換成了明代精緻的白瓷觀音。供桌上的木雕佛像則換成了一尊上了金漆的古董佛像。新的收藏還包括兩個古董青銅香爐，一個是蓮花的形狀，另一個則是七弦琴。此外還有古董櫥櫃、描繪淨土的畫、宋代瓷器、明代傢俱。黃花梨木精緻的紋理在溫暖的暮光下發出紅棕色的光。我的手指輕輕滑過梨木光滑的質地。

依空究竟費了多少心血才能在五年內成就了這一切？想著想著，這裡的藝術品、混著檀香和花香的氣味讓我平靜了許多。

寺院的世界畢竟是一個我熟悉的家。我長嘆了口氣。

然後我看見一張放得很大的觀音照片。它對著窗，外面是火車站和高樓大廈的元朗市景。我認得這張照片是依空的作品。除了下麵放著的紫檀木神龕外，這張照片佔據了一整面牆。貴重的神龕前放著各種蔬果供品。全部供品的顏色均經過精心的對比和配搭。香蕉、木瓜、芒果、橘子、鳳梨、青蘋果、綠葡萄、香瓜——全放在一個個高腳銀盤中。白瓷瓶中的薑花、紫丁香、蝴蝶蘭、杜鵑花和其他的奇花異卉正在靜靜地爭妍鬥麗。

觀音菩薩坐姿安詳，右手優雅地放在豎起的右膝上，左腳懸在空中。身上鍍金的紅袍下露出了淡淡的粉紅裙襬，我彷彿看見層層的裙襬飄飄，好像觀音正在微微呼吸、因被我看到而感到興奮。

依空見到我時，還會再問我同樣的問題嗎？——「**夢寧，妳甚麼時候要來跟我們玩呢？**」

十年來她一直希望我到她的廟裡當尼姑，這次我該怎麼回答呢？

我不想失去依空，也不想失去麥可，我想魚與熊掌兼得。但我要怎樣才有足夠的運氣，或智慧，來同時擁有兩者呢？

想著想著頭痛了起來，我走近觀音像，向傾聽信眾祈願的觀音菩薩合掌祈禱。

又過了半小時，我看見一位拿著漆盤的年輕尼姑在半掩的門後窺視。我示意她進來。她小心翼翼地微笑，大概不願意露出牙齒。跟著她無聲地將托盤放在桌上，然後將東西一樣一樣擺在滑亮的桌面：兩個有蓋碗、冒著蒸氣的茶壺、放著各種堅果的藍色小碟子、放著各種新鮮水果的藍色大碟子。

我滿心歡喜地看著這個年輕尼姑。

現在當每段關係對我來說都是那麼脆弱和短暫，青春看起來卻是如此的單純和永恆。年輕尼姑有一種與生俱來的高雅氣質。在她那細長白皙的手指下，一切都變得富魅力和井然有序。我敢肯定她清楚知道自己的淡定，也為自己不疾不徐的動作而驕傲，因為她想讓自己及客人都能靜靜地欣賞她那纖細手指的舞蹈。

何須匆忙呢？廟裡是沒有時間觀念的，只需活在當下，此時此刻。

桌上現在已放滿了豐盛的食物。完成儀式後，她從灰色的寬袍裡拿出一條白色手帕輕輕抹了抹她的光頭。

她恭敬地說：「依空師父說她再幾分鐘就會過來，抱歉讓妳久等了。」

我微微笑：「不急，跟師父說慢慢來。」

她稍稍撫平了自己的長袍，說：「師父在開會討論廟裡的藝術品。」

「啊，那是個大工程啦！」

「是啊，她還要辦她自己的個人畫展及攝影展、佛教藝術節、禪劇和禪修營。」

我睜大了眼睛表示驚訝。

她跟著驕傲地說：「但別擔心，師父永遠精力充沛。」離開前，她向我一鞠躬，說：「請用茶點和水果。」

「謝謝，妳叫甚麼名字？」因為她很年輕，所以「師父」這兩個字實在無法說出口。

「悟空。」

「跟《西遊記》裡的齊天大聖同名嗎？」

「我想是的。」

我們都笑了。跟依空師父一樣，她有著完美潔白的牙齒。

我輕輕向她敬禮，「謝謝妳，悟空師父。」我希望她不會注意到我現在才叫她師父，而且是帶著開玩笑的語氣。

悟空微笑著關上了門。

年輕真好，即使是尼姑。

跟著我看見依空從容地走過來辦公室。她氣色紅潤，在夏日的微風中僧衣飄飄，圓潤的頭被太陽照得發亮。我的心跳加速，難道在這裡當尼姑真是我的宿命？或者我只是對這個世界感到困惑？

「**如果要當尼姑，妳幾年前就出家了，但妳沒有。**」麥可的話在我耳邊響起。

依空看起來有些疲倦，但仍是神采奕奕。她的出現讓我對佛法一如過往般充滿了喜悅。但過去這五年的時間確實對我和她都起了很大的轉變。我發覺她的皮膚比以前皺了，步伐也蹣跚了，這使我有點難過。我實在不願意承認我的師父就跟我們所有人一樣，終究敵不過時間的消磨。

依空，依附虛空。

一個女人。

一個尼姑。

一個有名的尼姑。

一個經營英國最後一個殖民地裡最大佛寺的有名尼姑。

二十九年來她是否滿意沉重空門後的生活？可她的容光煥發不就是個明顯的答案了嗎？但，若一切都是虛空，那真正的快樂又是甚麼？

她進來看見我，微笑著說：「夢寧，不好意思，讓妳久等了。」

「不會，依空師父，我在欣賞妳精美的藝術收藏品。」

「是廟裡的藝術收藏品。」依空糾正我，一邊在滿是古董珍品的黑木桌後坐下。我小心翼翼地在她——和觀音像——的對面坐下。

「很高興妳喜歡，我等一下帶妳去看更多的藝術品。現在先用茶。」她用三根手指拿起茶壺，在杯裡倒了滿滿的茶。「最近好嗎？」她問，然後輕輕將茶壺放下。

「都很好，謝謝。」滾燙的茶喝起來有點苦，卻又很甘純。我將杯子拿到鼻前，聞了聞茶香。漂在青蘋果色茶湯裡的茶葉開合成錯綜複雜的圖形。這美麗的圖形裡有隱藏著我命運的指示嗎？究竟放棄空門而投身萬丈紅塵的選擇是對是錯？選擇結婚而非悟道又是對是錯？我閉上雙眼細細享受茶湯升到臉上的蒸氣，心是暖暖的。

「好茶。」我說。

「是最好的。」依空說。

「甚麼茶？」

「雲霧，從江西廬山來的。」

雲霧，一個跟雲雨相近的詞。她知道雲雨代表性愛的意思嗎？

忽然間，我想起了麥可留著汗的身體，麗莎豐滿的胸脯和萎縮的腿，然後是菲臘那無可救藥的英俊臉龐和痛苦表情……我顫動了一下。

「夢寧，妳還好嗎？」依空眼裡有著關心和疑問。

「沒事。」我說著感覺到臉頰一片泛紅。於是趕緊換了個話題：「妳好嗎？」

看著她沉靜的臉，我覺得又內疚又哀傷。為甚麼她不對我熱情一些，像火災後躺在擔架上那時一樣？

「只要香靈寺好我就好。當知道沒有人傷亡時，我鬆了一大口氣。」依空嘆息道：「哎，但那五千三百二十本佛經……但我要謝謝妳的幫忙。」然後她問我：「巴黎如何？」

「很棒。」我沒再多說，因為知道無論是誰在巴黎或發生了甚麼事，她都不會有興趣。

「妳現在的計畫呢？」

「還沒有決定。」其實我完全不知道該怎麼回答。

「很好。」她停了一下繼續說：「廟裡重建以後會需要很多藝術品來裝飾，妳現在是藝術博士了，可以來當我們的顧問。如何？」

「謝謝，我當然願意幫忙。」無論結婚與否，我都需要找事做。但仍然覺得有點失落，為甚麼她把廟務交給了帶男？為甚麼她不等我？是不是因為她已知道我再也不會進入空門了？

依空專注看著我：「妳看起來很好。」

她的眼神落到我的杯子上，我順著她的眼神，發現了杯上的唇印，柔軟又迷濛，就如同記憶中性感的吻。想起麥可的唇壓在我的唇上，讓我全身顫抖，我的臉頰熱了起來。依空從沒見過我化妝，我怎麼忘了今天不要上妝呢？

「謝謝，妳也是。還跟以前一樣忙嗎？」我有點緊張，試著轉移話題。她最喜歡聊廟裡的事和她的計畫了。

依空的臉亮了起來：「是啊，但妳也知道廟裡的事是忙不完的。他們要我休息、慢慢來，但怎麼可能呢？中國每天都有這麼多佛教寶物在消失或被破壞。」

「我六年前拍的照片，西藏和尚們在廟裡誦經那張，妳記得嗎？我去年再去的時候，廟沒了，一把神祕的大火把它燒個精光，甚麼也沒留下。」

「就在我準備到山西，去替一位九十歲的高僧唸經錄音——他是最後一個擅長某種特殊唱法的人——結果聽到他因為喝長壽湯噎死了，就在我要去的前兩天。看到這些珍貴的傳統在我眼前一一消失，我又怎麼能放慢？相反地，我得更快才行。」

依空停了下來：「喔，我都顧著說自己的。妳餓了嗎？我讓廚房為妳煮點吃的，今天有豆腐、竹筍和香菇。」

「謝謝，我來之前吃過午飯了。」

她看著我，「妳還吃肉嗎？」

「我有時候會吃素。」我說，閃避著她的眼神。

「有時候啊！」依空說。

我趕緊說：「師父，我是齋心不齋口。」

依空笑了笑，開玩笑地說：「啊，那我不清楚。但我知道妳的舌頭不是用菜油漱而是用豬油漱的。真是油嘴滑舌。」

我耳根紅了起來。

察覺到我的尷尬，她從書桌上拿起一個圓形的陶製香爐，換了個話題：「跟妳介紹個小寶物。這個是從東京一間古董店找到的明代香爐，看見蓋上的小孔了嗎？燒香的時候，香就會從小孔散出，發出極好的香味，因為裡頭全是已經濃縮了的精髓。」

「除此之外，也可以欣賞像書法一樣繚繞的煙。看著空氣中不停變化的煙冥想，就會對生命的短暫和無常有更深的體悟。」

是啊，就像福頓教授，甚至是小貓的死。現在福頓教授正在西方極樂世界裡滿足地摸著小貓嗎？

依空繼續說：「光是看著飄在空中的煙，就能覺得平靜。」

她將手上的小香爐交給我，「摸摸上頭的細紋和光滑的表面，能撫慰人心。」

摸著香爐的感覺就像在大火後摸著依空細滑的皮膚。我有些不好意思，但手卻捨不得離開。

接著依空拿了一個佛手形狀的陶瓷茶壺，深紫的顏色讓我想到廟裡最喜歡煮的茄子。上頭有兩行書法字：

花能解語，

石亦可人。

「真棒，石頭也能討喜，我喜歡。」我邊說邊看著自己的婚戒。出門前本想留在家的，但卻完全忘了。

「石頭確實是可人的，」依空說，「但這不只是個可愛的概念。石頭也可以收藏。還有，妳知道石頭除了可以當藝術品賞玩之外，還可以當食物嗎？」

「真的？」我還盯著自己手上的「石頭」。

「啊，現在女孩子都不進廚房囉。」依空責備地看著我。「但石頭料理是給窮人吃的。在過去，窮人吃不起肉。所以很想吃肉或有客人來的時候，他們就會煮石頭。可以有多種煮法，如炒豆瓣醬、蔥爆、或炒一炒再和酒蒸。當然，石頭是不能吃的，只是用想像來增加食慾。但你可以用筷子夾起蔥、豆瓣、或把湯汁配飯來吃，這樣就會吃得開心點。」

對這個說法感到訝異，我沉思了一會問：「這是自欺欺人和逃避真相，這很可悲且不合佛法，對嗎？」

「但那是他們的真相，吃得開心，吃得多一點。況且，窮人通常不會想甚麼真相不真相的。」

「那這個真相真悲哀。」

「真相就是真相，沒有悲哀或不悲哀之分。」依空仔細擦拭著茶壺，沉默了一會。

這是對我說的嗎？

「我們選擇接受或拒絕的時候，就看不見事物的本質。」這的確像是對我說的。禪師總是能知道他們的徒弟需要聽到甚麼。我曾經以為自己看透事物的本質，但現在卻不知該接受或拒絕。

依空抬頭看了我一會，又開口說話了，這次她盯著我的手：「廟裡接受各種捐獻，包括漂亮的石頭。」

我不自覺用右手蓋住了鑽戒。

「嗯……」我不知道該怎麼回她，只好大聲地笑。

依空平靜地說：「好吧，石頭和真相都夠多了，現在看看樂器吧！」

她轉向兩個繡著紅色、金色和藍色蓮花的小墊，上面放著一個木魚和青銅缽碗。跟著她拿起木槌輕輕敲了敲碗，碗發出輕柔卻宏亮的聲音，迴盪在整個辦公室裡，好一會兒才在寂靜中消失。

看我一臉驚喜，依空興致勃勃地讓我看了其他的收藏。她打開書桌抽屜，拿出一個小木箱，「聞聞看……這是非常珍貴的沉香，只有中國才有，香港找不到的。」

依空低頭勺起一匙香，她頭上的十二個戒疤那麼清楚地展現在我眼前。那麼圓，那麼光禿禿的。

是頭髮再也不能長在這裡的保證。

是透過對肉身的損毀來證明信仰的堅定。

是踏上不歸路的象徵。

踏上不歸路，那是甚麼樣的感覺？那被灼燒的頭皮有多痛？她的師父為她燒戒疤時，她在想些甚麼？她有那麼一秒、一丁點的猶豫要離開塵俗嗎？現在，為徒弟們點戒疤的她又是甚麼樣的心情？我想問，卻沒有勇氣。這些年來，依空對我而言始終是個謎。

我感到心裡抽了一下。我始終想知道這條路沿途上的所有祕密。

依空將沉香放進一個小布囊中交給我，「給妳，每天用這個拜佛。」然後用開玩笑的語氣問我：「對了，妳還忙著寫文章和收集資料嗎？甚麼時候要來跟我們玩呢？這裡有很多好玩的事喔。」

就像我永遠也不會知道尼姑在這條禁路上的祕密。同樣地，依空也永遠無法知道當男人將溫暖的手放在她胸脯時的快樂，或當男人溫柔的眼神以她的雙眸為家時的滿足。

希望她沒看見我微微泛紅的臉。我想她應該已猜到了。但我怎能讓她失望，怎能告訴她我非但沒有放棄塵世而朝成佛的道路邁進，還愛上了一個男人、和另一個男人調情……甚至和女人上床？我猶豫著，吸著刺鼻的沉香，用半開玩笑的口氣掩蓋自己的內疚和尷尬：「我知道這裡有很多好玩的事……但我……我……」我頓了一下，然後脫口而出，「但有人……在等我。」我確定要嫁給麥可了嗎？

此時，我覺得自己就像個高中女生，等待老師告訴我做錯了事。

依空低頭不語，撫弄著小香爐。唯一的聲音是我那不聽話的心跳，撞擊著肋骨，就像囚犯猛力搖著監獄的鐵欄。

我第一次不是法喜充滿，而是帶著犯罪感盯住她。

幾分鐘過去了，依空始終把玩著小香爐，從不同的角度欣賞讚嘆。她緊緊抓著香爐，像擔心它將從手中滑落似的。雖然看不見她的表情，但我知道她會防止任何東西掉到地上碎成破片，因為她不願意收拾碎片。

她終於抬頭，掙紮著微笑。「好可惜！我一直覺得妳有最完美的頭型，實在不該被三千煩惱絲掩蓋。」

她接著問：「是火災時我看到的那個美國醫生嗎？」

「嗯……應該是。」一如過往，我驚訝於她深刻的觀察力。那時候，她就已經看得出來我戀愛了嗎？

她開始整理桌面，沒看著我就說：「記得跟他說，因為他把妳帶走，讓我們這裡變得資源匱乏。」

她轉身從書櫃上抽出一本薄薄的書交給我：「代表廟裡送妳的禮物。」

書的封面上有兩個突起的鍍金大字：心經。

我打開書，目光正好落在其中這幾行：

觀自在菩薩，行深般若波羅蜜多時，照見五蘊皆空，度一切苦厄。舍利子，色不異空，空不異色，色即是空，空即是色。

我謝過依空準備離開，她說：「夢寧，有點晚了，我想妳最好走觀音堂後面的那條捷徑。」

「謝謝妳，依空師父。」我向她一鞠躬，緩緩關上了門。

27

金身

離開依空的辦公室後，我不立刻回家，而是往石園的方向走。沿著竹林走著，我的腦海裡不斷浮現心經的「五蘊皆空」。雖然心經已讀了不下百次，但卻始終沒辦法完全體會第一段的意思。如果五蘊——色、受、想、行、識——皆空的話，那依空的慈善及成就、藝術的美、麥可和我之間的愛，也都是虛空的了。但為甚麼每次我想到麥可——尤其是想到我差點背叛了他——就會心如刀割？

雖然我不願相信五蘊皆空，但卻很高興見到石園裡空空如也。在帶著藍白色的月光下，菩提樹和竹林清晰可見。池塘上的石橋劃出一道陰影，石燈和石頭融合成一片模糊神祕的藍；蛙鳴、蟋蟀聲、和魚尾拍打水面的噗通聲在寧靜的夜晚交織成一闋心跳交響曲。

我在最愛的「觀魚」石椅上坐下。魚鱗在幽暗的水草中反映著月光而閃閃發亮，讓我想起因果報應和永無盡頭的輪迴。

之後我循著蛙鳴走到了另一個蓮花池。像浪濤起伏的巨大蓮葉在風中顫動，讓我想起佛朗明哥舞者的裙襬。我在月光下數著蓮葉上的露珠，直至感覺到自己的眼淚。那些蓮葉上閃爍的露珠裡是否藏著另外一個不為人知的宇宙？我能不能就此走進去，將所有的困惑留在此塵世？不久，一隻我以為是石雕的凸肚大眼青蛙突然轉了轉眼珠，對著我呱呱大叫。牠就像一個智者，等了十年只為遇上像我這樣一個能讓它發表高見的傻瓜。我伸出手，但牠已噗通一聲跳進池裡，全然無視於我的多愁善感。

我抬頭仰望夜空，與月亮打了個照面。飽滿的圓盤就像一顆滴在宣紙上的淚珠。我伸出手想接住在我想像中即將灑落的銀色月光。我又想起麥可，想著此刻的他在紐約做些甚麼，是不是也正看著孤伶伶的月亮而想起我。

我舉起手，月光灑落在我的的鑽戒上，再反映成無數閃爍的光。如果我和麥可結婚，會不會像當年母親決定跟父親私奔一樣，是個錯誤嗎？她總愛說當年父親拿著槍跟她求婚的故事——最後走火的不是槍，而是父親對她的愛。

真相卻是，父親的槍的確走火了——不是在他求婚的那個晚上，而是在二十年後——當他賭掉我二十歲的生日禮物——母親的玉手鐲時。

父親無法阻止母親自殺的威脅，於是拿出了那把槍，指著自己說：「美琳，不要這樣，不然我就開槍。」

母親衝向他想搶走槍，拉扯之間，槍走火了。子彈沒射中父親的心臟，而是在牆上留下了一個小洞。母親和我鬆了一口氣，但卻沒想到這只是噩夢的開始。之後父親因心臟病發被送往醫院急救，還沒來得及康復就再次復發而走了。

為了面子，母親沒跟任何親朋好友說父親想自殺的事，也沒通知任何人他的死訊。「我不想被當寡婦，也不想讓妳當半個孤兒。」

所以自從父親死後，母親和我對親戚朋友盡量避而不見，直到後來跟他們完全斷絕往來。唯一的例外是我繼續與依空的友誼。除了教我禪修和禪畫，依空會用慈愛的笑容撫平我的傷痛和聆聽我的煩惱。我越來越被她的慈善事業和空門內豐盛而又謎樣的生活所吸引。因此當我聽見別人說寺廟是逃避者和失敗者的避難所時，心裡總暗自發笑：哈，那根本不是事實！

月亮快落下了，我起身走出石園。但還是不太想回家，便漫無目的地在又大又靜的廟裡遊走。然後我看見了依空說的那條捷徑。

我走了一段又長又蜿蜒的路，開始懷疑是條死路。但在好奇心驅使下，我還是繼續走著，直到在老樹簇葉間發現了一扇飽經風霜的大門。為甚麼我之前從來沒發現過這地方？我猶豫著，推開了門，訝異地發現裡面是一間小廳堂，地板上放著一個亮著的燈泡。空氣中飄著鮮花和香火的餘香，整個房間看起來空蕩蕩的，除了正中央擺著一個玻璃神龕。神龕裡坐著一尊栩栩如生，真人大小的鍍金佛像，四周擺滿了鮮花素果。

我走近看，微暗的廳堂裡，佛像鍍金的臉微微發光，雙腿盤坐成蓮花座。真漂亮。但這不是任何一個我認得的佛祖或菩薩。神龕底部有塊碑銘，燈泡正好照著上頭的字：

開缸後肉身不腐，大德圓寂得舍利。

我正思索著這些文字的涵義，卻發現了一小行字在旁邊：

開證太師父之金身，供奉在此。　佛弟子，依空。

我驚呼一聲，往後退了幾步，金身的臉龐突然間亮了幾秒。我從眼角看見門旁有蠟燭，但一陣風就吹熄了燭火。

門的咿呀刺耳聲就像指甲刮在金屬上的聲音，我覺得血液瞬間凝結，額頭冒出冷汗。正想找個地方躲起來時，我聽見了一個宏亮的聲音迴盪在廳堂裡：「夢寧，是妳嗎？」

我全身起了雞皮疙瘩，心猛烈跳動，腋下也濕了。我轉過頭，依空的臉在燭光下就像一個沒有頭髮的女鬼，我好不容易才恢復了神智，仔細看著眼前的影像，確定來者是人非鬼。

終於讓自己鎮定了下來，我小聲說：「是的，依空師父。」一陣沉默。

「妳怎麼來到這裡的？」她邊說邊重新點燃手中的蠟燭。燭火肆虐著，扭曲了她的臉。

「妳剛跟我說過有條捷徑。」

「除了幾個跟我比較親近的師父，沒有人知道這個地方。」依空若有所思看著我，「一定是妳和這裡有緣……」

依空帶我跟佛像上香，又行了三鞠躬禮。她深沉恭敬的聲音迴盪在廳堂裡，就像古老的誦經聲：「這是我師父慧林上人的師父——開證太師父——的金身……」

我直覺退後了一步，轉頭問她：「依空師父，金身是甚麼意思……怎麼可能——」

「耐心聽我說，夢寧。」

她的聲音充滿了整個廳堂，餘韻不絕：「這個現象叫做肉身菩薩。當高僧得道後圓寂，他們的肉身不會毀壞——」

一陣寒意湧了上來，我又再次打斷依空的話：「師父，妳是說這其實是尼姑的……木乃伊？」

依空責備地看了我一眼，沒有回答我的問題。「一百萬個人中只會有一個人能夠成為金身，這現象幾百年才會出現一次。」

她向金身深深一鞠躬，我馬上跟著照做。「開證太師父在三月十八日晚上七點五十八分圓寂，享年八十八歲。早在二月的時候她就知道自己將脫離塵世，所以一個多月來每天都喝十碗中藥湯。中藥湯是由一百種不同藥材熬製而成，目的是讓她排泄大量的水分。一個月後，雖然體重掉了許多，但太師父卻仍容光煥發，目光如炬。圓寂前十天，她進入這個神龕裡，然後指示徒弟們將神龕密封。之後她便開始打禪誦經，直到進入涅槃。」

「她進入神龕裡的那天，就吩咐她的徒弟要在她死後八個月才能打開神龕，將她乾燥脫水的肉身上漆和鍍金後再放回神龕中。慧林師父和其他師父如她指示在十一月十八日打開神龕，不單發現開證太師父的肉身完好無缺，還發著光，頭上長出頭髮，全身散發著清香。根據佛家說法，這是她高尚操守、節制飲食和刻苦修行的證明。」

我問：「那要怎樣才能做到？」

「僧人必須經過一段很長時間和艱苦的靜坐訓練，好讓經絡能夠打開。圓寂前一個月必須完全絕食，這樣才能讓多餘的油脂和水分排出體內，讓死後的肉體能夠完全乾縮。保存肉體有許多方式，可以將肉身放進乾燥的洞穴中風乾，也可以放進陶缸中，用木屑和草紙填滿縫隙後密封，再放置在涼爽乾燥的地方好讓身體脫水。」

我開始為這些保存肉身的方法覺得反胃，同時也覺得著迷。

依空繼續說：「開證太師父是個非常特別的師父，因為在她最後的十五年裡，她不吃東西、不說話、也不踏出寺廟。」

「但這怎麼可能？」我問，空氣似乎瞬間凝結在我的嘴邊。

依空再次無視我的問題，繼續說：「開證太師父隱居在觀音堂後的一間小茅屋裡。所以她死後，我們就把小茅屋改建成現在這個遺骨室來供奉她的金身。在多年的閉關禪修中，她只喝水、中藥湯或果汁。她完全不跟任何人說話，如果有特殊情況，她也只會說『是』或『不是』。後來她就完全不開口了。但若有突發事件，就用一種只有慧林師父，也就是我師父才懂的手語來表達。同樣的，除非有非常特殊的原因，否則她謝絕任何訪客。最後的十五年裡，她每天靜坐和默唸心經。」

依空深深注視著我，「只有像開證太師父這樣堅毅不拔的修行，才能夠保有這永垂不朽的金身。」剛剛的驚嚇消失了，我便開始被這座金身和寺院的神祕生活深深吸引。如果我明天就開始努力禪修，我的肉身也能像開證師父一樣金剛不壞嗎？

但在我還沒開口問之前，依空又說話了：「我每天來這裡給開證太師父上香，從沒遇過任何人。所以今天在這裡遇到妳，一定是個特別有緣的日子。但現在有點晚了，我們不該打擾開證太師父的金身太久。走吧，想更瞭解金身的話，我再跟妳說。」

我和依空雙手合十，向金身深深鞠了三個躬，然後走出了廳堂。我轉頭看金身，覺得她也正在看著我，似乎想說些甚麼。

依空和我默默地走在通往石園的曲徑上。外面的空氣很宜人，飄著植物的香氣，夜空佈滿了星星。我與肉身菩薩的相遇究竟是一個美夢、噩夢、幻象、開示……抑或是一種召喚？

我們終於到了石園，坐在瀑布旁的長石椅上。流水蛙鳴之間，我問依空自己的肉身是否也能達到像開證太師父那樣的金剛不壞。

「不可能，」她說：「除非……」她沒說下去。

「除非甚麼？」

她沒有直接回答，只說：「夢寧，只有出家人才能如此。」她深深看著我，「應該說這是一種很罕見的機緣，只有非常特別的高僧才能達此境界。」

接下來是一陣沉默，我突然明白了她說的話：若想擁有金身，就必須成為尼姑。我不由得全身一震。

依空仰望星空，再看反映著月光的石園，繼續說：「開證太師父的一切作為均值得崇敬，但我們也需要能積極『入世』的佛門中人。這樣才能藉由善行將佛法傳得更深更遠。」她看著我的眼睛，「我們廟裡需要更多心胸開闊、活潑開朗的尼姑。」

我低頭看著地上，避開了她的眼神，心裡覺得很尷尬。隨即又馬上問：「師父，為甚麼不出家就無法得金身？」

月光下，依空飽滿圓潤的光頭像閃著悟道的光。「因為凡人為俗事所困，無法像僧侶般在打坐上專注。」

我脫口問：「那如果是……像我這樣的人呢？如果我當了尼姑，死後也能夠肉身不腐嗎？」

依空微微一笑，說：「也許……但除非妳成為……」

突然，一個尖叫聲在寧靜的石園裡響起，像箭呼嘯劃過夜空。

「師父！師父！阿彌陀佛！」是悟空。她衝進石園裡，邊跑邊哭邊用袍袖擦著眼淚，又一不小心踢到了我們前方的石燈，跌了一跤。

「怎麼了？」依空趕緊上前將她扶起，我也跑到她們身邊。

「師父……不好……不好了……」她抽抽噎噎著說。依空輕輕拍她的肩膀，安撫地說：「先冷靜下來，跟我們說怎麼了。」

悟空的臉一陣紅一陣白，然後一口氣說：「妙容師父自殺了！」。

「怎麼回事？」雖然依空的聲音又高又尖，但表情還是十分鎮靜。

「我不知道……」

「我們去找她！」依空拉著我的手，三個人衝出石園，奔向妙容——也就是帶男——的廂房。

所有尼姑都擠在這小小的地方——談論著、哭著、喊著，有人遞來了白花油、毛巾和一杯水。

依空威嚴地說：「請大家站遠一點，讓妙容師父呼吸新鮮空氣。」然後她跟悟空說：「打電話叫救護車，快！」

帶男躺在地上，身邊放著一條像死蛇的繩子。瓷器碎片散落一地，是她神桌上供奉的那尊陶瓷佛像。帶男上吊——這發現讓我非常震驚。我感覺到自己的心失去平衡，掉進了斷崖絕壁。

我重心不穩向後退了幾步，問一位年輕的尼姑：「怎麼回事？」

她說：「一位師父經過妙容師父的廂房時，聽到東西破碎的聲音。她敲門問怎麼了，但沒人回話。她開門進去，發現妙容師父正在上吊，便立刻把她放下來。」

年輕的尼姑指著一地的碎片悄悄跟我說：「佛祖犧牲自己救了妙容師父。」

依空跪在帶男身旁，我也在她們旁邊跪下。

「妙容師父，」依空溫柔地問：「妳沒事吧？」

帶男張開嘴，卻沒辦法出聲，只有些氣音。她臉上那條像蛇般的紅色疤痕痛苦地扭曲著，像不斷淌著血的傷口。

「沒事了，妳會好起來的。」依空想了一下，溫柔地問：「但為甚麼？」

帶男猛烈地搖頭，揮手示意我們離開，然後閉上了眼睛。

一位尼姑發現了她神桌上的紙條，遞給依空。我伸長了脖子，看見紙上寫著：

各位師父：

二十五歲時，我發誓終生茹素，為了不殺生，也為了修行。但今天我破了遵守二十年的戒律。一個女善信送給我蘿蔔糕，我開心地吃了，卻發現裡面有蒜。

二十年來，我謹慎奉行著誓言，為自己從未破戒感到驕傲。但現在卻覺得羞恥，我這被玷污的身體不該再繼續留在世上。

佛法的僕人
妙容

依空在帶男耳邊悄聲說：「但妙容師父，妳並不知道蘿蔔糕裡有蒜……」

這時救護車到了，但當救護人員要將帶男移到擔架上時，她死命地把他們推開。最後幾位尼姑只得幫忙抬起擔架，把她送進救護車裡。我們跟著救護車到了醫院，但除了依空，我們全都只能在急診室外面等。等了好久以後，依空終於和醫生走了出來。當醫生說帶男沒有生命危險時，我們都鬆了一口氣。但醫生又說為了確保安全，她必須留在醫院觀察。

隔天我很早就到廣華醫院看帶男。當我走進充滿藥味的病房時，悟空正在餵她吃稀飯。帶男看見我，露出了虛弱的微笑。我將水果籃放在病床邊的桌上，輕輕跟她說，好像她現在變成了我的小孩一樣：「師父，我為妳帶了葡萄和果汁來。」

她點點頭，悟空在我耳邊悄悄說：「杜小姐，醫生說師父的喉嚨受到強烈壓迫，暫時不能說話。」

悟空餵帶男吃完稀飯後，便讓她在床上躺下。我們沒說話，直到帶男闔眼睡著。

悟空壓低了聲音說：「杜小姐，妳剛好錯過依空師父，她和其他人剛離開。」

我正想問帶男的狀況時，醫生進來了。他檢查了帶男的脖子和心跳，然後在病冊上簽名。我們跟著他走出病房，他說：「她的喉嚨有點出血和腫脹，所以暫時不能說話，也不能吃固體的食物。」他推了推眼鏡，「另外，她的情緒不穩定，要看好她，也儘量不要問她太多問題。」

醫生離開後，我問悟空：「師父還對吃了蘿蔔糕的事愧疚嗎？」

「我想是的。」

停頓了一會，我跟她說：「妳應該很累了，出去呼吸一下新鮮空氣、吃點東西，休息一下吧！我會在這裡陪她。」

「妳真是好人，杜小姐，謝謝。」悟空微笑走了出去，我看著她的背影，直到她消失在樓梯間才走回病房裡。我讓她出去其實是因為想跟帶男單獨相處一會。

但帶男睡得很沉，所以悟空回來後，我就離開了醫院，搭上公車前往金蓮寺。我還想繼續跟依空聊金身的事。

依空剛吃完午齋，正在看照片。

「夢寧，喝茶。」我坐下後她說。

我拿起她給我的茶杯，跟她說我去看了帶男。依空要我別擔心，因為醫生肯定帶男不會有事。之後，依空繼續看了一會兒照片，然後把照片遞給我：「這些都是我幾年前在四川拍的岩壁大佛石雕。」

我仔細地看著照片裡的佛陀、觀音、金剛力士和佛教信徒們的雕像。「好美又好有氣勢啊！即便我現在只是看著照片，都能感受到那股強大的氣場。」

依空安靜喝著茶，一邊點點頭。「可惜我沒有時間回去再多拍一些照片和多做一些紀錄，妳看——」她拿了一張照片給我，照片裡佛像的臉已經完全被風化了，「如果我們甚麼都不做，未來不只是臉，這整尊佛像都會不見。」她搖了搖頭，「多可惜。」

「但一定還有其他人在做這些搶救的工作吧？」我問。

「當然，」她熱切地看著我，「但那些人要不就是學者以學術研究的角度去做搶救的工作，要不就是佛教徒以宗教的角度去做搶救，很難有人可以在學術和宗教間取得平衡。」如果我聽不懂她的意思，我就是笨蛋了。她說的就是我，只有我才有條件幫她完成這個任務。

我沒回話，看著翠綠的茶而想著別的事。

她中氣十足的聲音傳來：「妳在想甚麼嗎？」

「嗯——」我抬頭，對上她那雙甚麼都看得一清二楚的法眼。

「夢寧，妳看來不太好。那天妳來找我時我已經看得出有事情困擾著妳。如果需要幫忙，我就在這裡。」

我向下看，避開了她的眼神：「依空師父，我……非常困惑。」

「活在這個虛幻的世界，覺得困惑是很正常的事情。」

沉默了一會，她若有所思又溫柔地看著我：「妳可以在這裡待一會，專心打禪來消除心中的困惑。」

聽到她這麼說，我很詫異，「妳的意思是——」

「妳可以到這裡來和尼姑們住幾天，廟裡的環境也許能幫妳定下心來。」她接著說：「當然如果妳不喜歡，隨時可以回家，不用勉強。」

看我沒說話，她微微一笑：「好好想想，夢寧。這對妳會有好處的，而且打禪時我會在妳身邊。」

我一直都覺得自己不喜歡打禪，但這次出乎意料外，我馬上就同意了。「依空師父，謝謝妳的安排。」

「不客氣。」

28 閉關靜修

麥可已經打了好幾通電話到香港給我，每次掛電話前總提醒我要開始準備婚禮的事。昨天他來電時我叫他暫時不要打給我，因為我要到廟裡住幾天，幫依空整理廟裡的藝術收藏品，也順便打禪。他有點失望，但還是同意了，「我會想念妳和妳的聲音，夢寧，有時間的話記得打電話給我。」

我跟母親說我要在金蓮寺待五天，幫忙一個捐贈窮人的計畫。因為如果跟她說我其實是要進行一趟閉關禪修，體會尼姑的生活，她一定又會大為慌張，指著我的鼻子罵：「然後妳就會剃度、穿上僧袍、遠離塵世。跟著就要拋棄妳媽，讓她孤伶伶地死去，連孫子都沒得抱！」

隔天我收拾了簡單的行李，前往金蓮寺。

依空給了我一間離尼姑們睡覺的地方很近的廂房。她說這趟閉關靜修除了打禪外，還要跟尼姑們一起生活和一起學習行善、禮佛、誦經，還有最重要的「行、住、坐、臥」四大威儀。

才第一天我就覺得有點後悔了，這麼多的規矩和禮儀！依空和其他尼姑們怎麼能永遠這樣平靜和超然？

非常令人失望的是，我的第一項任務就是到香積廚裡幫忙準備素菜——豆腐、芋頭、地瓜、白菜、金針菇、麵筋、海帶——任何你能想得到的平淡無味的食物。對我來說，切紅蘿蔔、芹菜、香菇和芋頭是緩慢費時的工作。所以我非常羨慕地看著尼姑們熟練地把食物在盤子裡擺成了一幅畫：煙燻豆腐堆成了小山，香菇是石頭，麵條則是河流；或是看得見的禪門公案——將飯糰做出漩渦狀的紋路，象徵無限輪迴。

準備飯餐前，我得先洗米。一個老尼姑要我把米洗了又洗，次數多到我數也數不清，直到洗去的沙差不多和恆河沙一樣多！

她面無表情地看著我，「要洗到一粒沙都沒有。洗米其實就是在洗滌我們的心，淨化我們的思緒。洗米煮飯必須一心一意，唯有如此我們才能夠專心享用午膳。」

她繼續說，表情更嚴肅了，「另外，禪食講究淨食三昧，也就是淨、鮮、和。這也是為甚麼我們吃素，因為豐富油膩的葷食使我們身心困惑，也把我們填得滿滿的，再沒有空間沉思反省，更別說不必要的殺生了。」她嚴肅的態度和教誨讓我印象深刻，但也讓我忍不住想笑。我努力讓自己保持鎮定，禮貌地問：「師父，那洗米也是一種禪修嗎？」

「當然。」

我忍不住嘲弄：「那師父，有睡覺禪修嗎？」

出乎我的意料，她說：「當然。」

「真的嗎？睡覺怎麼會是禪修？」

「很簡單，妳躺在床上，專注呼吸，讓心淨空。如此一來，可以更快進入熟睡，也可以免於噩夢困擾。」

但那天晚上我躺在床上時，我的心一點也不空，而是被在八千哩外紐約所發生的事如鬼影般填得滿滿的。

依空要我早晚每三小時打禪一次。她每天都會進我房來點香，向神桌上的佛像敬拜，然後與我一起坐禪。我們會用燒一支香的時間唸心經或大悲咒來為生者與亡者的靈魂祈福。有時候我們會唸爐香讚、十方佛讚、戒定真香和心經，直到我覺得自己的心隨著依空強大美妙的聲音進入了另一境界。

我有時會在坐禪時心神不寧或打瞌睡，依空發現後就會把我叫醒，要我跟她一起邊走邊打禪。休息用茶的時候，我們會高談闊論地聊藝術和佛法。這總讓我想起過去，那些沒有男人、沒有麥可、沒有菲臘、沒有麗莎、沒有愛情、沒有困惑，只有依空和美麗的藝術品，還有觀音菩薩的日子。想起了往昔使我感到無限眷戀。

這次的禪修帶我回到了過去那些美好的日子，我知道自己仍然非常喜歡廟裡的一切。當然，我最喜歡依空，其次則是年輕的悟空。她如此天真單純，我真希望她是我的小妹。

但對她的喜愛很快就受到了考驗……有天，我在打禪時一直覺得心神不寧，於是決定起身去找依空。快到她辦公室前，我深深吸了幾口氣，將長袍撫平，試著讓自己鎮靜下來。

門半掩著，正當要敲門時，我聽見了裡面的談話聲。

一個熟悉的年輕女孩的聲音讚嘆著：「哇，真是傑作！」

接著是依空沉穩、權威的聲音，「的確是超群的技巧，但臉蛋畫得太過甜美了。觀音可以很美，但絕不能是甜美。她必須聆聽天下疾苦，也必須渡化眾生，所以面容應該是慈悲中帶著些許哀傷，而不是甜美。」

我從門縫看見依空和悟空，忽然明白了——依空正在教她欣賞佛教藝術，正如她在十五年前教我一樣！跟著另一個的恍然大悟使我幾乎可以聞到嫉妒在空氣中沸騰——依空要訓練悟空來繼承她的衣缽！

依空從書架上拿下一本藝術書交給悟空。熟悉的問題像蛇一樣滑進我的耳裡，那是她幾年前問過我的同一問題：「我要教妳禪畫，妳想學嗎？」

「師父，我當然想學！」

在我考慮要不要當尼姑的這幾年間，原來廟裡沒有了我也一樣繼續運作下去。

覺得又難過又生氣，我漫無目的地走著，直到迎面撞上了一樣肥笨的東西。我大叫了一聲：「哎呀！」

「嘿，小心點，小姐。」

我抬頭看見一個凸肚、滿臉油光的男人，幾乎要脫口而出：**肥大叔，請問你在尼姑的地方裡做**

甚麼？

我們疑惑地看著彼此，同時說了聲「不好意思」。然後我驚訝地看見他拖著肥胖的身軀走進依空的辦公室。

回房後，那個粗鄙的臉孔佔據了我整個心思，我不停地想：他在依空的辦公室裡做甚麼？絕對不會是欣賞藝術品吧。倒抽了一口氣，我忽然明白了——他是捐最多錢給廟的大護法！所以依空得巴結他！

禪修的最後一天，我正幫忙縫坐墊，悟空來跟我說依空想見我。我跟著她到了依空的辦公室，依空坐在觀音像前，表情一如往常平靜。悟空關上門離開後，依空要我在她對面坐下。

我一坐下，她便問：「打禪還好嗎？」

「還好，師父。」

「我知道妳一直不太喜歡打禪，但很多人都不喜歡，所以沒關係，多試試就好了。」

我點點頭。她繼續說：「我有另一個任務給妳。」她看著我，「當然，如果妳願意幫忙的話。」

「是甚麼任務？」

「廟方會贊助妳到中國去，還記得那些我在四川安嶽石窟拍的照片嗎？我希望妳可以到那裡去做一些實地考察和紀錄。」她翻了翻桌上的紙張，「如果我們有足夠經費的話，還可以幫妳出版妳的研究。我們已經跟那裡的圓覺寺聯絡了，他們非常樂意接待妳。悟空也會跟妳過去，當妳的助手。」

聽到悟空的名字，我的心沉了一下。依空果然打算將衣缽傳給她。

「妳願意去嗎？」

「當然，依空師父。」雖然酬勞不多，但這將是我第一個真正以藝術史學者身份接下的工作。

29 婚紗照

到中國去的前兩天，我帶母親到一間氣氛和茶都很好的茶館去。

我們一坐下，年輕的茶道師傅便開始替我們解說宮廷蒙頂茶的故事。

「從前在青衣江，」她柔和的聲音娓娓道來，「有隻魚精努力修練了萬年，終於變成一個美麗的女子。」

「有天她扮成農家女到蒙山去採茶，在山頂遇見了一個採藥的年輕小夥子。他們一見鍾情，雙雙墜入愛河。」

「魚精將茶籽送給年輕人作為信物，兩人立誓於明年茶籽發芽時在同一地方相會。魚精跟年輕人說：『那也將是我們成親之日。』」

「一年後，他們依約到了山頂上，兩人成了親。洞房花燭夜，魚精將白紗披肩解下拋向空中。白紗化為霧氣滋養著茶葉。從此以後茶葉越長越茂盛，兩人過著快樂的日子，並產下了一兒一女。」

「然而好景不常，魚精嫁給凡人的事被青衣江河神發現了，於是下令她立刻回到河裡。離開前，她含著淚心碎地跟孩子們說：『你們要幫爹爹好好照顧山上的茶葉……要讓雲霧不斷滋養茶葉。』」

「六十年歲月如白駒過隙，年輕人已變成八十歲的老頭子了，子孫也都長大成人。但他卻無法忘記魚精，於是跳河結束了的生命。

「在他死後，皇帝為了紀念他種茶的功績，將他賜名為甘露普慧妙濟禪師，他在蒙山上種的茶則列為貢茶。」

茶道師傅說完了故事後，便開始表演茶道。母親看起來很開心，輕輕喝了幾口茶，用皇帝一樣的口吻說：「啊，好茶！好一個感人的故事！」然後開始讚嘆茶道師傅漂亮的衣服和悅耳的聲音。

我還沒開口，她又拉著我的袖子說：「夢寧，我突然好餓，我們去吃點東西吧！」

「可是，媽——」

「走吧，我餓死了！」

我們走在窩打老道上，天氣就跟蒙頂茶一樣熱，但也一樣醉人。

母親突然說：「我真喜歡那個魚精的故事，好感人！」

她的眼睛泛著淚光，也失了焦點，「雖然結局很悲傷，但至少他們結婚了，也有了小孩，所以便不再那麼悲傷。」

商店櫥窗反映著母親和大馬路上行人重疊的影像。拄著拐杖的老人、朝氣蓬勃的年輕人、拖著腳步走的小孩、穿著破牛仔褲嘻鬧的少年、汗流浹背的建築工人、扛著好幾個購物袋的中年婦女、擋住電車行進的豪華賓士轎車、滿載乘客的公共巴士、超載的卡車、呼嘯而過的計程車、高高在上的行人道天橋……

這萬丈紅塵中的一切就像默片中的浮光掠影。鏡中反映的世界多麼平和，人們只擦肩而過但互不幹預。即使是容易衝動的母親在鏡中都顯得那麼快樂和放鬆。深深的魚尾紋在她飽經風霜的娃娃臉上變成了美麗的線條，就像古董陶器上那細膩的裂痕。連她染黑了的頭髮都看起來非常自然。此刻母親似乎完全忘了飢餓，目不轉睛地看著商店的玻璃櫥窗。

「看，夢寧，葉蒨文穿婚紗耶！」母親在一間婚紗店前停下，看著一幅放得很大的照片。「真華麗，對吧？十六世紀法國的宮廷造型呢！」她讀著照片旁的小廣告。

「是啊，但卻是毫無品味的模仿。」她東張西望的樣子讓我有點不悅。

母親像要跟街上的噪音競爭似的抬高了音量，「嘿，看，她在法國的凡爾賽宮花園拍的！」

「媽，是凡爾賽花園沒錯，但不是在法國。妳看不出來這只是佈景嗎？」

母親完全不理會我的嘲弄，「嘿，她這新娘妝化得真漂亮。」

「不，太花俏了。媽，妳沒看到她臉上所有東西都太誇張了嗎？眼影顏色太多，鼻影太重……還有……妳看到那些睫毛了嗎？又長又厚又假！還有，她為甚麼這樣張大口笑？古時候，女人是笑不露齒的。新娘要羞怯端莊，至少也要裝一下，才不是像這樣大喇喇地——」

「這是戲劇妝，」母親終於打斷了我的高談闊論，「像京劇，妳不是喜歡京劇嗎？」

是啊。

我還記得小時候很喜歡那些五顏六色的臉譜。小小心靈對演員臉上能動的圖案不知有多興奮，就像那些臉譜能自己活起來似的。

母親總是興高采烈地教我怎麼分辨這些臉譜：白臉是壞人，所以要小心；黑臉代表正義，值得尊敬；綠臉是奸詐狡猾的人，最好敬而遠之；紅臉是勇者，要給他鼓掌；金臉不是皇帝就是貴人，要以他們為榜樣。

但直到我長大後才知道原來人可以同時擁有很多張臉譜，這是母親沒有告訴我的。我們須用一輩子，甚至好幾輩子的時間，才能將這層層的臉孔揭起，窺見下面的真相——或者是無相。就像邊流著淚邊剝洋蔥一樣，到頭來發現層層剝開後的洋蔥下竟然是一無所有。

現在我看著葉蒨文的臉譜，她在玻璃後的眼睛也回看著我，就像要邀請我進入她如夢的世界。我好奇想知道這張美麗臉譜後那個真正的女人是誰，她是否因為能結婚而這麼快樂？

我仍然在童年辨認臉譜的迷宮中摸索。因為人臉雖不曾改變，人心卻是難測。

我看著母親，她仍全神貫注又羨慕地看著葉蒨文，完全沒留意到從她身旁擦過的一對小情侶和四個家庭主婦。

「啊，她珠光寶氣的樣子真漂亮。」母親說著將手放在背後。「看，夢寧，」她感慨地說：「葉蒨文還是單身。所以現在這個時代，妳不結婚也可以拍婚紗照的。報紙上說現在年輕女生喜歡穿婚紗拍照，讓自己看起來更美，也好留個紀念。我覺得妳也要趁年輕拍婚紗照。」

我冷冷地說：「但媽，我不是藝人，這只不過是個廣告。」

母親忽然嚴肅了起來，「妳當然不是藝人，妳比藝人好得多了！」然後她嘆了口氣，自言自語地說：「唉，可是為甚麼沒有男人來敲妳的門呢？」

我假裝沒聽到她的話，這次她看著我的眼睛繼續說：「夢寧，別那麼驕傲，把男人都嚇跑了，也不要挑三揀四的，否則最後只能撿到個爛蘋果。」

我沉默不語，她責備地看了我一眼：「妳那麼漂亮又那麼聰明，我才不相信沒有男人會不拜倒在妳的石榴裙下。所以一定是妳的態度問題，妳聽過『豔如桃李，冷若冰霜』這句話嗎？」

看我沒回話，她繼續說：「我教會妳很多事情，但就從來沒有教過妳看不起男人，尤其是好男人，像醫生、律師，甚至工程師都好。」

「媽——」麥可的臉忽然浮現在我面前，逐漸放大，佔據了我整個的心。

「怎麼？」

還沒來得及阻止自己，我已經脫口而出：「其實，有人跟我求婚了。」

母親愣住了，像得知青春期的女兒懷孕了一樣。「真的？」

「嗯。」

她困惑地看著我，無視一個從她和玻璃窗之間走過的老太太。

「真的嗎？」她臉上的笑容慢慢綻了開來，「那妳怎麼不早說？他是誰？」

「他……他是美國人。」

「華裔的嗎？」

「不是……他是白人。」

「妳說洋鬼子？」

雖然母親很開心有人跟我求婚，但卻對這個人是「老外」有點不開心。因為對母親來說，外國人就是淫亂和墮落的代名詞。她心情不好的時候，他們甚至會變成某種可怕疾病的帶原者。我準備要到美國去的時候，她曾說：「啊，真勇敢，去美國跟那些野人在一起。我才沒妳那麼勇敢，因為我怕得到愛滋病！」當然她是指坐了一個愛滋病患坐過的椅子就會得愛滋之類的事。

「但媽，不要用那個字眼說他，麥可對我很好，而且——」

「麥——口？」母親瞇起眼睛，「這個麥口甚麼時候向妳求婚的？」

「一個月前。」

「妳們認識多久了？」

「幾個月。」

母親從手提袋裡拿出一把紙扇，不耐煩地搧著，「太快了！那正是典型的美國人！甚麼都等不了，只會快！快！快！即沖茶包、即溶咖啡、一夜情、隨便結婚、隨便離婚！連花十分鐘坐下來泡茶、十分鐘欣賞茶葉、五分鐘聞香、五分鐘慢慢品茶都等不了。這就是為甚麼美國人沒文化，因為他們沒有時間！」

母親重複了茶道師傅的話及批評了美國文化後，認真地看著我。「啊，傻女，愛情和婚姻從來都不是那麼簡單的。別相信『有情飲水飽』，我就是因為相信這鬼話而被妳爸折磨得夠了。如果和野蠻人結婚的話，一定更糟。美國人老是覺得他們國家甚麼都比我們的好，當然除了蘇絲黃之外。」（譯註：英國作家李察・梅森所著《蘇絲黃的世界》中的女主角，為西方人對香港美女柔弱而堅強的完美想像）

她越來越慷慨激昂：「我有個朋友嫁了洋鬼子。他不單揮汗如苦力，吃東西像難民、破鑼的笑聲像個瘋子。還老是用酒在喉嚨裡發出咕嚕咕嚕的、像正在做那回事的聲音，故意讓他旁邊的女人難為情。有一次他在一場宴會裡喝醉了，看著一個女人說：『媽的！女人怎麼年過五十，還這麼淫蕩？』然後又說，『不怕妳醜，只怕妳不就手！』」

母親最後說：「那就是跟鬼佬結婚的後果！」然後結束了她滔滔不絕的評論。

「但媽，麥可不會那樣，他是醫生。」

「醫生？」母親冷笑，「甚麼醫生？醫人腦子的哲學醫生？還是醫人心靈的詩學醫生？」

「媽，妳不是老擔心我嫁不出去嗎？現在有人跟我求婚，妳又不開心了？」

在玻璃窗裡的反影中，金黃色的霞光照在母親的臉龐上，使她看起來溫柔多了。我任她老去了的臉上看到自己的臉。她粗壯的身軀變得柔軟了，身上穿的深紫色套裝也變得沒這麼飛揚跋扈了。

「唉！」母親嘆了一口氣，「夢寧，妳要結婚我當然高興了，但……我擔心啊。」

「擔心甚麼？」

「擔心妳……不幸福，」——她又長嘆了一口氣——「跟妳媽一樣。」

我們沉默著，車水馬龍從我們身旁呼嘯而過。人群和車輛仍不停地在玻璃窗的反影中穿過母親。但母親還是很好。正如沒有人會在幻像裡受傷，也沒有人能偷走反映在水中的月亮。

我還記得，小時候與母親看京劇時，她也是有著和現在一樣的表情。我終於明白為甚麼她這樣喜歡那些臉譜，卻害怕我會去當花臉演員。

但我還是無法理解她愛我的方式，雖然三十年來，我不但跟她同住一屋簷下，也擁有同一張臉孔。

看著玻璃窗中的反影，我們的眼神交會，但又很快分開了，像兩條接吻的魚。我看著自己的臉，卻發覺看見了三十歲時年輕的母親，正跟我傾訴著她的少女情懷，眼神那麼清澈。

我希望能像她愛我那麼愛她，甚至更多。

我碰了碰她的手肘：「媽，不要擔心。」

「唉！」母親又嘆了口氣，「我是很小心的人，但妳看我跟妳爸。」她把我一撮亂了的頭髮撥好。

母親有時候是很難相處的。但身為上一代的人，她也只不過偶爾嘮叨一下我還不趕快找個人嫁掉。

魚骨頭、葉蒨文、魚精的故事，都是她用來提醒我趕快結婚的暗示。

如果我沒對她會錯意，也沒誤會她的夢想的話。

沉默了一會，我說：「媽，雖然我答應了麥可的求婚，但我還是可以」——我吞了吞口水——「取消婚約的。」

母親的聲音提高了兩個八度：「拒絕醫生的求婚？**妳瘋了嗎**？多少女孩子想找個醫生當朋友都不成功，更別說跟醫生結婚了！」

一個中年男子看了我們一眼。

我臉紅著結結巴巴地說：「我是說……媽，我會很小心……我是說，如果麥可對我不好的話，我隨時可以……可以離婚。」

「呸呸呸！大吉大利！還沒結婚就說離婚是會觸黴頭的！」

「媽，冷靜點，大家都在看我們。」

「那就小心妳的嘴，不要再說那些不吉利的話。」

「好啦，好啦。」

我們繼續在窩打老道上走著，在逐漸升高的熱氣和噪音中，我開始跟母親說麥可的事。當然，我略去了在紐約那些不愉快的事和困惑。然後我從皮包拿出麥可買給我的訂婚戒指。

母親羨慕地看著：「真漂亮，這是很好的等級！」然後怯怯地問：「我可以戴戴看嗎？」

「當然可以。」於是在這車水馬龍的大馬路上，我把戒指戴到母親的無名指上。但有點小，於是我把戒指褪下來，再戴在她的小指上。

看見她臉上浮出的笑容，我很心疼，「媽，妳還想要甚麼嗎？」

「我只想要我女兒快快樂樂的。」她說，然後把戒指還我。

30 中國之旅

到安嶽石窟的行程要待上一個月，麥可知道之後很不開心。

雖然在八千哩外，我還是能聽出他聲音中的失落：「夢寧，我知道我無法阻止妳去，但妳一定要很小心。」

他問我在那邊的住址和電話，我跟他說：「我待的那間寺廟沒有電話，但如果可以的話，我會盡可能打給你。」

他的聲音突然充滿了沮喪和驚恐：「妳是說我完全聯絡不到妳？」

「但麥可，別擔心，還有一些尼姑與我一起去的，觀音菩薩也會保佑我們。而且你有廟裡的位址，可以隨時寫信給我。」

這次我真的想要自己一個人，不只是為了專心工作，也是為了讓自己靜下心來好好想想人生中重要的決定。

十月十日，我和悟空從香港飛往四川省會成都，從那裡坐一輛破舊卡車前往安嶽石窟，這趟路程漫長得像永遠沒有終點似的。

還未到達目的地前，我對悟空的嫉妒也煙消雲散。她畢竟太年輕、太天真了。

開車的錢先生是圓覺寺的志工，他問我們是不是第一次到中國。

悟空興奮地回答：「嗯！」

我說：「我只去過廣州……」

「那妳一定對北邊不同的環境會有驚喜」他興致勃勃地說，「妳會喜歡的。」

這我可不敢肯定了。現在我們經過的地方只有疏落的樹和灰矮建築，上面掛著兩種橫幅：一種是官方標語像「**建設文明的新中國**」或「**晚婚晚育，只生一個小孩**」之類的；另一種是非官方標語，如在空中飄揚的衣服、毛巾、床單、毛毯、內衣褲。

我看見一輛摩托車上載著一個大竹簍，裡面有十幾隻尖叫拍打著翅膀的雞。不理會雞的羽毛散落一地，摩托車全速駛向牠們那倒楣的目的地。跟著我見到一個小男孩在雜貨店前抽菸，他的父親用欣賞的目光看著他。

我很快就睡著了。

下午兩點，我們終於到了鎮上，卡車又走了十五分鐘曲折狹窄的路才抵達圓覺寺。一位約四十歲的尼姑前來應門，錢先生跟我們介紹她是慈妙師父，我們互相鞠了個躬。慈妙露出了一個大大的微笑說：「我們師父已經等妳們一整天了，她非常高興有客人從這麼遠的地方來——我也是。」

帶我們到廂房的路上，慈妙說：「這是我們第一次有從香港來的客人，妳們兩位真是讓本寺蓬華生輝。」

我幾乎要笑了出來，從香港來有甚麼大不了的呢？但我還是露出微笑，禮貌地說：「過獎了，不敢當。」

悟空也馬上接著說：「這是我的榮幸。」

慈妙發出爽朗的笑聲，「啊，香港人也這麼油嘴滑舌！」

悟空和我住在不同地方，她和其他尼姑一起，我則因為只是個居士，所以要住到為居士而設的客房去。我打開行李，洗了澡，然後去吃點心。悟空不願打破金蓮寺午後不食的規定，所以只有我一個人在香積廚裡享受蒸包子和香茶。

約莫三點，慈妙帶我們去見住持示隱師父。我馬上就喜歡這個六十歲、微微發福的師父。她總是面帶微笑，彷彿沐在佛法無邊的愉悅之中。

慈妙忙著準備茶點，示隱師父小小的眼睛來來回回看著我和悟空，說：「我老是聽說香港很美，今天終於有機會可以招待從香港來的人。太好了。」

我們雙手合十，恭敬地說：「謝謝，過獎了。」悟空和我把準備好的禮物送給她——一本關於佛教建築的書和一個雕著荷花的青銅香爐。

互相寒暄了一陣，喝過茶後，示隱師父帶我們去參觀圓覺寺，也向我們介紹了其他師父和志工。七點左右，悟空和我便各自回房休息。

隔天早上六點我就醒了，但悟空似乎比我更早起床，因為我在半睡半醒間就已經聽到大雄寶殿傳來的誦經聲。快速梳洗完畢，我到廚房與尼姑們用早膳。我們吃的是稀飯、包子和一些醃菜，一夜好眠後覺得這些食物雖簡單卻又很美味。用完膳後，我們帶著簡單的行李，從容地前往安嶽石窟。

我、悟空、昨天載我們來的錢先生，和一個叫小林的瘦高年輕人一起坐上搖搖晃晃的卡車。小林是我們的導遊，也負責幫我們提一些零星雜物。

依空希望我可以至少去三個石窟，所以我們的第一個目的地是距離南方的安嶽約四十公里，位於八廟鄉的臥佛院。

約一個小時後，卡車一個急轉彎，錢先生跟我們說到了，然後說他要留在車上抽他的長壽牌香菸，不跟我們進去。

走出卡車，我大吃了一驚。我從來沒見過這麼巨大的佛像。

整面石壁就是一尊躺著的大佛，佛頭面東，佛腳朝西。小林走過來跟我說：「很驚人，對吧？這尊佛像有二十三公尺長。」

我正轉頭要跟悟空說，卻看見她已伏拜在地，興奮地喃喃自語——可能正在唸心經或阿彌陀佛。我也鞠躬默念了一小段經文。

我四處走著，欣賞這個平和地斜臥在山壁上的大佛，還有他旁邊的人。在佛的腳前一個是金剛力士，另一個則是為他的死而哀悼的女子。

我們立刻開始照相和記錄這尊佛像的外觀——髮型、臉部表情、手印、姿態、衣服、佩掛物及其他的裝飾——還有日期及損毀情況。經過的遊人好奇地圍在我們旁邊，不停問著一大堆問題，讓我們幾乎無法專心工作。

「妳們是幫文化宗教研究所做事的嗎？」

「妳們說中文口音不太一樣，妳們打哪來的？」

「妳的相機是哪一牌的？尼康還是佳能？」

「妳結婚了沒？怎麼不結婚？」

「妳有幾個小孩？」

「妳們做這能掙多少錢？」

一個年輕人甚至站在我身後，把我的筆記大聲朗誦了出來。一個中年婦女知道我從香港來，問我能不能教她女兒英文。

因為沒時間可以浪費，悟空和我盡量不被這些問題分散注意，也加速了工作的進度。下午四點，我們已經完成了第四十四號石窟裡的雙龍石雕、第五十四號石窟裡的三尊佛像和第五十九號石窟裡的飛天菩薩浮雕。

幾小時後，錢先生開始在石窟外走來走去，所以我們知道是時候離開了。

之後的日子我們越來越早起，每天吃了一大碗熱麵當早餐後就搭上錢先生的卡車前往其他寺廟。小林大概看膩了我們在石窟的無聊工作，也就不再來了。日復一日，我們記錄著一個又一個的石窟，然後搭上卡車回去。我總是一個人吃晚飯，因為悟空仍堅持過午不食。然後我拿著一個破舊的塑膠臉盆去洗澡，接著上床睡覺。

我很高興自己終於學以致用。但我可不想在這個窮鄉僻壤待太久。這裡太封閉，紀錄工作又耗去我太多心力，我大概真的已達到了「虛」心的狀態。原先在紐約讓我透不過氣來的困惑現在似乎已遠去。但我知道它仍然在等著，一有機會便如浴火鳳凰般再飛回來。

第三個禮拜一個炎熱的午後，我們在當天最後的一個地點紀錄第四十五號石窟中的千手觀音。石窟裡很涼爽，所以我一進去便舒服地喘了口氣。我拿出手帕擦乾臉上的汗，轉頭微笑地看著悟空說：「師父，如果這時候來杯冰可樂不知道有多好，妳說是不是？」

「嗯……」她想了一會兒，「但我比較想要碗冰綠豆湯，那才真的可以消暑退火。」

「聽起來真不錯！」

笑著笑著，我們同時看見了一尊石像。

悟空倒抽了一口氣，我也驚呼了一聲。

「可憐的觀音，」我叫了出來：「她半隻手臂不見了！」

悟空也叫了出來：「她的整張臉也都不見了！」

看到這令人心碎的景象，悟空立刻跪了下來，我也跟著她就地伏拜。然後我們站了起來，看著這尊斷臂觀音。

悟空跟我悄悄說著，彷彿害怕這尊沒有耳朵的觀音會聽見我們的對話。「杜小姐，」她邊數著觀音的手臂，「只剩五隻了。」然後她「嗳呀！」了一聲，搖著頭嘆息。

如果所有事物，都像人類一樣有命運的話，那麼這尊千手觀音和那些逃過天災人禍的雕像比較起來就真是不幸。然後我想起那座死了多時的金身，如此幸運可以有著養尊處優的待遇，甚至比活人過得還要好。

我舉起相機拍照時，發現我左手的無名指上空空如也。因為擔心可能會引起注意而被偷，所以我將戒指留在香港家裡。我也突然發現因為在安嶽的行程過於匆促，我幾乎沒有想起麥可。人類的情感也許就如同那些岩壁石像般脆弱不堪，也經不起時間的考驗。想到這忽然覺得有點傷感。在萬哩外的我，現在是不是也不在麥可的心裡了？

我的目光落在觀音臉上的兩個洞。看著看著，那黑暗的空虛似乎要將我吞噬。但我不希望自己的生命會和這些黑洞一樣，幽暗、空虛、被遺忘。

我偷看了悟空一眼，她正在全神貫注地照相。所有尼姑都像她這麼自在無拘束嗎？我好懷疑。或許只是因為她太年輕，還未在這萬丈紅塵裡打滾過。

經過了三個禮拜馬不停蹄的紀錄工作，我們已筋疲力盡、不堪負荷，於是決定在回香港前的最後一個禮拜六出去放鬆一下。

「我們去市集看看吧。」我跟悟空說。

她嘆了口氣。

「怎麼了，師父？」

「唉，可是……」

「可是甚麼？」

「妳也知道，這是不行的，雖然沒有明令禁止，但是……尼姑去市集是不太恰當的。」

「可是，師父，所有的菩薩在修成正果之前不是都必須下凡，到市集裡幫助別人的嗎？」

「嗯……好吧，我去，但是……」

「我會守口如瓶的。」

在擁擠的市集裡，許多側目的眼光對我們指指點點。

「是個尼姑！」一個十幾歲的女孩推了推她的朋友大聲地嚷。

「媽媽，那個女人沒有頭髮！」一個小孩拉著母親的衣角大叫。

「那個漂亮的女生為甚麼跟尼姑在一起？」一個年輕男子問他的朋友，一邊不懷好意地看著我們。

一個小販對悟空笑著：「小姐，剃光頭比較涼爽喔？」

最糟的是，一個缺了牙的胖男人狠狠地朝地上吐了口水——為了去除厄運。因為一些愚昧的男人認為看見和尚或尼姑會觸黴頭，尤其是一大清早。對他們來說，光頭表示「一無所有」，那就代表他們的荷包和碗裡也會一無所有。

我看了悟空一眼，她似乎有點難過。

「師父，妳沒事吧？」

「喔，沒事，我還遇過更糟的。」她繼續大步走著，「有一次一個男人甚至走過來敲我的頭，」她微微一笑，「但大部分人都還是很尊敬我們的。」

很快地我們擠進了一個站滿了大人和小孩的攤位，看見一排的糖公仔。有龍有鳳，還有《西遊記》裡的唐三藏、孫悟空和豬八戒。

「杜小姐，妳看！」悟空興奮地說，「他在捏糖呢！」

捏糖的人是一個瘦小、滿臉皺紋的四十多歲男子。他將糖漿倒在大理石厚板上，然後用一把小刀開始捏、拉、壓、切。在他靈巧的雙手下，沒幾分鐘就出現了各種不同的人物、動物、老虎、小鳥、魚，甚至昆蟲。

我幫自己買了條龍，幫悟空買了孫悟空。「來，悟空師父。」我將糖公仔遞給悟空。

我們都笑了。

悟空開心地舔著孫悟空的頭，突然說：「喔，杜小姐，我想我不能吃這個。」

「為甚麼不行？這是素食。」

「但是這形狀還是隻猴子。」

「噯呀，師父，這又不是真的動物。而且沒人會看到，放輕鬆點。」

「好吧。」她說完一口咬掉悟空的頭，吃得嘖嘖作響。

悟空和我邊吃著糖公仔邊跟著人群到處走。她似乎完全被市集的貨品和熱鬧的氣氛吸引。她大大的眼睛東張西望，粉紅的雙唇不停吐出驚呼。這麼年輕，這麼充滿活力，她真該在出家前多享受點世俗的樂趣。我想知道她這麼年輕就出家的原因，也好奇她是否有後悔。她嘗過被一個所愛的男人深愛著的感覺嗎？

和麥可在香港夜市的回憶忽然浮現在我的腦海。我還記得他伸手牽我，問我願不願意帶他去看有快樂結局的中國戲曲，還有我開玩笑說我喜歡小狗，因為牠們很美味……

我們曾經是兩個陌生人，是那場大火讓我們走在一起。但現在我們卻是相隔萬哩的一對冤家。

「杜小姐，」悟空高亢的聲音把我從回憶中驚醒，「我們可以看看這個嗎？」

我們站在一個擠滿了年輕人的書攤前面。悟空馬上愛不釋手地翻著舊書、電影雜誌，還有廉價的占星書、面相書、手相書和食譜。

我正想說我們該走了，卻發現悟空的眼睛亮閃閃的，嘴唇無聲默唸著，完全沉浸在自己的世界裡。

我把頭靠在她的肩上，「師父，妳在看甚麼？」

她紅著臉闔上了書，把書交給我。

她的臉頰還有著緋紅，「我從來沒看過這種書。」

「妳喜歡嗎？」

「嗯……有點，可是……我不知道。」

「別擔心，我不會跟依空師父講的。」

她的臉亮了起來，「嗯，喜歡。」

小販傾身向前說：「小姐，我還有其他更好看的，想不想看？」

我擔心他可能沒想到有些內容是不適合給尼姑看的，所以扯了扯悟空的袖子小聲說：「師父，我們走吧！」

31 大護法

回到圓覺寺，我發現桌上有兩封給我的信，一封是從美國、另一封則是從香港寄來的。還沒開信前，我已經猜到寄件人是麥可和母親了。麥可的信比母親的早了一個多禮拜寄出。

雖然覺得內疚，但我還是先打開了那封美國的來信。

親愛的夢寧：

至今妳還沒打電話給我，我知道妳一定很忙，但請不要忘了我。我最近工作量越來越大，這兩個禮拜內我就去了亞利桑那州、佛羅裏達州和德州三個地方開會——都是無聊的地方。如果妳在我身邊，那無論會議再冗長、再無聊，我想我還是會享受的。

妳在安嶽的工作進行得如何呢？在那麼偏遠的地方，一定得好好照顧自己。記得一定要喝煮過的水，也不要用自來水刷牙，更不要相信當地的醫生或醫院。

因為到現在妳連一封信、一通電話都沒有給我，這當然令我很焦慮。我真的非常想妳，也非常擔心妳。也許妳寄了信，但只是從中國到美國要較長的時間；又或者妳試過打電話，只是沒辦法接通，我知道中國到美國的通訊系統非常不好。

請打通電話（我這邊付錢）或寫封信給我。

愛妳的，

麥可

附註：欣賞安嶽美麗的風景和石雕時，也要記得想我。

讀完之後，我將信放在胸口，悠悠嘆了一口氣。我的心在這偏遠地方得到的平靜，因為想到遠在紐約的麥可而崩塌了。

我拆開了另一封信，抽出信紙，看見母親大大的字跡：

我漂亮的女兒：

妳還好嗎？希望每件事都順順利利的。但還是要很小心，不要相信在中國的任何人，也不要相信在美國的鬼佬，就算麥口也一樣。雖然他現在是妳的未婚夫，但他終究是個鬼佬！

妳奶奶曾跟我說，在洋鬼子的眼裡，最棒的女人是能在家像主婦、出門像貴婦、床上像蕩婦（原諒我用粗俗的字眼），這根本是剝削女人！我現在真慶幸我從沒教妳怎麼煮菜做飯，我們那麼窮，也沒機會穿甚麼貴婦裝，還有——上床的話，我只能跟妳說，別忘了在床中間擺杯水！妳一定覺得妳媽瘋了，哪有情侶會在床中間放杯水的？更別說你們都訂婚了。但妳最好相信一個老女人的智慧，就像我相信妳祖母的話一樣，在那個美麗的五月某天傍晚，九歲的我和十九歲的妳爸所做的一樣！

我一切都好，但香港可不好。雖然妳對政治經濟一向沒興趣，但也應該聽說最近的股市風暴吧？工廠關門了、員工被解雇、好多人自殺，有一個經理還開著他的寶馬從大會堂旁衝進海裡。銀行裡每天都擠滿人，不顧一切要把港幣換成美金，現在黑市裡十二塊港幣才能換一塊美金，妳相信嗎？

這封信裡我附了一篇剪報，我想妳應該會有興趣的。妳是不是只顧著想那個美國鬼佬麥口，都忘了妳媽了？

擔心妳的媽媽

附註：如果妳真喜歡這個麥口，就趕快嫁了。現在香港景氣不好，嫁哲學博士可能會餓死，但嫁醫生絕對不會！

附註二：我差點忘了告訴妳，妳的麥口打了好幾次電話來，我只聽得懂他一半的英文，好像是在抱怨妳沒有打電話或寫信給他。因為他太煩了，所以我就把所有事情都跟他說了，包括妳甚麼時候會回成都，還有妳住的飯店。

附註三：妳是不是不喜歡這個麥口了？或者遇到比他更好的人，像一個中國醫生之類的？

我自言自語道：「媽！妳為甚麼把我的行程告訴麥可？我到中國就是想要一個人靜靜啊！」然後我看見了剪報。

大贊助商消失，金蓮寺陷財務危機

香港億萬富翁和陽光房地產董事長歐陽衛在週三上午離開了位於清水灣的豪宅，之後行蹤成謎。他失蹤前一天，公司向政府申請了破產。傳言他在歐洲有三億多美元的存款，因此現在人可能已在歐洲。

許多組織將因歐陽衛的失蹤而陷入財務困境，其中受影響最大的為金蓮寺。根據消息人士指出，自一九八二年以來他便是金蓮寺最大的贊助人，自從接觸了該寺的金身後，歐陽衛至今已捐贈超過二千五百萬港幣。傳聞他為金身的不朽所震撼，所以將其視為自己此生及來世的護法。他希望金蓮寺能為他所有捐款保密，讓他成為唯一的贊助者，獨享所有福報。

隨著他的失蹤和公司的破產，金蓮寺的重修與擴建也於近日停工。該寺負責人依空上人目前正在西安招募畫家，為金蓮寺新建的大雄寶殿典藏作佛畫，因而未能對此作出任何回應。

看完後我忽然覺得心頭有顆大石重重壓著。那個總讓我覺得她不喜歡也不信任男人的依空，竟會讓一個粗鄙的生意人成為她寺廟主要的贊助人嗎？這個歐陽衛真的只是為了金身而捐這麼多錢嗎？

忽然一個念頭閃過，那天我看見的那個粗鄙的大肚男會不會就是歐陽衛？

也許尼姑的世界比我想像的，或比我不想承認的，要複雜得多。我還記得和麥可爭吵時他說過的話：

妳真的以為她能蓋學校、孤兒院、養老院、博物館，還有重建整間廟，都只跟女人募款嗎？

還有：

如果她不知道被深愛過的感覺，她怎麼能確定愛都是虛幻的呢？

感覺一陣頭痛，我伸手關掉床頭燈，倒在床上。雖然疲憊不堪，但我像煎鍋裡的魚一樣，翻來覆去就是無法入眠。

隔天，悟空下午就要回香港，而我則要到成都觀光，或許會到四川博物館做點研究。臨別前，我邀她到我房裡喝茶。我們拿了廟裡提供的茶包，從廟裡的熱水瓶取熱水沖茶。然後喝著茶，天南地北地聊。

過了一會，悟空突然問：「杜小姐，妳未婚夫——他一定是個好人，對不對？」

雖然我跟她提過麥可，但這個問題從尼姑口中問來，還是讓我嚇了一跳。「嗯，他是個很好的人，對我也很好。」

「他做甚麼的？」

「他是醫生。」

「哇，醫生，真好。」她好奇地看著我，「哪種醫生？」

「神經科醫生。」

「妳是說他專門修理別人的腦袋？」

我笑著點頭，「我不太懂醫學，但大概是吧。」

「哇，那他在這個領域一定很厲害。」

「應該是吧。」

「哇，杜小姐，」——她大大的眼睛閃爍著光芒——「妳真幸運。」

我問她：「師父，妳介意我問個私人問題嗎？」

她聳了聳肩，「不介意，我沒甚麼祕密的。」

「妳幾歲開始當尼姑的？」

她的回答令我訝異。「我從小就在金蓮寺長大。」

「真的嗎？可是我怎麼從沒見過妳？」

「妳見過我。」

「真的？我沒印象了——甚麼時候？」

「有一次我到圖書館去，妳和依空師父在看書，然後師父跟妳介紹我。」

「有嗎？」

「有，她說：『杜小姐，這是我們的小餅乾。』」

現在我依稀想起那個圓臉的小女孩，總愛吃著餅乾在圖書館外偷看我和依空。「噢，我真不敢相信——」我看著眼前這個瘦瘦的女孩，「妳就是小餅乾！」

她點點頭，靦腆地笑著。

我問：「喔……妳是孤兒嗎？」

「不是，但我們家有七個小孩，除了我其他都是男孩。我父親早逝，母親總是臥病在床。因為我太皮了，所以祖母有天決定把我送到廟裡去。她說這樣一來可以讓我乖一點，也可以趕走厄運，還可以替家裡積福。」

「不過，師父，」——我看著她——「我從沒看過妳調皮搗蛋。」

「是我祖母說的。」

「例如甚麼事呢？」

「有一次我把我們家貓的毛全往相反方向梳，還捏牠的尾巴。」

我笑了。

悟空繼續說：「另一次我忘了餵我們養的鴿子，結果牠就死了。牠的內臟被老鼠吃了，留下一個空殼，我祖母看到的時候邊打我邊叫：『晦氣！大黑洞！』」

我們都笑了，我接著問她：「那妳媽媽想妳嗎？」

「嗯，她很想我。我小的時候，她常到廟裡來找我，還瞞著其她的尼姑陪我過夜。兩年前我十五歲，她同意讓我剃度為尼。」

她說完後，我們都沉默了。但我又不禁脫口而出：「師父，妳交過男朋友嗎？」

「當然沒有！」

我看著她光滑的皮膚、鵝蛋臉和充滿好奇心的大眼睛。

「妳……有後悔過嗎？」

她似乎出了神。

「不好意思，師父，我不該問妳這種俗世的問題。」

「沒關係，妳是好人，杜小姐，我不介意的。」她想了一下說：「嗯……我想我的答案是……我……我……不知道。」

那我知道了。

「嗯，我可能……」她咬著下唇，「我真的不知道。」然後她滿臉通紅得像番茄一樣，說：「天啊，依空師父本來希望我可以勸妳皈依的，但我完全失敗了！」

真的嗎？我清楚依空不屈不撓的個性，這並不出人意表。現在我突然明白她引導我發現金身、送我到這裡來都是為了使我削髮為尼！她甚至希望我能捐出麥可送的訂婚鑽戒！

雖然依空從未施加壓力，但她希望我到她廟裡當尼姑的願望就如同她頭上那十二個戒疤一樣明顯。身為尼姑，她不能公然阻止我戀愛和結婚，但即使在這裡，在這個距離金蓮寺八百哩外的地方，我仍能感受到她一如以往要把我拉進空門的力量。她認為這是慈悲，因為她不希望我陷入情感地獄的深淵。

這也就是為甚麼心經中的「色即是空」是依空最愛的一句話。她說愛情將如同所有世間事物一樣化為虛空。當我們瞭解到人類的所有苦痛都來自「色即是空」，我們就必須學會慈悲。對她來說，慈悲是生命中最重要的——不同於那些膚淺的激情，或浪漫的愛情。

也許我們可以冥想虛空，但卻仍活在色相的世界裡，甚至有個男朋友也無妨。畢竟，我並不需要削髮為尼才能成為一個**真正的尼姑**。

看著悟空，我想起和麥可一起的感覺。在床上他如何吻我，我如何感到他的體溫。是啊，無論我們的未來如何，一生中擁有過一個男人的愛是一件幸福的事。

跟著我冒昧問了另一個問題：「師父，妳喜歡當尼姑嗎？」

「嗯，這是我唯一認識的生活。」她微笑著，又補了一句：「但有時候我也受不了那些規矩。」

「例如？」

她開始滔滔不絕地背起來：「我們不能大口吃東西、食物還沒到嘴邊不能張開口、吃東西不能發出窸窸窣窣的聲音。」

我又笑了，她說：「等等，杜小姐，我還沒說完呢。我們不能隨便在草地上大小便、吐痰或擤鼻涕。」

我們都笑翻了。

32 電梯

下午兩點半左右，悟空向我道別後，小林便載她去機場。跟著我向廟裡所有的尼姑道別，然後搭計程車回到市區。

幾小時後，我抵達成都金牛賓館。雖然裡面裝飾得金碧輝煌，但我看到的景象卻不堪入目。叼著菸的男人邊說話邊激動地揮舞著雙臂、疲倦的母親們吆喝著要孩子乖乖聽話、衣衫不整的服務生無精打採地招呼客人，嘴裡咕噥著……

我拖著行李走向櫃台時，驚訝地看見一張熟悉的臉孔出現在人群中。

麥可？我不敢相信自己的眼睛。是麥可來到成都，來到我眼前了嗎？或者這只是幻覺？

跟著是麥可憔悴的臉和疲憊的身影朝我走來。

「夢寧！」他大叫。一些人用好奇的眼光看著他。

「麥可，是你嗎？」現在換我大叫了。

突然間麥可就這麼站在我眼前了。一陣沉默後，他說：「夢寧，為甚麼妳要拒我於千里之外？妳知道我有多擔心妳嗎？想到妳有可能在陌生的地方遇到危險，我的心幾乎被撕裂了！」他努力壓抑著聲音裡不開心的情緒。

一小群人開始圍過來，在這天府之國省會成都的廉價酒店裡，觀賞一齣中國女人與美國洋鬼子的免費即興演出。

「麥可，拜託，大家都在看，我們可以等進房間再說嗎？拜託……」

「我不在乎這些人是死是活！我只在乎妳！妳難道還不知道嗎？如果我沒有問妳媽，我根本不知道妳在哪，妳怎麼可以這樣對我？」

「麥可，拜託降低一下音量，我很抱歉，非常抱歉……我們可以等一下再說嗎？」我被他嚇壞了，只能一直道歉，我從沒見過麥可這麼生氣。

「那現在就回答我！」他大聲要求。

我的聲音就像隻受了傷的小動物，「我……只是需要時間靜一靜。」

「那現在靜夠了嗎？」

「原諒我，麥可，我真的很抱歉。求你……」

他的聲音終於軟了下來，「好吧。」然後將我拉進懷裡，親吻我的額頭。

人群響起了掌聲和歡呼。

一位中年女人咧開大大的笑容，說：「是的，家和萬事興！」嘴裡叼著菸、滿嘴黃牙的年輕人跟著說：「對，床頭吵，床尾和！」另一陣掌聲響起。

麥可向圍觀的群眾露出了憤怒的表情，轉過來問我：「他們在笑我嗎？」

「不，麥可，他們很高興我們不吵架了。拜託，我們走吧。」

我們沉默地拉著行李走向櫃台。櫃台坐著一個穿著深藍色制服的男人和一個大約四十歲的女人。

我說：「我叫杜夢寧，我訂了一個房間。」

男人盯著我和麥可：「你們要兩間房嗎？」

我轉身替麥可翻譯。

他痛苦地說：「現在妳是說我長途跋涉飛過太平洋來找妳，妳卻想跟我分房睡？」

「不是，我不是這個意思。我只是翻譯他說的話。」

「好吧，那跟他說我們不但要住同一間房，還要睡同一張床。」當然我沒說後面那句。

我不安地向櫃台的男人說：「我們要住同一間房。」

他凶神惡煞的小眼睛盯著我們：「你們結婚了嗎？」

感覺可能會有點麻煩，我把他問的話翻譯給麥可。

他皺著眉頭，「那跟他說我們是夫妻。」

「可是——」

「就這樣跟他說，夢寧。」

我轉身跟男人說：「對，我們結婚了。」

他接著說：「那給我看你們的結婚證書。」

我跟麥可翻譯。「結婚證書？」他看起來很不開心，「跟他說我們沒帶。」

我跟那個男人說，但他板起臉，強勢地說：「那你們必須分房住。」

「但我們是夫妻。」我的聲音聽起來完全沒說服力。

他也沒讓步，大聲說：「那就拿證明出來。」

「我跟你說我們沒帶。」

「那在哪裡？」

「在美國。」

「那為甚麼妳不用美國護照，而是帶著香港入境許可證？」

「因為我們剛結婚沒多久，我還沒拿到護照。」

我們來回爭論了一會，我才跟麥可翻譯。

接著出乎我意料之外，麥可失控了。他滿臉漲紅，怒氣沖沖走向櫃台指著男人用英文咆哮：「聽著，我不要再浪費時間了——給我那該死的鑰匙！」

我想那個男人應該不懂英文，但麥可的咆哮似乎起了作用。他一臉屈辱，將鑰匙交給了麥可。

我們走向電梯時，我聽見他跟旁邊的女人抱怨：「這不是我的問題，如果公安今晚過來，她又拿不出結婚證明的話，出境時被蓋上『妓女』那可就不要怪我。」

「老張，」——女人笑了笑——「她跟美國人來的，相信我，公安不會刁難他們。」走向電梯的途中，我可以想像所有人都看著我們，就像我的額頭上貼著「妓女」，麥可的頭上貼著「老番」這幾個字。

電梯門一關上，那些好奇的注視終於消失，我們就像進入了安全區域。在這短暫的避難所裡，我們聽著電梯往上的提示，感到它正往十五樓爬升。

「夢寧，」麥可向我靠近，聲音滿是溫柔：「我飛來找妳，妳不高興嗎？」

「我當然高興。」看著他難過的臉，我的內心波濤洶湧。

「但妳看起來不太高興。」

「因為我很訝異你竟然在這裡出現。」

「這是因為妳沒跟我說妳在哪裡。可以多替我想想嗎，夢寧？如果妳見到我是真的覺得開心，就證明給我看——」

他話還沒說完，一陣刺耳的聲音傳來，蓋住了他的聲音，接下來是一片漆黑。我覺得自己像在斷崖邊，飛躍而下，心幾乎要從喉嚨跳了出來。但我馬上就意識到，是電梯在向下墜。

我努力抓住扶手，祈禱著：「觀音菩薩，如果妳聽到了，請來救我們！」

掉落井底的回憶閃過了我的腦海。

這次我會就這麼死掉嗎？或者我還是會像十七年前一樣奇蹟生還？我邊向觀音菩薩祈禱，邊喊著：「麥可？」我一隻手抓著扶手，伸出另一隻手找他。

一個顛簸，我跌倒在地。

命運總愛玩弄凡人。我歷經落井，現在又被困電梯！一切大概就會這麼結束吧，當尼姑或不當尼姑、結婚或單身、空門或俗世，反正我就要死了。我要死了，麥可……啊，麥可！

但電梯停止了晃動，我也沒死。在這個又黑又小的空間裡，我備受沉默煎熬。

我試著摸索麥可，但手卻抓不到任何東西。

「麥可，你還好嗎？」

「夢寧，妳還好嗎？」我們的聲音幾乎同時響起。

他虛弱的聲音傳來：「我跌了一跤，現在腳很痛……夢寧，我看不到妳！」

這是第一次我在他的聲音裡聽到恐懼。

我摸黑了幾秒，他抓住了我的手。我想扶他，但他完全站不起來。

「我沒辦法站起來，我的腿太痛了。」

我跪在他身邊抱著他。

「我的腿……」他聽起來很苦惱，「可惡，他們可能根本還不知道我們被困在這裡。」

「櫃台那些人一定會來救我們的。」說完我突然對自己此刻的冷靜感到驚訝。幾秒鐘後，我開始拍打電梯門。

麥可也虛弱地拍打著門，我要他保留體力，讓我自己拍打。但直到手都痛了，還是沒有人發現我們。我們再次被不祥的黑暗與沉默吞沒。

「麥可，我們先等一下。這裡是飯店，遲早會有人要用電梯的。」

「好吧。」麥可聽起來有些喪氣，「夢寧，請抱著我。」

當我伸出雙臂抱著他，心中一陣柔軟，那是我從來沒有過的感覺。我輕輕抱著麥可，感覺到他的需要，也感覺到自己心中和雙腿之間的一股熱流。這讓我很驚訝。因為這都是我以前幻想著空門裡的生活時，從沒感受過的。

黑暗中，我聞到他的汗味和古龍水味，感覺到他棉質襯衫的紋理和溫暖的呼吸。

我將他的頭緊靠在我胸前，他的心跳如此強壯，卻也如此脆弱，在這黑暗中和我的心一起跳著。一種與他深深連結的緣分在我心中泛起了漣漪。

我想起佛教「心心相印」這句以前對我而言並無特別意思的話。我也想起了算命師說過的「精誠所至，金石為開」。

就像純淨的月亮慢慢從雲端出現，然後灑亮整個黑暗的大地。我因掉落井裡而愛上了觀音；現在又因墜落在這個廉價酒店的破舊電梯裡，而愛上了一個男子。這次的墜落，就如同十七年前的那次一樣，使我獲得了內心的平靜。對禪宗來說，頓悟可以來自禪師的棒打。對我而言，這兩次的墜落就是那禪師棒打下的頓悟。

我從未想過禪會帶領我進入這個我曾經鄙視、名為「男人」的生命中。我知道自己需要別人，卻從沒想過有人需要我，如同依空被她的信徒和弟子們所需要一樣。空門雖然虛空，卻仍是植根在這塵世中。

「不要離開我，夢寧，我的生命中只有妳了。」麥可的聲音平靜多了。

我摸著他的臉，「我不會的。」然後我笑了笑，「雖然，身為一個佛教徒，我實在應該要『放下自在』。」——那是麥可的法號。

他無奈地笑了笑。

我問：「你的腿還好嗎？」

「現在不那麼痛了，根據中國五千年的歷史看來，妳覺得要多久才會有人來救我們？」

此時燈亮了，吵雜的人聲從上方傳來：「嘿！裡面的人還好嗎？」

我用中文大喊回去：「還好！」

我看著手錶，我們只在電梯裡待了七分鐘，但卻像過了一輩子。

麥可關上房門後，緊緊抱著我，像是要擠出我們之間的所有縫隙。周圍的世界似乎慢慢消失，只剩下他和我在這破舊酒店的小房間裡。我們緊緊擁吻，像過了一個世紀，他終於放開我。

他問：「夢寧，妳看到我開心嗎？」

我撫著他的臉，心疼地說：「當然。」

「答應我不要再從我身邊溜開了。」

「麥可，真的很對不起。」然後我說了謊，「我有試過打電話給你，但就是打不通。」

「沒關係。」

沉默之後，我問：「麥可，你的腿還好嗎？」

「有點疼，但應該沒甚麼大礙。」

「那我們去吃點東西吧，我餓了。」

「但我有點心可以吃……就在這裡。」他把我抱起來走向床邊。

「麥可，」我抗議著，「他們會聽到的。」

但他沒理我。

33 桃花源

第二天早餐後，麥可提議到樂山去看巨佛像，也好好拜一拜，讓他保佑我們在中國的團聚。到樂山的車程一如預期般顛簸，一路上塵土飛揚。麥可看著窗外，似乎出了神。

「外面真的沒甚麼好看的，麥可。」

「沒關係，我只是想看中國。」

他的興致讓我很高興。

一陣沉默過後，麥可突然指著窗外說：「看，夢寧，這裡好像有甚麼——大概是間廟。」半隱在厚厚的樹叢後，這棟建築就像一個嫻靜的女子在閨房窗戶的縫隙中偷看外面的世界。這雖然不在我們的計畫之中，但不知為甚麼，我對這間半隱匿著的寺廟很有興趣，於是提議下車去看看。

「我也這麼想。」麥可說。

所以我請司機繞道。他掉頭開到一條彎彎曲曲的泥巴路上，開了大約十分鐘，頻頻問我們要找甚麼。終於發現了一排狹窄的石階之後，我們便下了車。

「小姐，你們恐怕得自己爬上去了，我在這等著。」

我們慢慢爬上像通往天階一樣曲折的石梯。天氣越來越熱，但幸好有濃密的綠蔭替我們擋住了陽光。我們爬了十分鐘，終於到了平坦處，兩個人汗流浹背、氣喘吁吁。

麥可微笑用手帕擦了擦額上的汗，「我們成功了，夢寧！」

穿著布鞋、牛仔褲和淡綠色休閒衫的麥可顯得輕鬆愉快，與高大竹子和其深綠色的投影完美地融成一體。

我們沿著小路走，直到看見一個用灰石子蓋成的半月形大門，門下麵長滿了各種植物。圓拱的頂端用篆書寫著四個大字：空然之境。走進圓拱門，我們在綠葉之間看見遠處有一座小廟。不知名的花香撲鼻而來，我忽然覺得像走進了桃花源。

桃花源，中國傳說中的烏托邦，也是六朝詩人陶淵明筆下刻畫出的理想世界。四十五歲的陶淵明厭倦了仕宦生活，決心回歸田園，並從此過著簡樸的生活。他過著自給自足的生活，有些閒錢時便買買小酒，飲酒賦詩。

陶淵明的詩中敘述一個武陵漁夫有天沿著小河划船，無意間發現了一片桃花林，於是下船走進了桃花源。一進桃花源，他便彷彿進入了一個被時間遺忘的化外之地。這裡的農家過著簡樸的生活，甚至不知外面的世界已經改朝換代。

幾個世紀以來，陶淵明的詩廣為傳頌，因為它說的是一個享受著自在和單純生活——花開、鳥鳴和遠山浮雲——的天堂。這裡用不上儒家的道德規範，因為人們是這麼地單純和良善。他們在那裡住了幾百年，與自然為伍，沒有煩憂。天色漸晚，漁夫於是告辭村人返家。但之後想回去，卻再也找不到路了。

我們走近寺廟，支撐著藍綠色屋頂圓柱上的紅漆已斑駁脫落。入口旁邊有古老的松樹，像門神一樣看守著寺院。

「麥可，來這裡看看。」

我們快步走向寺廟，從木格窗欞看去。一尊古色古香的青銅佛像似乎對我的闖入並不意外，面帶微笑看著我。

「我們進去吧！」麥可拉著我的手走進庭院裡。

首先映入眼簾的是一棵開著粉紅花朵的梅樹，我們看著這些花，麥可開始唸詩：「岐王宅裡尋常見，崔九堂前幾度聞。正是江南好風景，落花時節又逢君。」

從麥可嘴裡聽到杜甫的詩句是一件很奇妙的事。我悠悠嘆了口氣，好像身在一個熟悉的夢境中，彷彿我們前世就曾在這落花紛飛的樹下賞花、唱歌、吟詩。

寺廟的地板掃得乾乾淨淨，看起來古老卻不荒涼。還有幾座石碑，我嘗試替麥可翻譯上面的文字。

其中一個石碑上刻著一個小夥子的心上人嫁了別人的故事。他終於體悟到世間一切的虛妄，於是來到這間小廟剃度出家。

我翻譯完後，麥可搖了搖頭，「那不是個出家的好理由——」

此時一個溫文有禮的聲音從我們背後傳來：「施主，需要幫忙嗎？」

我們轉身，看見一個結實的年輕僧人。他穿灰色的上衣和褲子，腰上繫著白色腰帶——或許是為了凸顯自己精瘦的好身材。他很有禮貌，光頭平滑發亮，還有一雙充滿智慧的杏眼。

我們雙手合十，恭敬地向他鞠躬。我說：「師父，我們很喜歡這裡，所以四處走走。」

他也雙手合十向我們回禮，「謝謝，歡迎你們。」他說：「很抱歉沒有在門口迎接你們，因為已經很長一段時間沒有人來過了。喜歡的話，可以隨意參觀。要不要跟我們喝個茶？」

「好啊。謝謝你，師父。」我說完翻譯給麥可聽，他的臉亮了起來。

我們跟著這個年輕的僧人穿過另一道拱門。他跟我們介紹了石獅子、巨大的青銅香爐，和一個看起來已被敲了千年、滿佈青苔的古老大鐘。

然後我們經過一個長滿雜草的小池塘。他停下來，指著一個我原以為是佈滿青苔的石雕說：「施主，我要跟你們介紹我們廟裡的神龜，全德。牠就是那個住在東海、背負著五行神山的龜仙後代。」

我還沒發出驚嘆，他便接著說：「全德比我們三個人年齡加起來都還大，牠已看盡了人世間的滄桑。」

我跟麥可翻譯，他驚呼：「真的嗎？有多老——一百歲？」

我轉問僧人，他伸出三根手指頭，驕傲地微笑說：「不，三百歲。」

我又問：「我們可以摸牠嗎？」

「當然，牠已經獲得智慧和慈悲。」

麥可和我彎下腰拍拍這隻充滿靈性的烏龜，他非但沒有將頭縮進殼裡，還緩緩地看了我們一眼，彷彿在說：「走開，你們這些被世俗牽絆的無知凡人！」

我享受著這裡的美麗與芳香，一種純淨自由的感覺由心而生。

僧人帶我們在陽光下走進一個涼爽昏暗的大廳，我們跟著他穿過大廳，到了一個沒甚麼佈置的內間。這裡只有一些普通的木頭傢俱，但都幾乎嚴重磨損。一面牆上掛著菩提達摩，禪宗創始人的畫像。他帶著一副嚴肅的表情，似乎在警告世人他沒有時間說廢話。

年輕的僧人叫我們在這待一會後，便走進了旁邊的一道門。

這裡的感覺很特別，雖然沒有我和悟空看到的那些石窟那麼雄偉壯麗，但就好像進入了宋代的偏遠山廟。

麥可也有同樣的想法，「我第一次看見中國藝術時，心中出現的就是這樣的一間小廟。我從沒想過這會是真的。」他笑著問我：「妳覺得我們回得去嗎？」

「我才不在乎。」我笑著。也許就跟我一樣，他也希望我們能夠住在像這樣一個遠離塵世混沌和紛擾的天堂。但當然，若讓我們選擇共同居住的地方，寺廟一定是最後的選項！

我站起來欣賞掛在牆上的畫。畫上是梅樹枝葉的縱橫交錯，墨色淡而自在。通過枝葉的間隙，可以窺見掛在天上的一輪明月，左邊的詩句寫著：

寒凝大地月益明，前世為月今方知。

我反覆咀嚼著「前世為月」這句話，直到麥可要我幫他翻譯。

我翻譯完，他問：「如果我前世是月亮，那妳就是飛進我懷裡的嫦娥。」

「有時候我也希望我是嫦娥。」

麥可疑惑地問：「但他可憐的丈夫怎麼辦？夢寧，不要到月亮去，中國已經夠遠了，待在地球上，待在我身邊就好。」

在這間與世隔絕的廟裡聊著塵世的慾望，真奇怪，就像被一個男人深深需要一樣，對我來說仍是很陌生的感覺。

我們就這樣開著玩笑，直到我的目光被一幅書法吸引。我向前仔細看那行雲流水般的草書。

駐足流連，心惜之，乃至耽溺。

我好奇是誰寫了這首詩，又是為甚麼寫下了這首詩。

我將詩的內容翻譯給麥可聽，告訴他我的想法。他說：「我想這只是一首關於超脫的禪詩罷了。」

此時年輕的僧人回來了，恭敬地扶著另一位拄著拐杖的老僧人。老僧人像烏龜一樣緩慢地坐下。他棕色皮革般的臉龐、棕色的長袍和深棕色的拐杖正好跟椅子融為一體。我敢說如果現在有人進來，一定會以為他是另一件古董傢俱！

年輕的僧人邀請我們跟他們坐在同一桌。

老僧人看著我們，露出微笑，沒有牙齒的嘴就像一個乾涸的井。他的眼睛雖泛黃混濁，卻洞悉一切，彷彿能將佛法直接從他心中傳給我們。

年輕的僧人忙著擺放茶壺、茶杯和素果。擺好後，他跪在神桌前喃喃唸了一段經文，將茶和素果虔敬地獻給佛祖。

看見他的虔誠與敬獻，我深受感動。

接著他倒了一杯茶端給老僧人，讓我訝異的是，他像對佛祖一樣虔誠地跪在老僧人身邊奉茶。奉完茶和素果，他看來輕鬆了不少，又開始替我們倒熱茶。他跟我們介紹老僧人法號為了塵，自己則是永明。老僧人露出了一個天真無邪的微笑。

永明說：「跟全德比起來，我們了塵師父只有一百零五歲，算是個年輕人呢。」

我翻譯給麥可聽，他難以置信地驚呼了一聲，馬上恭敬地向了塵鞠躬。

突然間了塵師父開口了：「你們看電視嗎？」

這問題從一個一百零五歲的禪僧口裡說出來，讓我吃了一驚——他不是早該脫離所有七情六慾了嗎？

我跟麥可翻譯，他說：「我倒為他感到難過，他在這裡一定非常寂寞。」

我跟了塵師父說：「我們有一台電視，但不常看。」

了塵又說了讓我吃驚的話：「我聽過電視這東西，但從沒看過。」

「師父，你是說你一生中，一次都沒看過？」

「對。」

現在這尊活化石真的讓我感到好奇了。「你不會想要看嗎？」

他沒直接回答我的問題，只笑笑說：「我有自己的花園、有佛經、有天空和雲。」

我跟麥可說了之後，他說：「問他會不會有時候覺得悶。」

我轉頭問了塵。

他回答：「每晚，月亮都照著池塘。」

永明插話說：「師父從年輕的時候視力就不太好。」就像在為了塵不看電視、跟世俗脫節向我們道歉。

「那他怎麼唸佛經呢？」我問。

「他在二十歲以前就把佛經全背下來了。」他接著補了一句：「但師父有佛陀的慧眼。」

我跟麥可說完，他點了點頭，彷彿陷入了沉思。

短暫的沉默過後，永明站起來走向大蒸籠，然後在竹製的托盤上放了幾個圓潤雪白的包子。熱呼呼的包子在我手裡看起來那麼充滿生機和活力。

麥可在太陽下爬完長長的石階大概非常餓了，所以津津有味地吃著包子和不停地灌著茶。

「嗯！」他豎起大拇指。

永明禮貌地微笑，了塵師父則用滿是皺紋的手摀著嘴呵呵大笑。

見我沒吃，了塵深深看了我一眼說：「小姐，吃！快趁熱吃！」然後又說：「別讓它涼了。」

難道他在暗示我和麥可結婚這件事嗎？

我朝他露出微笑，剝開一個包子。紅豆餡溢了出來，像迫不及待要看看這個外面的世界。我趕緊張嘴接它們進入紅塵。

吃完了點心，了塵師父說：「施主，我得去工作了。」

工作？一百零五歲的人？

看我一臉疑惑，永明向我解釋：「師父要去修整他的花園。」之後便扶著了塵走到外面。

我跟麥可說了我們的對話，然後兩個人詫異地看著了塵工作。雖然動作緩慢，但他身上散發著一種特殊的氣場，整個人快樂滿溢。他從容不迫地澆水、拔出死根、拔掉泛黃的葉子。似乎感覺不到頭頂炙熱的太陽光和草鞋下滾燙的土地一樣，他還邊工作邊在默唸經文。

麥可感嘆道：「真棒！我希望自己可以活到他那個年歲，而且還可以像他那麼健朗。」

永明回來的時候，我問他：「師父，你不覺得了塵師父應該要……退休了嗎？」

「我跟師父說過好多次了，但他總用佛經上的話來回我，說『一日不做，一日不食』。」永明聳聳肩，笑著說：「我也沒辦法。他總跟我說打理花園就是在修道，所以他怎麼能停下來呢？」他接著說：「師父說他是風和塵的客人，他的心如死灰。」

我們一起看著了塵師父。

然後永明說：「我也得去工作了，你們想待多久就待多久，不要客氣。」

忽然我想起了石碑上的故事，「師父，石碑上那個年輕人愛上一個女孩，結果女孩嫁了別人的故事……」

似乎早已猜到我的問題，他說：「那個年輕人就是了塵師父。」

聽到這我非常震驚，「噢，」我脫口而出：「真是個悲傷的故事。」

永明疑惑地看了我一眼，說：「非也。師父覺得自己落入無謂的慾望中，實在非常愚昧，因此決定放下。」他指著那幅書法唸道：「駐足流連，心惜之，乃至耽溺」。

他看著窗外：「看師父現在多快樂。」他微微笑，「那也就是他為甚麼能活到這把年紀。」

我順著永明的眼神看去，了塵正開心地對著一朵蘭花說話。

「師父習慣跟這裡的植物和石頭唸他的阿彌陀佛真言，他相信萬物皆有靈性。

我轉頭問永明：「那師父，這也是你在這裡的原因嗎？」

他露出笑容，「喔，對，我非常幸運，師父選弟子是很嚴格的。」

此時了塵走了進來，看著我們，喘吁吁地露出了一個大大的笑容，「明天又是嶄新的一天，我要去睡午覺囉。」

永明趕緊向前扶著他走回房。

我跟麥可翻譯了這一切之後，他說：「無論這些僧人如何努力想擺脫世俗慾念，但終究逃不過愛情。」

「甚麼意思？」

麥可說：「了塵師父的愛情故事就刻在廟裡的石碑上，不是嗎？」

不想再繼續叨擾，我們決定要走了。永明送我們到石階口。

麥可和我雙手合十，向他深深一鞠躬。我說：「謝謝你，師父，我們非常感謝您和了塵師父的熱情款待。」

在溫暖的夕陽下，他黝黑健康的臉龐似乎閃著智慧和超然的光芒。「不客氣，歡迎你們再回來。」

「一定會的。」

麥可要我告訴永明，他很喜歡他做的包子，也希望了塵師父能夠健康長壽。

我跟永明說了之後，他說：「謝謝，但師父的健康和壽命都是他自己的宿緣，不是我們可以企求得來的。」接著又說：「對了，包子不是我，而是師父做的。」

我們安靜地走下長長的石階。離開這不問世事的小廟回到塵世，我忽然覺得有點鬱悶。

麥可拉著我的手說，「夢寧，我們趕快回計程車上，要下雨了。」

走到最後幾階時，我們看見司機正蜷曲在後座呼呼大睡，於是我們加快腳步，但大雨已傾盤而下。我們用力敲計程車，司機驚醒後趕緊讓已經淋成落湯雞的我們上車。從模糊的車窗，我看見雨滴打在地上劈啪作響，然後又濺起。我感到一陣不忍，想著了塵和永明。小廟不過就在石階上，卻已顯得如此遙遠。我們這一生還有機會再造訪這塊淨土嗎？

34 車禍

離開了桃花源後，我們驅車前往樂山大佛，雨也在途中慢慢變小了。

司機在後照鏡裡看著我說：「小姐，妳跟妳朋友在山上好玩嗎？」

「喔，很好玩。」我簡短地回答，不想在廟裡的經歷讓這個陌生人知道。

但司機似乎沒法安靜。當車子在不平的路上顛簸時，他開始跟我們講有關樂山大佛的事。他厚重眼鏡片後的眼睛不停透過後照鏡盯著我們。

他用非常戲劇化的語氣說：「無論妳信不信，樂山大佛就是佛祖。」然後他停了下來，我想是要製造懸疑。

我問：「甚麼意思？」

「啊，妳沒聽過嗎？」

「沒有。」我心不在焉地回答，因為還想著那個化外之地，我只想自己靜一靜。

麥可問：「夢寧，他說了甚麼？」

「沒甚麼。」

「沒甚麼是甚麼？他明明說了很多話。」

司機問：「妳老外朋友說了甚麼？」

「他想知道你說了甚麼。」

他呵呵笑，想了一下：「那就是說妳的老外朋友也沒聽過這個故事囉？」

「我不知道，但我非常確定的是——」我幾乎可以聽到自己聲音裡的不耐煩，「我的老外朋友肯定比你知道更多佛教的故事。」

他沒有生氣，反而笑了笑，用他那神經兮兮的大眼從後照鏡看著我說：「我可不這麼認為，他一定不知道樂山大佛是佛的真身。」

現在我的火氣上來了，聲音也就提高了八度：「司機，請你直截了當跟我說這個好嗎？」

麥可拉著我的手問：「夢寧，怎麼了？他說了甚麼讓妳生氣？」

「沒甚麼。」

這時司機又說話了：「我說那座雕像是真的佛，是指他真的有靈魂。」

現在他終於成功吸引了我的注意力。他舔了舔暗紅色的厚唇說：「文化大革命的時候，他們好幾次想摧毀樂山大佛，但都失敗了。」

「他們做了甚麼？」

「他們爬到大佛頭上，也就是山頂，想把他的頭削下來。」

「但他的頭跟一間房子一樣大耶！」我看過這尊大佛的照片。

「不，不是因為這樣才失敗，小姐。」他笑著說：「是因為每次他們要動工就會發生事情——一個同志掉下來摔死了，另一個嚇到要被抬下來，還有一個當場心臟病發死了。所以最後文革那些人就想了一個新方法，他們在大佛頭上綁了炸藥——」

「不！後來呢？」

麥可轉過頭：「可以跟我翻譯他說了甚麼嗎？」

「噓！讓我先把整個故事聽完。」

我繼續追問：「那後來呢？」

「耐心點，小姐。我才正要告訴妳。」他又舔了舔嘴唇，吞了吞口水，然後繼續說：「後來在他們要引燃炸藥的時候便打雷了。那天本來天氣很好的，但卻突然行雷閃電！」他一個緊急剎車，「而且——」

車子顛簸了一下，麥可問：「夢寧，發生甚麼事了？」

「安靜，麥可，拜託讓他講完好嗎？」

「我想知道他在說甚麼。」

我沒理會麥可，繼續看著後照鏡裡的司機，「然後呢？」

「然後雷劈下來，所有人都被劈死了，都死了！」他向窗外吐了一大口口水。然後他的手離開了方向盤在比畫著，興奮的聲音迴盪在小小的車內。「他們的屍體就像一條條巨型的烤香腸！」

「我的天啊！」

我旁邊傳來麥可苦惱的聲音：「夢寧，如果妳跟他說話的時候，他雙手會離開方向盤，那就不要再問他事情了。現在路又濕又滑。」

我才正要跟司機說，震耳欲聾的喇叭聲便在耳邊響起。我驚恐地看著一輛車從對向朝我們衝來，我們的車一個急轉彎，滑到了路邊。

司機探頭往外叫囂：「狗娘養的！趕著去找閻羅王報到啊？」

另一個司機惡狠狠瞪了他一眼，說：「你死定了！」

我們的司機又罵了回去：「操你媽的，開車跟瘋子一樣！」

之後他繼續開車，還在後照鏡對我們露出了勝利的微笑。

「天啊！」麥可驚呼，然後他拍拍司機的肩：「你開車的時候可以專心看正前方的路嗎？」

司機轉過頭問我：「你的老外朋友說甚麼？」

我還沒來得及回答，麥可怒氣沖沖地說：「夢寧，請妳叫他不要轉過頭來，請他專心看著前面的路可以嗎？」

我告訴司機，他說：「好啦，好啦。小姐，叫妳的老外朋友不要擔心，我很有經驗的。」他一派輕鬆地接著說，「我每次都跟乘客聊天，也沒發生過甚麼事。」

接著車裡一陣沉默。我抓緊機會跟麥可說剛剛司機說給我聽的故事。

麥可認真聽著，然後發出了一聲輕笑：「這不是佛教故事，佛是不殺人的。」

我沒再把這些話跟司機說，因為不想再讓司機分心，或讓麥可生氣。

但司機可不這麼想，他又說話了：「小姐，妳知道樂山大佛有求必應嗎？」

「甚麼意思？」

「在還沒有樂山大佛前，常有很多船撞山翻覆，所以村民才決定要刻一座大佛來驅走煞氣。大佛刻好後，就再也沒有船難了。」

我翻譯給麥可聽，他說：「人們要信這很好，但我覺得那只是巧合。」

「麥可，你的思維太科學了，我喜歡司機的說法。」

「其實，我也喜歡。」他微微一笑。

接下來我們各自若有所思，司機又開口了，這次直接轉頭看著我：「小姐，如果妳看著大佛的眼睛，妳會發現妳走到哪他都看著妳。妳如果再看久一點，會發現他在笑——」

「夢寧，妳能想辦法讓他專心看路嗎？」

我跟司機說了之後，他笑了笑，說：「小姐，老外就是出了名愛擔心，叫妳朋友放輕鬆點。」

「那你開車專心一點，我朋友就可以放輕鬆了。」我說，然後翻譯給麥可聽。

「很好。」麥可說。

我開始跟麥可翻譯我們之前聊的話，但這次司機又轉過頭來，露出一排泛黃的牙齒說：「喔，小姐，不要擔心，我開車開了三十年了，大概在妳出生前——」

突然麥可大叫：「小心！」接著將我拉向他。

我看見一輛巨大的卡車全速朝我們的車衝過來，一瞬間，我聽見了喇叭聲、緊急剎車聲……不知道過了多久我才恢復意識。但當我張開眼睛時，整個世界都顛倒了。人們像幽靈一樣慢動作地在我們的車旁走動，議論紛紛。

司機的眼鏡破了，額頭上流著血，他轉過身來嘀咕了一些話，但聲音被圍著我們的人群給淹沒了。我全身的骨頭疼得像碎了一樣。在思緒還沒完全集中過來時，我看見地上的血跡像小溪般流過。

我叫了出來：「我在流血！」

司機用手帕壓著額頭說：「小姐，那不是妳的血，應該是妳朋友的。」

此刻我才意識到這些是麥可的血，他沒有意識地躺在我旁邊。

我伸出顫抖的手碰了碰他，「麥可……」

但他沒回答我，眼睛仍閉著。一個身體一半在車裡、一半在車外的大老粗拿著一塊髒布幫麥可止血，其他圍觀的人在旁邊出一些餿主意。

「天啊，麥可，麥可……」我搖著麥可，但腦袋很快就因圍觀的人群越來越多而沒法思考，他們就像搶食的禿鷹般圍在車旁邊。

司機跳下車，走向靠近後座的我，「別擔心，小姐，妳的老外朋友一定會沒事的，因為我開車從來沒有讓別人受傷過。」

「閉嘴！」我大叫，「如果你專心一點——」

我把麥可的頭放在腿上，輕輕搖了搖他。

「不要移動他！」有人高聲喊著，越來越多人圍在我們身邊，彷彿在看動物展覽。

然後我聽到警笛聲。兩個公安停車下來看，另一輛警車也到了，下來了好幾個穿著卡其色制服的公安站在路邊指揮交通。圍觀的群眾越來越多，黑鴉鴉的一片，就像那些凝固了的血。

一個五十歲的女人誇張地喊著：「我的老天呀！那個老外的血一直流，簡直像隻被屠宰的豬！」

一個青少年在空中劃出一道圓弧，「哇！那個卡車司機像這樣飛起來，真像特技演員！」

我哭得更傷心了。

司機朝他們大吼：「你們都給我閉嘴！」

我沒聽到他們接下來的對話，只是抱著麥可，不停唸著南無觀世音菩薩佛號。

這時救護車刺耳的聲音蓋過了人群聲，幾個穿制服的男人從車上跳了下來，把麥可和卡車司機放到擔架上、蓋上毯子，然後將他們抬進救護車裡。之後他們扶著我和計程車司機進救護車，把我們一併帶到醫院。

麥可終於醒了過來，使我鬆了一大口氣。但這裡太過喧鬧嘈雜，我們無法聽見彼此的說話。醫生跟我說他沒有生命危險的時候，我心裡的大石頭才總算放下。麥可的腳踝扭傷了，頭上縫了二十針，但幸好X光照出來頭骨沒有碎裂，也沒有腦震盪。但因為他有一段時間失去知覺，因此急診室醫生要他留在醫院觀察。

我只有一些瘀青和擦傷。等了兩小時後，一個穿著髒兮兮白袍的年輕醫生幫我簡單包紮了一下，就說我可以離開了。

但這一切還沒結束，兩個公安進來要我到公安局去做筆錄、確認我和麥可的身份，還有我們這趟旅行的目的。之後，我便趕回醫院。麥可雖然清醒，但躺在病床上，看起來非常虛弱且惶惶不安。他問我去哪了，我跟他說完，他又生氣又感動，「夢寧，」——他抓著我的手——「抱歉要讓妳一個人面對這些。」

我沉默了一下，才要說些安慰的話，發現他已經沉沉睡去。看著他纏著繃帶的頭和陷下去的臉，我不停告訴自己，我已經不是那個在金蓮寺裡被保護得好好的小女孩了。我必須照顧麥可，所以必須變得堅強。因為在中國，在這裡，只有我和他。

工作人員不許我留在醫院過夜，所以我十點就離開了醫院。一個年輕的護士好心幫我叫了輛計程車回酒店。

在微暗的計程車裡，我開始嚎啕大哭。司機是個看起來有點兇的人，他從後照鏡看著我問：「妳沒事吧？」

我大聲說：「別管我，讓我哭個夠可以嗎？」

出乎我的意料之外，他閉嘴了。

35 醫院

隔天早上起床後，我馬上搭計程車到醫院看麥可。充滿了藥味的醫院破舊擁擠不堪。病房裡、走廊邊，病床隨處可見。我小心翼翼地避免撞到伸出來的手或腳，然後走到醫護站問一個瘦瘦的、戴著眼鏡的護士麥可在哪。

「五十九號床。」她翻著登記簿說，然後上下打量我，問：「妳是他女朋友？」

我點點頭。

「那叫妳男朋友跟醫生們配合一點。」

「他怎麼了？」

她沒有回答我的問題，「跟他說請尊重一下成都第二大醫院。」

雖然周遭很吵，麥可正在熟睡。他隔壁床是一個約四十歲的男人和一個老太太，兩人大聲交談著。我走到他床邊，把在醫院外水果攤買的水果放下，然後拉了一張椅子安靜地在他旁邊坐下。

雖然我的眼睛看著麥可，我還是感覺到朝我們投來的異樣眼光。

麥可的頭包著繃帶，臉和胸看起來很瘦削，就像輪廓分明的雕像。我看著他眼睫毛微微的顫動和他胸膛的起伏，結實的身體現在虛弱得像個小孩。我的眼淚不禁滑了下來。

雖然我一生都在聽佛陀說人生的無常。但當看到辦事井然有序的麥可現在如此脆弱，我對這句話有了不一樣的感受。如果有個小差錯，麥可就會像福頓教授一樣壽終正寢。就像他失去福頓教授一樣，我也可能差一點便失去了他。我正想著，了塵大師的話在我耳邊響起：

快趁熱吃，別讓它涼了。

那個滿臉皺紋、充滿智慧的老人是否想為我上一門禪宗的課呢？

我的腦海中浮現了兩句詩：

人生得意須盡歡，莫使金樽空對月。

但如何盡歡？詩中說的那麼明白，但我的人生卻非如此。然後我想起麥可的俳句：「三十八載歲月，宛如虛度留白。餘生能否圓滿？」

我抹去眼淚，將觀音吊墜從脖子上拿下，握在手中默唸佛經，希望她能保佑麥可。一直看著我的隔壁床中年男子和老太太，問了我一個問題：「小姐，這個老外是妳朋友？」我點點頭。

他咧嘴一笑：「妳男朋友？」

我再次點點頭，覺得有點惱怒。

那個老太太插話了：「小姐，妳真幸運，有個老外男朋友。很快就要移民到美國去了吧？」

我真的不知道該怎麼回答，只好露出無奈的笑。

她繼續說：「真幸運，小姐，妳男朋友也帥。」

「謝謝。」我低聲說。**但請你們不要再煩我好嗎？**

現在換男人說話了：「但是他不與醫生配合，昨晚還拒絕吃藥。」

「哦？是嗎？」

「對啊，他們要給他打針，但他死都不肯。」

我豎起了耳朵：「然後呢？」

老太太混濁的眼睛亮了起來，「妳男朋友跟醫生和醫護人員大吵了一架。」

「他們在吵甚麼？」

「我不知道。」老太太看了男人一眼，「我們只聽得懂醫生說甚麼，但聽不懂英文。」

男人的眼睛一亮，「後來主治醫師親自過來，想要說服妳朋友，但他向醫生大吼大叫。」他看著我，像要看我的反應，然後又繼續說，「周主治醫師很生氣，就走了出去。助理醫師也不開心，說：『唉，老外就是讓人頭痛。』」

現在老太太看著我，熱切地問：「我女兒總想去美國，妳男朋友可以幫她上英文課嗎？」

為了不要太不禮貌，我說：「不知道耶，妳可以自己問他。」

「好，那他醒來的時候妳幫我問他。」

男人向老太太投以責備的眼神說：「阿嬤，我們不該再打擾這位小姐了。」

「好啦，好啦，我閉嘴。」然後她噘著嘴躺回床上，拉上毯子，閉上眼睛。我想她應該是在裝睡。

男人打開報紙開始看報。

我拿出依空給我的佛經小冊子，開始讀了起來。

我一直唸著，希望觀音可以保佑麥可快快好起來。不知過了多久，我聽到虛弱的一聲：「夢寧。」

「麥可？」我放下佛經和觀音。

麥可擦了擦額頭的汗，試著坐起來。

我抓住他的手臂：「麥可，我幫你。」

他看著我，「夢寧？」

「是我，麥可。」我摸摸他的臉，感覺到顴骨凸了出來。他消瘦的臉上只剩眼睛的輪廓還算清楚。

「你覺得怎麼樣？頭痛嗎？」突然看見他纏著繃帶的腳，我的心向下一沉。「你的腳怎麼了？」

「我昨晚頭很痛，但現在沒那麼痛了。我的腳踝扭到了。」然後他將我拉近，緊緊抱著我。

「我聽說你和醫生吵架了。」

「不完全是吵架，我只是不想讓他們幫我打我不需要的針，所以音量提高了一點。」

我看著他，摸了摸他的臉。

「我今天早上醒來的時候，他們給我牛肉粥，所以我拒絕吃。我問他們有沒有素食，但沒人聽得懂，所以他們覺得我很難搞。我覺得好無助又好害怕。在這裡我是個沒有人會在乎的陌生人。」

「但有我在這裡陪你了，麥可，你會沒事的。」

他開始自言自語：「我還記得小時候爸媽走了，只留下我一個人。夢寧——」他將我的手放在唇邊，「想到我可能會失去妳，就覺得好痛苦……」

「但是，麥可，現在我在這裡了，而且我沒事。」我捏捏他這雙現在看起來好脆弱的大手。我覺得有甚麼東西在心裡變得不一樣了，那是我以前曾感受到但不願面對的東西。我再也不是那個在金蓮寺裡的小女孩，我必須成為一個堅強的女人，幫麥可康復，因為我是這裡唯一能聽懂他說話的人。一夜之間，我們的角色好像對調了，我成了他的守護女神，而他則是突然被丟給我保護的孩子。

一滴淚從麥可眼角流下，滴到了佛經上。

「可惡。」他呻吟著，邊把書撿起來。

「沒關係，麥可。」我從他手上拿過書，看了一下，眼淚正好滴在「照見五蘊皆空，度一切苦厄」幾行字上。我指著書跟他說：「你看，觀音說我們會度過一切苦厄的。」

「希望如此。」麥可說著又陷入了沉思。

「我們一定可以的。」

這是今天他第一次露出的笑容，昏暗的病房也似乎亮了起來。

那一刻，我心裡滿滿的，全是對他的愛。忽然我想感謝這場車禍，讓我找到了自己在他生命中的位置——原來麥可真的需要我。也許沒有人是可以不需要誰的，就像依空也需要歐陽衛一樣。我低頭看著他像小孩一樣的臉龐，算命師的話浮現在我腦中：

妳身上有一股青春的「陰」能量可以幫助他……他需要妳，需要作為一個女人的妳，而不是一個小女孩的妳。

此時隔壁的老太太伸頭過來問：「小姐，妳現在能不能問妳男朋友，叫他教我女兒英文？」男人拍她的背，責備地說：「阿嬤，不要再胡說了，讓這位小姐跟她男朋友講講話吧。」

「是我的未婚夫。」這次我糾正他。

雖然麥可不懂中文，情緒也一直不太好，但他向他們露出了溫暖的微笑，說：「沒關係。」

老太太問了一個沒頭沒腦的問題：「小姐，妳找到需要的東西了嗎？」

我沉默了一會，「嗯，找到了，而且更多。」我輕聲說。

36 消失的廟

我們要回香港前，決定再到小廟去找了塵大師和永明師父。

計程車載我們到當初看見小廟的地方，但它並不在那裡。我們憑印象到了一個有著茂密竹林的地方，要司機停車，以為能看見小廟的一角。但當我們下了車時，卻找不到之前的那條路。我們不願放棄，回醫院想找我們上次的那個計程車司機，但他已經不在了。我們問醫院的門房，他跟我們說：「他走了，但我們不知道去哪。而且就算你們找到他也沒用，因為他的執照大概被吊銷了，現在可能在監獄裡也說不定。」

第四部

37 情債

回到香港休息了幾天後，麥可好多了，所以決定先回美國。離開前，我們聊了婚禮的計畫，現在我難以想像自己竟曾經想解除婚約和離開他！

突然間有很多事要做，我得去找依空，問她願不願意當我們的佛教婚禮主持。另外要做的一堆事包括：印製喜帖、試穿婚紗，還要到素食餐廳訂酒席。我也想去找帶男，因為我自己的情緒糾葛，一直沒有好好安慰她。所以一回到香港，我的愧疚感就油然而生。

有天早上我搭地鐵到旺角，再轉火車到金蓮寺。我穿越石園，直接走向帶男的廂房。但她的房間空蕩蕩的，我慌了，跑到新大樓的辦公室找悟空。她正把觀音畫的照片攤在桌上整理。與她寒暄了一下之後，我便急著問帶男的事。

「我從成都回來一個禮拜後，妙容師父就到中國去了。」

「為甚麼？發生甚麼事了？」

「也沒甚麼，師父就是不願意開口說話。」她皺著眉頭說：「師父跟我們說——其實是用寫的

——她想回中國去閉門靜修。」

「她有說要去哪裡嗎？」

「沒有，妳也知道師父……但不用擔心，杜小姐，有一天她會回來的。」然後她指著一張照片，裡面的白袍觀音靠在小溪邊的石頭上，問我：「妳喜歡這張嗎？這是依空師父最喜歡的一幅畫。她現在人在蘇州，說晚點再跟妳碰面。」

我勉強看了看照片，也沒有專心聽。我的心跳加速，希望帶男不要學開證太師父，在最後的十五年不說、不吃也不睡。

我跟悟空說了謝謝，快步離開辦公室，走到石園。為了讓自己放鬆，我深深吸入空中植物的香氣，欣賞光滑的石頭，聆聽噴泉充滿詩意的潺潺水聲。我發覺石園裡並不是只有我一個人，還有陳蘭——帶男的姑婆——她正坐在我最愛的石椅上。我的心噗通地跳，也許她知道帶男去了哪裡。我跑向她，坐在她旁邊，一條鯉魚游出水面，吐出一串氣泡，擺著尾巴像在跟我打招呼。

「阿婆，今天好嗎？妳怎麼沒練氣功？」

陳蘭咧著幾乎沒有牙齒的嘴笑，「剛練完。」她仔細盯著我瞧，「妳是那個沒結婚的漂亮女孩子？」

「我是還沒結婚，但……我不覺得我——」拍了拍她的手，我說：「妳記性真好，阿婆。」

她搖搖頭，「現在不好囉，以前很好的，記得我姪孫女的生日、她來香港的日期、我付了一千港幣幫她買身份證那天……」她沉默了。

我抓住機會問：「妳是指帶男嗎？她現在還好嗎？她去哪裡了？」

「不好，不肯說話，還去了中國。」

「因為她想在山裡靜修嗎？」

「不是，」陳蘭笑了，「她回去看她男朋友。」

這是完全出乎我意料之外的回答。

「阿婆，我想妳弄錯了，她沒有男朋友，因為她是尼姑。」

陳蘭用力點點頭，就像個天真的孩子。「她有，只是他很久以前就死了。」

我喃喃自語：「所以帶男回中國是為了去見她死去的男友？」

陳蘭轉頭看著噴泉，眼神越來越遙遠。我努力壓下想追問的衝動，安靜地等她繼續說話。我們沉默著，只剩下水聲和偶爾出現的蛙鳴。

「當時她十九歲，那個男孩子比她小，只有十五歲。可憐的小情侶！不好！」她的聲音就像五歲孩子撒賴的尖叫聲。

擔心自己太過急躁，會讓她不敢再說下去，我輕輕問：「怎麼會這樣……那……發生甚麼事了？」

陳蘭看著我，露出懷疑的眼神：「妳不知道？」

「我不知道，可以跟我說嗎？我是她在巴黎的朋友。」

「啊，八利，對，我姪孫女討厭八利。她說那裡不好，又冷、又沒有朋友、沒錢，只有關節炎

——」

「但是，阿婆，妳剛剛在說帶男的男朋友。」

陳蘭的笑聲穿過了潮濕的空氣，「啊，對，看我的記性現在真的不成了！我以前還記得我姪孫女的生日、我女兒的死忌、我——」

「阿婆，帶男的男朋友怎麼死的？」

「啊，難過，真難過。」陳蘭抓了抓她稀疏的白髮，接著用手摀著嘴，在我耳邊說：「溺死的。」

我的心好像翻轉了，突然感到一些甚麼連起來了，「他是在跟帶男游到香港的時候溺死的嗎？」

「對，對，小姐，妳真聰明。」陳蘭轉過身看我，「前七次都失敗，第八次才成功。」

我困惑了，那帶男的男朋友究竟是生是死？

「可是，阿婆，妳剛剛不是說他溺死了？」

她用力點點頭，「對，但身體到香港了。」

「妳是說……」我突然覺得有東西要在我體內炸開，「帶男帶著他的屍體游到香港？」

「對，真是堅強的女孩，對吧？」陳蘭用她骨瘦如柴的手摸了摸我的手臂，「帶著屍體游了這麼遠。」她靠近我，在我耳邊悄悄說：「不只那樣，其實只有半個身體。」

「為甚麼？」

「另一半被鯊魚吃了，壞鯊魚！」

我的眼眶已充滿了淚水，「那鯊魚怎麼沒吃她？」

「他們兩個半途走失了，帶男游回去找他，只找回半個人。但有半個也比沒有好，對吧，小姐？所以帶男就帶著鯊魚吃剩的晚餐游到香港，很艱苦，對吧？但她必須這麼做，因為發了誓。」

「發甚麼誓？」

陳蘭呵呵一笑，趕緊把嘴摀住，「小姐，我有口臭嗎？」

「沒有，阿婆，妳沒口臭。可以跟我說帶男發了甚麼誓嗎？」

她所剩無幾的齒縫間發出了唏噓聲：「啊，妳不知道？」

現在我真想就把這老人丟到海裡餵鯊魚。但她馬上又說：「他們發誓要一起游到香港，但如果其中一個死了，活著的還是要把死了的帶到香港這個自由之地。」陳蘭忽然變得有點哀傷，「唉，真不該發這種誓——壞兆頭——所以才會這樣應驗了！」

我拍拍她的手，「但現在都過去了，阿婆。」

「唉！」陳蘭嘆氣，「如果他沒死，我姪孫女就不會當尼姑了。」

當然，而且帶男還會結婚生孩子，生很多很多。

「她是因為這樣才當尼姑的嗎？」

「正是，她很傷心，說如果當了尼姑的話，就不會這麼放不下了。」陳蘭看了我幾秒，「小姐，妳很聰明，妳覺得他們該發那種誓嗎？」

我沒回答，沉浸在自己的思緒裡。現在帶男身上的謎團似乎都解開了：那過度的追求去執、看似面無表情的臉底下的不安、寬大素色衣服和粗框厚眼鏡下藏起來的姣好樣子、為了不讓人知道她內心困擾而故意裝出的冷漠、燒掉手指來表示對世間一切的無執、想見鬼而努力打開第三隻眼——也許是為了看見她死去的男朋友、漆成黑色的房間、奇怪的蹲姿。即使是自殺的企圖，也不是真的因為誤吃葷食，而是因為她仍舊不能放下。

只有將自己推向死亡，她才能從所有苦痛中超脫。

佛家說「置之死地而後生」，想到帶男的愛情和勇氣，我心中湧現了一股慈悲之情。

我轉頭問陳蘭：「阿婆，帶男的男朋友死了，她怎麼能去看他？」

「她當然可以！」陳蘭點頭如搗蒜，「男朋友的墳墓都長草了，她要回去掃墓，回去守喪三年。還有，我姪孫女——她爸爸死了。」

現在我明白了，陳蘭一定把帶男幾年前回中國的事和這次的事給搞混了。

我替陳蘭撥了撥頭髮，「帶男一定很愛她的男朋友。」

陳蘭再次用她那尖細像小女孩般的聲音說：「對啊，對啊，她說這是唯一一個對她又好又壞的男人。」

「又好又壞，甚麼意思？」

「啊，妳不知道？」陳蘭的眼睛皺成一團，「他小時候劃破了她的臉，之後為了彌補她，就對她很好。」她做了個鬼臉，「可是後來又溺死了，這債還是還不完的。」

我心中一震，帶男的男朋友就是那個無緣無故劃傷她，使她在臉上留下疤痕的小男孩？

此時一個尼姑向我們走來，開始笑她：「啊，陳蘭，妳又在聊閒話了。妳不知道現在是午餐時間嗎？其他的阿婆都在等妳耶。」她笑著轉向我，說：「小姐，不好意思，現在是午餐時間，可以請妳晚點再過來跟她聊天嗎？」

尼姑扶著陳蘭離開的時候，我雙手合十，向她們微微鞠躬。

陳蘭揮著她骨瘦如柴的手，笑著說：「小姐，趕快結婚生小孩，生很多很多！」她走了幾步路又回頭，「記住，妳老的時候，有人講話總比跟空蕩蕩的四面牆壁說話要好！」

扶著她的尼姑溫柔地責備她：「噯呀！陳蘭，不要老是這樣教訓別人！」

看著那個尼姑和陳蘭離開的背影，我潸然淚下。麥可的影像清晰地在我腦海中浮現。我感到雲開月出，悄悄地提醒自己生命脆弱，真愛難尋。

我發誓再也不會放下「放下自在」。

38 招供

和陳蘭見面的隔天，我要母親一起跟我安排婚禮的事，她看起來有點彆扭。

「媽，我要結婚妳不開心嗎？」

「當然開心，只是……」她嘆了一口氣，「我擔心因為他是鬼佬。」

「媽，不要再說這種種族歧視的話了！麥可是好人不就好了嗎？還有，妳也不用擔心跟他處不來，他比大部分中國人都還瞭解中國文化。」

母親看起來還是不太開心。

所以我跟她說了麥可在中國哲學和藝術上的素養、他是個好醫生，還有他在香靈寺大火的時候救我的事。

「啊？這鬼佬救過妳的命？」

「媽，我跟妳說了，他叫麥可。」

「好啦，麥口！妳沒跟我說這個麥口救過妳。」她似乎陷入沉思，突然又瞪大了眼睛，「但妳知道嗎？我覺得那只是因為妳是個好運的女孩子。記得元朗那些人都把妳當觀音菩薩轉世看待嗎？因為妳總是能逢凶化吉。以前妳掉到井裡，然後是這場大火。啊，真幸運，觀音菩薩呢！」母親替我撥開額上的頭髮，充滿讚嘆地看著我。「所以我認為是妳救了他才對！」

「媽，別說笑了，怎麼可能——」

「為甚麼女兒總是不聽媽媽的話呢？」母親嘆了口氣，搖搖頭。「因為有妳的力量保護他，所以他才能去救妳，就是這樣。」

我還想爭辯，但沒把話說出口。如果她喜歡這麼想，那為甚麼不就讓她開心地這麼想呢？

「好啦，媽，是我救了他。」我笑著說，「現在來想想婚禮的事吧！」

母親沒說話，從沙發站起來，衝進房間裡。她回來時手上拿了一本書，然後把書放在我面前。

「那是甚麼？」

「通勝（譯註：類似台灣的農民曆），傻女孩。」母親說：「妳覺得我會沒想過妳婚禮的事嗎？我甚麼都想好了。」

我翻開書，「通勝」是中國星相學裡最受歡迎的的書，母親總會買一本放在家裡，以便挑好日子或良辰吉時來辦事。

對中國人來說，結婚、取名、開業、開爐，甚至是理髮，都要選好日子。

「謝謝妳，媽。」我說完扶著她在沙發上坐下。

然後母親和我，兩張相似但年齡氣質各不同的臉孔，坐在彼此身旁虔敬地翻著命運的頁數。

第一次我們如此一心一意。

「等一下。」母親說著跑進廚房端了一盤食物出來。

她開始在桌上擺滿她最喜歡的烤地瓜、蝦餅、豬油糕和蛋塔；還有我最愛的吉百利堅果牛奶巧克力、魚皮花生和醃梅子。讓我驚訝的是，她甚至還拿出了一束我最愛的野薑花。

「為了有清新空氣和放鬆的心情。」她邊說邊聞著花香。

「媽——」我心裡突然覺得一陣暖意，「謝謝妳準備這些。」

母親笑了，「哈，不要以為妳媽笨，我可不笨呢。妳以為我不知道，管他鬼佬不鬼佬，妳要結婚就是好事。」

母親開心地開始嗑瓜子。她把瓜子放在牙齒之間，喀的一聲咬開，吐出完好的殼，再用舌尖挑出裡面的肉，然後咬得喀滋作響。

我有試過，但從來無法像她那樣可以一氣呵成又完整無缺地把兩片殼剝開然後吃裡面的肉。我總會把瓜子連肉帶殼吞掉、咬到手指、或咬到舌頭。

母親瞇著眼看我，得意洋洋地說：「哈，不知道怎麼吃對吧？記住，妳媽身懷很多妳還不知道的絕技呢。不過我們先喝茶吧。」她倒了兩杯茶，「記得嗎？這是我在那家茶館買的上等蒙頂茶，我還在裡面放了一些人蔘片，這樣妳才會更有力氣準備婚事。現在我們邊喝茶邊看通勝，挑個好日子。」

通勝大紅色的封面上印著「**聚寶樓**」和「包羅萬有」，字下面印著太上老君和三個拿壽桃的童子。

太上老君頭上有隻蝙蝠代表好運，後面有隻鹿代表財富。

加了人蔘的蒙頂茶有著淡淡的甘苦味，讓我緊張的心情安定了下來。拿起一千多頁的通勝，我覺得自己像拿起了一塊磚頭，上頭是密密麻麻的字和圖像。這怎麼看呢？

我打開這本線裝書，看到裡面寫著：

十一月十一日

宜：祭祖、入學、會親友、訂盟、理髮、裁衣、看病、移徙、上樑、安門、作灶、置產、牧養

忌：擺酒、除服、動土

十二月六日

宜：祭祀、祈福、出行、嫁娶、移徙、開市、動土、作灶、除服、安葬

忌：理髮、開池、掘井

我捧著茶杯，手心感覺到茶的燙熱。「媽，我們怎能讀懂這些奇怪的字？掘井是甚麼意思？開池又是甚麼意思？還有，為甚麼一個日子可以同時宜嫁娶但不宜理髮？」

「啊，國外唸回來的博士！」母親的茶杯停在唇邊，用責備的表情看著我。「說到這古老的智慧啊，妳還是個小孩。慢慢來，夢寧，我們先找到妳要結婚的月份，然後再挑日子。不用整本都看，

除非妳要再寫一篇博士論文。還有，如果這本不好用，那我們就看另一本，所以我買了四個版本，聰明吧？」

母親突然笑了出來，邊嗑瓜子，邊指著其中一頁說：「哈哈，看這個！這天宜嫁娶，但不宜作灶，那他們婚禮不用烤乳豬嗎？」

「可是為甚麼一定要烤乳豬？」我把幾顆花生塞進嘴裡。

「因為烤豬，尤其是烤乳豬，是為了證明新娘是處子之身。」

「甚麼？」我的花生咬到一半，停了下來。

拍了拍她的紫羅蘭棉質睡衣，母親拿起一塊豬油糕，無上權威地說：「婚禮當晚，新郎證明新娘的處子之身後，男方才會在隔天烤乳豬宴客。否則的話，大家都會知道這個女孩子不檢點。」

「笨死了！就算新娘不是處女，他們還是可以烤乳豬宴客，誰會知道真相？」我喝了一口茶，連同花生一起吞下去，喉嚨一陣灼燒。

我做了個痛苦的表情，母親責罵我說：「小心，夢寧！我跟妳說過幾百次不要喝滾茶，但妳都不聽！」然後她吃了一大口豬油糕，繼續說：「對，客人可能不知道，但神明知道，因為他們也要用烤乳豬拜神……」

母親狐疑地打量我，丟下蛋糕氣急敗壞地問：「夢寧，妳有沒有聽我的話，把一杯水放在妳和麥口中間？」

「媽！不要再說這些有的沒的了，趕快想想我的婚事吧。」

「好了，好了。」她嘆了口氣，拿起一個蛋塔。「唉！但我呢，不只客人不知道，神明也不知道，因為我根本沒有……啊，算了。」

我知道她是在說她根本沒有婚禮，我拍了拍她的手。

「但那些都不重要了，因為我女兒將會有一個又盛大又隆重的婚禮。」

「媽，我不要盛大隆重，我只想要一個簡單、素雅、溫馨的婚禮。」

母親的眼睛開始射出匕首，「不，夢寧，聽我的。妳要有一場盛大隆重的婚禮，而且妳要穿法式宮廷婚紗，就像葉蒨文穿的那件一樣。」

我們不停爭執，直到我脫口而出：「媽，這是我的婚禮，不是妳的，所以妳可否讓我自己決定要穿甚麼？」

母親馬上不說話了。我突然明白，她要我那麼穿不是為我，而是為了她自己。

我覺得非常內疚，幫她把茶斟滿，「媽，對不起。」

她沉默了很久才說：「我原諒妳。」她把茶乾了，表示接受我的道歉。「好吧，現在我們來選日子吧！」

母親把四本通勝都看完了之後，她用筆把四本書上都有的好日子圈起來，也在收音機旁的月曆上做了記號。

「但是，媽，這太趕了，我們根本沒時間準備。」

母親用銳利的眼神看著我：「這是最好的日子，否則就要再等很久了。傻丫頭，要速戰速決，不要讓男人等到改變心意──懂嗎？」然後她瞇起眼睛說：「而且不可以像遺棄舊日曆那樣遺棄先人的智慧。」

我知道她這樣說是因為以前她看通勝的時候，我總笑她：「媽，根據古老的道家智慧，要贏的唯一途徑只有輸。失去就是獲得，少即是多，我們輸是為了要贏。」

她總會回我：「嘖嘖，輸是為了要贏？這是甚麼歪道理？妳胡說八道辯贏了妳媽，就是為了要讓妳媽輸掉面子？」

但現在我很高興能用通勝來選結婚的好日子，因為，就像母親一樣，我不能不小心，不是因為我三十歲了，而是因為這是我的人生大事。

我希望能跟麥可在婚姻裡駛得萬年船。

「很好，」母親說：「這是最好的一天，然後妳就會有一個幸福美滿又長久的婚姻。四本通勝加一本月曆都說這天好，所以相信我，夢寧，絕對沒問題。」她小心翼翼地喝了口皇室貢茶，然後以皇后一樣的口吻繼續說：「妳看，夢寧，我真不懂為甚麼有些人這麼笨，不相信我們老祖宗的智慧，隨便選個日子就結婚了。」

我沒有回應她這充滿個人風格的說法，只是津津有味地吸著人蔘片。

「可是——」母親話說到一半。

「可是甚麼？」

「沒，沒事。」

「怎麼了，媽？」

「可是——」她又說了一次，「我連看通勝都不用，因為……我根本沒有婚禮。」

「媽，別難過了。」

過了沒幾秒，她突然問：「妳還記得那個尼姑無名嗎？」

「當然記得，媽。她怎麼了？」

「她是有名字的。」

「這不稀奇，那她叫甚麼名字？」

「麗雲。」

「麗雲？」

「對。」母親四下看了看，繼續說：「還有，我之前都一直在騙妳……她不是妳曾曾祖父的女兒。」

「甚麼意思？」我心跳加速，「那她是誰？而且……媽，妳為甚麼突然跟我提到她？」

「因為——」

「因為甚麼？」

母親嘆了口氣，「因為妳要結婚了，所以我不得不在妳變成別人的老婆和別人的女兒之前跟妳說實話。」

我還沒跟她說不用擔心，我不會變成別人的女兒，因為麥可是個孤兒，她又已經說話了：「無名，或者麗雲，是妳爸的未婚妻。」

「妳是說那個爸爸本來要跟她結婚，在外婆的店裡買黃金給她——然後遇到分隔了八年之後的妳——後來被拋棄的女人？」

「對，她後來當了尼姑，但這並不是我的錯。」

「妳的意思是爸爸的錯嗎？」

「不，也不是他的錯。」母親轉了轉眼球，「是麗雲的錯。」

「為甚麼？」

「很簡單，」她聳聳肩，「她不夠魅力，沒辦法留住妳爸，但我夠，就算我那時候只有九歲。」

我幾乎要笑出來了。

母親沒理我，「但後來我也沒魅力了，而外面美女如雲，所以妳爸就去找其他的麗雲去了。」

我沒回答，因為這對我來說早就不是新聞了。而且這些在香港和澳門賭場的女人也不只是跟父親玩撲克牌而已，對吧？

母親吞下了整個蛋塔，「但我也沒便宜他。」

我差點打翻茶，還從沙發上掉下來，「媽，妳知道自己在說甚麼嗎？」

「當然知道。」她停頓了一下，問我：「妳還記得妳小弟嗎？」

「當然記得。」

「他其實是……妳同母異父的兄弟。」

「甚麼？」

「他真正的父親是個鬼佬。」

「鬼佬？媽，妳怎麼可以！妳到底在說甚麼？」現在我覺得自己不僅掉進了一個深淵裡，還跌得粉身碎骨，腦漿四溢。

「冷靜點，夢寧。」母親說：「為甚麼不行，妳自己不是也要嫁鬼佬？」

我啞口無言。

她做了個鬼臉，「別緊張，夢寧，這沒甚麼大不了的。只是……有天晚上……不，是兩個晚上……嗯……其實，應該是三夜情。」

「媽，妳真的知道自己在說甚麼嗎？」我的聲音還是停留在高音區。

「為甚麼媽媽在說實話的時候，女兒總是懷疑她？」

「那妳告訴我，這個鬼佬是誰？美國人？」

「對，他是美國領事館的外交官——」

「外交官？不，不可能！」

「如果我女兒可以吸引到醫生，為甚麼她媽媽不能吸引到外交官？」

「媽，」我被打敗了，「好吧，那你們怎麼認識的？」

「那就是我要跟妳說的，妳能不能讓我好好把話說完？」

母親喝著茶，把幾片蝦餅丟進嘴裡，咬得喀滋作響。「那年是狗年，我們住在灣仔的時候。有天傍晚我到市場去採購，買了肉和菜，還有兩隻小雞。因為我想把小雞養到過年，那時候就有肥大新鮮的雞可吃。妳要知道，這樣比在過年時才買雞要便宜得多。妳爸跟平常一樣，還是不在家，可能在澳門輸到脫褲子了吧。想到這些，我一個人沿著維多利亞港邊走邊哭。我咒罵這可惡的狗年，讓我做得像條狗一樣累。我一直罵一直罵，還向港裡吐口水。結果一個不留神，就撞到燈柱跌倒了，肉和蔬菜散了滿地，小雞也跑了。我試著站起來去抓小雞，幾個中國人圍著看，但沒人幫忙。然後這個鬼佬——對了，他叫尖斯——」

「妳是說詹姆士？詹姆士甚麼？」

「我怎麼可能記得？已經那麼久了！反正沒有中國人能說得出那麼長又那麼難唸的姓。反正後來這個尖斯看到，就把很名貴的公事包放在地上，扶我起來，然後穿著他那很名貴的西裝去追小雞。後來都幫我追回來了，然後……然後——」

「然後怎樣？」

「然後妳就知道啦。」母親的眼神忽然放空。

「妳說妳就這樣跟他做**那件事**？但在哪裡？」

「在我們家呀——還能去哪？」母親目不轉睛地看著我，「離市場才幾條街——」

「那麼……快？媽，妳根本不認識他！」我大叫了起來。

母親沒理會我，繼續說著，表情變得溫柔起來。「尖斯讓我很感動，他那麼紳士，把一個可憐的女人扶起來，還穿著名貴西裝在所有人面前追那些不值幾個錢的小雞。因為我沒甚麼可以報答給他，所以我想至少可以泡杯茶謝謝他，所以就請他來家裡了。不只喝茶，還順便讓他洗手、把衣服擦乾淨。之後他來喝了不只一杯茶，然後我也去他辦公室喝咖啡，就是這樣。」

「妳說妳去中環花園道的美國領事館？」

母親得意地點點頭，「很高級的辦公室，很乾淨，整個都是白色的，陽光充足、空氣清新，還種了很多植物。」

「所以你們就在哪裡……」說到一半，我突然覺得很尷尬說不下去了。

那母親就替我說完：「夢寧，傻丫頭，妳是畫家，不是嗎？所以妳一定知道可以用很多不同角度去畫一件東西。所以，同樣的，也不只一個地方可以做——」她喝了一口茶，露出一個妳我心知肚明的表情，「妳也知道是甚麼的。」

「後來他怎麼了？」

「他說領事館要把他調回美國，但他當然是騙我的，因為幾個月後，我無意中看到他兩次，都跟別的女人在一起。我想去跟他講話，他假裝不認識我。」

「怎麼可以這樣……但那時候我在哪？」

「在學校啊，妳覺得妳還能去哪？妳上下午的課，因為那比較便宜，記得嗎？」

「那他是……小弟的爸爸？」

母親聳了聳肩。

「媽！這是甚麼意思？是或不是？」

母親點點頭。

「妳有跟他說嗎？」

「我想跟他說，但沒機會。領事館大門的守衛不讓我進去。」

「爸爸知道嗎？」

「我不知道——他可能知道，也可能不知道。不過我也沒機會跟他說。」

「但他看不出來寶寶是個混血兒嗎？」

「可能看得出來，也可能看不出來。妳小弟才活了三天，怎麼能看得出來？」

我猜父親知道，至少知道些端倪，否則他怎麼能對小弟的死如此淡然？我總以為小弟的死是為了懲罰母親和父親的愛，但現在才知道，原來那是母親和一個鬼佬有緣無分的結果。

母親嘆著氣：「唉！夢寧，妳現在知道為甚麼我擔心妳嫁鬼佬了吧？」

我沒回答，陷入了沉思。然後母親試探地問：「夢寧，妳現在……會不會看不起妳媽？」

事實上，我一點都不這麼想。奇怪的是，知道了這個祕密之後，我反而為母親感到開心，至少她的生活並不是那麼悲慘，至少也有過一番情趣。我也欣賞她的勇氣，尤其當這件事是發生在二十年前那個保守封閉的香港。

我拍拍她的手，「媽，我替妳感到遺憾……」

令我驚訝的是，母親高興地說：「但我一點都不覺得遺憾。」

「因為妳愛這個詹姆士？」

「不是，是因為……我曾經開心過。」

沉默了一陣後，我說：「媽，我一直以為爸爸是妳第一個，也是唯一的愛。」

她又再次說了令我吃驚的話：「他是。尖斯只是一場小小的美國冒險。」

我摟著她說：「妳知道嗎？雖然我剛剛那麼說，但其實我並不替妳覺得遺憾，我替妳覺得開心。而且……」

這時我忽然想起了甚麼事，衝進房裡拿出那個玉鐲子，然後跑回客廳。

「媽，希望這會讓妳更開心。」將手鐲交給她時，我忽然哽咽了起來。

「夢寧，妳在哪買的？」母親看著手鐲，又驚又喜。

我告訴她那是麥可送的，母親用她那肥肥、短短、長滿了繭的手仔細摸著。

「妳喜歡嗎？」

「這個很漂亮，但我覺得妳外婆的更好，更翠綠、更透亮。」

「媽，戴戴看。」

「可這是妳的呀。」

「這手鐲太大，所以現在是妳的了。」

但手鐲就是沒辦法滑進她的手腕上——太小了。我們同時嘆了口氣。

「對不起。」我覺得筋疲力盡。

母親疼惜地看著我，「夢寧，妳是個幸運的女孩子。妳要好好珍惜這個麥口，要對他很好，像妳外婆珍惜她的玉鐲子一樣。」

「妳不擔心了？」

「嗳呀，夢寧，真是傻丫頭。看看這個麥口為妳做的事，妳都還沒嫁他呢！妳外婆說的對，妳會嫁給一個好男人，然後有很多很多小孩，幸福快樂。」她嘴角微微上揚，露出一個頑皮的笑容，「還有，妳也不用再擔心錢、工作和香港回歸的事了，因為這些麥口都會幫妳解決了，更不用說還有免費的醫療服務！」

「媽，妳覺得我是因為這些嫁給麥可的嗎？」

「也許是，也許不是。但他是美國人又是醫生確實是額外的紅利，不是嗎？」然後她瞪大了眼睛說：「但還是要小心，這個麥口畢竟還是個鬼佬！」

我們都笑了。

「夢寧，那個手鐲，要不要捐給電視上常看到的那個漂亮尼姑？」

「妳說依空？」

「隨妳怎麼叫。」

「我以為妳不喜歡她。」

「啊，傻女孩，我不喜歡她是因為怕妳跟了她去當尼姑。」母親做了個鬼臉，「但我現在很喜歡她，她這麼漂亮，又幫妳這麼多忙，所以我想我們要捐點甚麼給她作回報。這樣我們還可以順便積功德——」

「可是，媽……妳怎麼知道她幫過我？」

「啊呀，妳真以為妳媽是個笨女人嗎？我當然知道，只是不想讓妳難堪。妳怎麼可能有這麼多錢幫妳爸辦喪事、還清妳爸欠大耳窿的債？我當然知道，一直都知道。」母親眨眨眼，「我有第三隻眼，跟妳外婆一樣。」

39 萬丈紅塵

兩天後，我搭火車到金蓮寺。路上的風景是我從十幾歲以來便熟悉的。但這次我是去告訴依空我要結婚了，她會怎麼樣反應呢？生氣？擔心？不予置評？她會答應幫我主持佛教婚禮嗎？我已經決定將玉鐲子捐給廟裡，為了幫麥可、母親和我積功德。

我之前打了電話到金蓮寺找悟空，跟她說我想見依空，她說：「妳打來得正好，杜小姐。」她的聲音從話筒的另一端傳來，「因為依空師父今天早上剛從蘇州回來。」

我還沒問依空這次去蘇州的目的，悟空已經開始滔滔不絕：「這次師父帶了好幾個建築師回來，要替廟裡蓋仿蘇州的石園。」

廟裡不是因為歐陽衛失蹤陷入財務危機了嗎？我想到這件事，但沒問出口。

我到依空辦公室的時候，她已經在那裡等我了。「妳好，夢寧。」她抬頭看我。臉上容光煥發，手上把玩著幾個小佛像。「請坐。」

我坐在她的大書桌前，桌上有一壺茶和兩個茶杯，玫瑰花瓣浮在琥珀色的茶湯裡。茶香飄進我的鼻子，似乎沿著食道往下，一直到了我的胸口。茶具旁邊是一個陶瓷盤子，盤裡的堅果堆得像座小山。

依空說：「我們喝茶吧。」我們邊喝茶邊吃著堅果，我開始將我在安嶽做的紀錄告訴她。然後我們聊她的工作、她的藝術收藏，還有她最近在中國的事。

我以為她會像往常一樣，跟我說人的情感都是虛幻之類的話。但出乎我意料之外，我們喝完了第二泡茶後，她連一個字都沒提到。正當我想這是不是跟她說我要結婚的適當機會時，她閃過一個輕鬆的笑容。不像以往總是問我：**妳甚麼時候要來跟我們玩呢？**她這次說：「夢寧，妳看起來氣色很好，甚麼時候結婚？」

這讓我大吃一驚。是不是近三十年的修練，讓她有了甚麼神祕的預知力量？或者是我臉就像一張大型海報清楚地寫著：**我要結婚了！**

「嗯……」我結結巴巴說，「快了……依空師父。」然後，就像中國人說的，打蛇隨棍上，我趕緊說：「師父，……妳可不可以……可不可以……」我鼓起勇氣說，「替我們主持婚禮？」

她用那充滿穿透力的眼神看著我，點點頭說：「沒問題。」然後問我：「婚禮是哪天？」

「明年初，二月十九號。」

「那我可以幫你們安排在我們新蓋好的大雄寶殿裡舉行婚禮。」她拿起茶杯放在唇邊說：「我們先喝點茶，等一下我帶妳去看看殿裡面的壁畫。」

我們喝完了第三泡茶、吃完了像小山一樣的堅果之後，她站起來看了我一眼，「要幸福喔。」接著說：「來，夢寧，我們走吧！」

我跟著她出了辦公室，我們一起走過圖書館、養老院、孤兒院、小學，還有那些正在施工的建築。她抬頭挺胸，穩健地走著，路上五、六名工人和路人停下來向她鞠躬致意，她微笑點頭。雖然她豐腴了一些，但她的步伐仍像鶴一樣優美。我喜歡看她的鞋跟在長袍裡若隱若現，玩著捉迷藏。我想像她裹在布鞋裡的腳，是有著像拱橋一樣美麗的弧度呢？或像一條魚的曲線？

「我們到了，這就是大雄寶殿。」依空的聲音打斷了我的胡思亂想。她跨過門檻，走進寶殿裡，我加緊腳步跟在她僧衣飄飄的後面。裡面一股冷空氣飄了出來，冷得我起雞皮疙瘩。木頭、水泥、漆、油和松節油的味衝進我的鼻孔。

寶殿非常大，大約有七、八千平方呎。四角有粗圓的紅柱子，就像巨人的腳伸延到天花板頂上。整個牆全是粉紅、金色和紫藍色的壁畫。我轉了一圈，發現壁畫上有成千上百的女神：邊飛邊彈曼陀林、拉提琴、撥豎琴、打鼓。我幾乎可以聽見琴弦撥弄的聲音、迴盪的顫音、提琴的哀鳴和遙遠如雷鳴的鼓聲。女神們柔軟的身體和四肢彎成優美的弧線，衣服上的絲帶在彩雲間飛舞。我幾乎可以感覺到那些絲帶輕輕拂過自己的手臂。

「真漂亮。」我的視線從天上回到了地面，看著依空。

除了在一些罕見稀有或昂貴的藝術書中，我從沒見過如此華麗豐富的壁畫。從地板延伸到天花板的整面牆畫滿了菩薩、神祇、各種人物、鳥類和吉祥動物。在這幅巨大的畫裡，人類和動物彷彿正優雅地在一長長的隊伍裡移動。穿著素雅的觀音與華衣美服的帝王、妃子和隨從同行。有些菩薩騎著白色的大象，有些騎著獅子，鳥兒在他們的上空盤旋，展翅的孔雀尾隨其後，展示著牠們的千眼屏風。隊伍後的遠方是帶著童僕的詩人和學者、扛著鐵鍬的農人、漁獲滿載的漁夫、肩上扛著斧頭的樵夫、從海上匆匆加入隊伍的水手和海盜、面帶紅唇嬌笑而急忙跟上的青樓女子。

我驚呼：「依空師父，我從來沒看過這麼壯觀的現代佛教繪畫！」

但當我們走近壁畫時，我發現原來在幽暗的角落中有乞丐、痲瘋病人、殘障的人。還有，在幾乎隱蔽的地方還有一些相貌極醜之人、老人、病人和將死之人。

忽然我悟到了一些東西。一生中，從我孩提時對依空的嚮往開始，我便癡戀著美好的事物，尤其是美麗的女性。但追尋這些美麗的浮光掠影卻讓我心神不寧，因而忽略了生命中真正的意義。但我對美的著迷，不也轉移到男人身上了嗎？我肯定如果麥可長得並不迷人，不管他有多正直善良，我也是不會愛上他的。如果菲臘有著油膩的頭髮和滿臉油光，我會答應他的約會嗎？如果父親是個滿臉皺紋的糟老頭，我會原諒他對這個家所做的一切嗎？如果麗莎相貌平凡，我會這麼容易被她騙上床嗎？

是的，還有觀音。每次進到廟裡，我總是只拜觀音，因為這樣就能看著她細長的眼、彎彎的眉和如新月般的唇。我崇拜她的美遠遠多於崇拜她的慈悲。

至少現在我領會到我並沒有從墜井的經驗中見到真理。對我而言，靈性總是與美麗的事物相關，頓悟是五光十色充滿珍寶的天堂，裡面有仙女在仙樂飄飄中起舞，喝著長生不老仙水。但我卻忽略了原來頓悟也可以是地獄——發著惡臭的垃圾、穢物與腐肉。雖然依空不止一次告訴我，頓悟並非通往天堂，而是通往自己心之所在的一條路，但我從沒真正理解她話裡的深意。在這萬丈紅塵，頓悟其實存在於惡和善、美夢與惡夢、真實與虛幻、尼姑和凡人、輪迴和涅槃的渾沌交纏之中。

依空教我們要無分別想，因為生命中的一切均只能是「如此」。所以捨棄世俗、渴求超脫輪迴和苦難都是無意義和不切實際的。我們所能做的是保持平常心。

所以，又有甚麼事是值得大驚小怪的呢？

我覺得心境豁然明朗了起來。依空輕輕說：「我們去看看其他的。」

我伸手摸了摸掛在脖子上的觀音。

依空若有所思地看了我一眼，「時間從不會停下來，我把觀音丟下井給妳，已經是十七年前的事了。」

我想起了甚麼，追問依空：「依空師父，妳總說人的感情是虛幻的，那妳一定曾經——」

「不，從來沒有。」她平靜地打斷了我的話，眼睛像一片萬里無雲的天空。

彷彿一道光照亮了陰影，我忽然明白了。人們要看見自己的「本來面目」，從而接受生命中不同的召喚，其實有許多方式。依空註定削髮為尼，成為一個募捐大筆錢來行善的入世尼姑；帶男註定要嘗過愛情的苦澀，然後成為隱士，遠離塵囂；我則因一個男人的愛情與慈悲在萬丈紅塵中得到頓悟。我們所有人——帶男，歸隱在深山；依空，野心勃勃募款及辦大型慈善計畫；悟空，雖然快樂地生活在空門中，卻也知道自己永無機會嘗到愛情的甜蜜；或者是我，一個世俗的女人，即將結婚及開始工作——我們都只是芸芸眾生中的一部分，在這個不盡如人意的萬丈紅塵裡努力生活及尋求幸福。

我們繼續走著，我的感覺變了。我再也不覺得自己在依空身旁是如此的渺小。因為我們快要分道揚鑣了。是的，依空仍是我的師父，而我也會永遠尊敬她，但她給我高高在上的感覺經不存在了。現在的我因為對她瞭解更多而多了同情，就像她為了募款而必須和歐陽衛那樣粗鄙的生意人來往。從此刻開始，我對福頓教授、麗莎、菲臘，即便是那個計程車司機，都多了寬容。

覺得心境遼闊而自由，我笑了。

依空好奇地看了我一眼。

我的手彷彿被甚麼法力引導著，打開了包包，拿出放玉鐲子的錦袋。「依空師父，還記得妳曾說廟裡歡迎任何漂亮的石頭嗎？」我將玉鐲子拿了出來，「這是我要捐給廟裡的。」

但依空沒有拿，甚至連看都沒看鐲子，只說：「夢寧，捐贈的事要到業務辦公室辦理。」

我有些不好意思，把玉鐲子放回包包裡。然後，試著填補這尷尬的沉默，我問：「師父，那幅壁畫叫甚麼？」

「萬丈紅塵。」她轉身，雙手合十說：「阿彌陀佛。」然後急步離開。

我一把玉鐲子交給悟空，她就像個拿到芭比娃娃的小女孩一樣雀躍地仔細研究，邊說：「謝謝妳，杜小姐，妳真慷慨。」

「不客氣。」

「南無阿彌陀佛。」她說，然後送我到門口。

我向她深深一鞠躬，她也回了一鞠躬。之後我便往石園的方向走去。

我聽著自己高跟鞋在石子路上的答答聲，邊走向石園和寺廟出口。當見到我最愛的觀鯉長石椅時，我忽然想起了陳蘭。她去哪了？我正想著，一個熟悉的臉孔出現了，是上次那個來看陳蘭的尼姑。

我跑向她。

她向我微笑。

我也向她微微一笑，問：「陳蘭去哪了？」

「喔，妳不知道嗎？」

「發生甚麼事了？」

「她昨天早上過世了。」

「甚麼？」

「小姐，別難過，她一百零一歲了，走得很快樂。」她眼珠在厚厚的鏡片後面打量著我，「對了，我們在她抽屜發現了這封妙容師父給妳的信，妳是杜小姐，對吧？」

我點點頭，「謝謝妳。」我接過信，看見信封上娟秀的筆跡寫著我的名字，「妳有妙容師父的消息嗎？」

「沒有，我只知道她還是不說話。」她向我笑了笑，沿著小徑離開。我打開信封，掏出了信，看見一首詩：

春有百花秋有月，
夏有涼風冬有雪；
若無閒事掛心頭，
便是人間好時節。

我將信放在胸口，嘆了口氣。然後將詩唸了一遍又一遍，直到背下來。

我突然覺得如釋重負。

我知道帶男很好，也知道她會知道我知道她很好。

尾聲

三個星期後，麥可到了香港，這次是為了我們的婚禮。母親和麥可的初次見面輕鬆自在，也讓我鬆了口氣。我只能說，當她看到麥可的第一眼，舌頭像打了結，對鬼佬的偏見也拋到了九霄雲外。讓我想起中國人一句俗語：「丈母娘看女婿，越看越滿意。」

一天傍晚，我帶麥可去看新蓋好的金蓮寺，讓他可以在這幅萬丈紅塵壁畫前跟著佛祖、菩薩一起打禪。看著他眼睛半閉，盤腿蓮花坐，我忽然發現麥可才是個活生生的菩薩——努力保持平衡，耐心地吐納——可不是一個穿著鍍金絲綢的金身比丘木乃伊。

我們走出廟門後，我轉身看著這座寺院。月光下，一切都彷彿是個遙遠的夢境。古樹上掛著新月，靜靜呼應著屋簷優美的弧線。窗裡雖燈火通明，卻像藏著千百個祕密的故事。

一個不知名的尼姑走過巨大的青銅香爐，我猜想著她為何遁入空門，只在古佛孤燈陪伴下度過誦經的人生。

我的目光落在遠方的佛塔上，這是第二次——第一次是大火的時候——我凝望著那如女體般的曲線。我停下來轉向麥可，體內一陣悸動。

「麥可？」

「嗯？」

「我愛你。」

他將我拉進懷裡，深深地吻我。「我也愛妳，夢寧，非常非常愛妳。」

我們繼續走著，我回頭看了看月光下的大木門和神祕的夜空，為自己部分已遠去的生活感到悲傷。但當我看著月暈下麥可發亮的臉，滿溢的幸福又掩蓋了我的哀傷，因為另一種生活即將開始……

讀書會討論題目

天女散花

葉明媚

【說　明】以下的問題與討論題目提供各讀書會參考，旨在增進共讀會成員對故事的理解。

1. 為甚麼夢寧想當尼姑？
2. 夢寧十三歲時墜井和香靈寺的大火有甚麼意義？
3. 雖然夢寧愛的是麥可，但為甚麼她仍被菲臘吸引？而菲臘又為甚麼要勾引好友的未婚妻？
4. 麥可是一個受科學教育的醫生，他對算命有甚麼反應？
5. 你如何描述夢寧和母親之間的關係？
6. 夢寧的父親不但抄襲古人的詩，還賭光所有東西，他有任何優點嗎？
7. 當夢寧發現自己保守的母親竟跟美國大使有染，她的反應是甚麼？為甚麼她會有這樣的反應？
8. 帶男在此書中的角色意義為何？
9. 依空為了阻止夢寧嫁給麥可做了些甚麼事？為甚麼她要這麼做？
10. 佛寺有時會保存高僧的遺體，這麼做的動機是甚麼？你對此有何想法？
11. 依空在書中是否完全超然、慈悲與無私？
12. 為甚麼夢寧最後決定嫁給麥可，而不是當尼姑？車禍和電梯事故有甚麼意義？
13. 悟空就和許多尼姑一樣，從小被送到廟裡當尼姑，對俗世並沒有太多的經驗與認識。父母是否能替小孩選擇他們的人生？你對此又有甚麼想法？
14. 書中的後段，夢寧和麥可在小廟裡體悟到甚麼？之後他們找不到小廟又代表了甚麼？
15. 書中如何描繪佛教？

三民叢刊

【文學 022】

《美人尖》 王瓊玲 著

生命是一襲爬滿蚤子的華袍。在被爬蟲逗弄得全身發癢之際，你是奮起抵抗還是消極放棄？透過本書的幾則故事，看阿嫌的苦和惡，看老張們薄於雲天的義氣和酸楚，看含笑的無奈和善良，看「被過去鞭打、現在蹂躪」的良山……一段過分沉重的歷史，讓我們看見一群最勇於迎戰的鬥士！

【文學 026】

《駝背漢與花姑娘》 王瓊玲 著

當流浪的花姑娘心心念念地等待情郎時，紅線彼端所繫的卻是忠厚樸實的駝背漢。她從沒想過，那一天的交談，讓她自此走向一個意想不到的人生。然而命運的殘忍利刃，卻一刀刀割斷他們的想望。趙家阿叔的自私強求、幼兒的嗷嗷待哺，榨乾了花姑娘一點一滴的生命。死去、活來……

國家圖書館出版品預行編目資料

天女散花／葉明媚著,張玄竺譯.－－初版一刷.－－臺北市: 三民, 2013
面; 公分.－－(世紀文庫: 文學030)

ISBN 978-957-14-5760-4 (平裝)

874.57 102000322

© 天女散花

著作人	葉明媚
譯者	張玄竺
責任編輯	彭彥哲
美術編輯	高儀芬
發行人	劉振強
著作財產權人	三民書局股份有限公司
發行所	三民書局股份有限公司
	地址 臺北市復興北路386號
	電話 (02)25006600
	郵撥帳號 0009998-5
門市部	（復北店）臺北市復興北路386號
	（重南店）臺北市重慶南路一段61號
出版日期	初版一刷 2013年1月
編號	S 811590

行政院新聞局登記證局版臺業字第〇二〇〇號

ISBN 978-957-14-5760-4 （平裝）

http://www.sanmin.com.tw 三民網路書店